有一种力量，叫文学；

有一种美好，叫回忆；

有一种感动，叫青春；

有一种生命，在鲁院！

鲁迅文学院「百草园」书系

金波的星期九

祝红蕾◎著

JIN BO DE XINGQIJIU

作者用细腻而深刻的笔触
勾画了一副投射现代人的迷茫与恐惧、
逃离与眷恋的精神切面图，
它们既是私人化的人生经验，
又有整个时代的烙印。

江西高校出版社
JIANGXI UNIVERSITIES AND COLLEGES PRESS

图书在版编目（CIP）数据

金波的星期九 / 祝红蕾著. — 南昌：江西高校出版社，2017. 4
（鲁迅文学院“百草园”书系）
ISBN 978-7-5493-5175-6

Ⅰ. ①金…　Ⅱ. ①祝…　Ⅲ. ①中篇小说－小说集－中国－当代 ②短篇小说－小说集－中国－当代　Ⅳ. ①I247.7

中国版本图书馆CIP数据核字（2017）第052266号

出版发行	江西高校出版社
社　　址	江西省南昌市洪都北大道 96 号
总编室电话	（0791）88504319
销售电话	（0791）88505573
网　　址	www.juacp.com
印　　刷	北京一鑫印务有限责任公司
经　　销	全国新华书店
开　　本	700mm × 1000mm　1/16
印　　张	14
字　　数	160 千字
版　　次	2017 年 4 月第 1 版 2020 年 7 月第 2 次印刷
书　　号	ISBN 978-7-5493-5175-6
定　　价	37.00元

赣版权登字-07-2017-221

目录
Contents

金波的星期九

大二学生金波是在几近虚脱的状态下，听到豆蔻的故事的，那种感觉让他终生难忘。

有些事情第一次是出于好奇，以后经常做，则是一种惯性了，比如金波去星期九酒吧。至于惯性背后的动机是什么，他懒得去想。金波第一次到星期九，是感到新鲜，他来这个城市已经有两年了，但是还没到过酒吧。他所在的县城有数不清的餐馆和茶社，但是却独独没有一个酒吧，他在电影中看过牛仔们喝酒的酒吧，也见过有艳舞女郎跳舞的酒吧，还有摇滚歌手们出入的酒吧，在他心目中酒吧是粗犷豪放的，又是优雅迷人的，酒吧象征了一种品位。他要在酒吧里坐着，要一杯酒，浅斟慢饮，那种喝法既不同于他见到的酒席上那种虚伪的客套，又不同于露天啤酒摊上的那种低劣的欢腾。他怀着这样的期待来到星期九，在一个安静的角落坐下来，然后他就看到豆蔻了。豆蔻在唱一支外国歌曲，他没听过，但是隐约分辨出是关于回忆的……她投入地半闭着眼睛，抱着话筒像抱着一件御寒的衣服，她的声音清水一样，飘荡在这个烟酒气息浓重的酒吧里，金波震了一震，感到周身一激灵，他突然想站起来，却发现周围的人大多歪歪地坐着，这时候有人醉醺醺地喊：唱什么鸟语，听不懂，换一个！换一个！甜蜜蜜！台上的女子果然就换了，仿佛没用什么过渡似的，她换了一脸甜蜜的表情，含情脉脉地唱："甜蜜蜜，你笑得甜蜜蜜……"台下有人叫好。豆蔻似乎也陶醉在她所营造的甜蜜氛围里，左右摇摆，一副小鸟依人状，金波注意到她穿着一件金属蓝的 T 恤，右胸点缀着彩色羽毛，T 恤衣领很大，她扁扁的锁骨晶莹透亮，一个拿草绿酒瓶子的男人喊：豆蔻，甜蜜蜜！从那天开始他便成了星期九酒吧的常客。

星期九。化妆间。

“你那个小粉丝这两天怎么没来？”小丁一边往上眼皮上涂眼影一边问。

“你说那个戴眼镜的小公鸡？我可没闲工夫陪他玩。”女子往上卷着丝袜，裙子翻卷露出一寸雪白，黑丝网袜一路卷上去，将雪白分割成无数的小格格。

不足二十平方米的化妆间，椭圆的梳妆镜，梳妆台的油漆剥落了三分之一。墙角一堆空啤酒瓶子。空气中混杂着香粉和汗液的味道。窗口挂着蓝色喇叭花状的风铃，落满了灰。三合板的墙壁隔音效果聊胜于无，酒吧里的歌声，嘘声，一些打了蜡抹了油的尖笑声，甚至男人们的低吼声，交杂着，这样的空气，老年人来了容易血压升高或下降，犯头昏或者胸闷；青年人来了则容易热血沸腾。

“还在这里闲嚼蛆！豆蔻，下一个该你了。”

豆蔻骂一句，草草涂上一层唇彩就上场了。

她唱的是《爱天涯》，她唱了无数遍了，可是还是有人要听。她环视了一下台下，多是些老熟客，有人擎着酒杯，似乎要就着她的歌下酒一般，她也水光淋漓地望过去，算是知恩图报。刚来星期九酒吧的时候，她唱了两天就想甩袖子，小丁告诉她，吹口哨，扔水果烟蒂，扔酒瓶子，这是喜欢你呢，这是酒吧，你还指望都是谦谦君子？人家来不就图个乐子吗？

她知道，自己嘴上硬气，其实心里透亮的，像她这样一个无根无基的女子，要想在这里立足，当下主要是填饱肚子，活下来。相比她的肚子来说，酒瓶子算什么呢，又没有扔到她头上。这应付空酒瓶子只是初级功，连这一关都过不去，就不要指望在任何一个酒吧混了。难道她还真像那个眼镜小子建议的那样去参加超女大赛？或者成为未来之星？想到这里她笑了。

在酒吧混得久了，她的歌艺没有上去，倒是识人本事练出来了。

这酒吧也不要你什么艺术感觉，你唱歌能把客人情绪调动起来，能和他们打成一片，心意相通，让他们好再来，这就是成功所在。她往台下一扫，看上去情意脉脉的，每个人都觉得豆蔻是在看他，每个人都觉得豆蔻和自己心有灵犀一点通，气氛很快也就上来了，可是也就在这一瞬间，那些酒客看客们的身份习性，她就揣摩了八九不离十。那些高声叫嚣的，多为初出茅庐之徒，叫声大，后力小，喝喝就见高了，喝高了就容易惹是生非；眼神浮动，酒随意动的，多为情色之徒，喝酒是幌子，来为找乐子，赚点咸湿小便宜；还有那猎手一样潜伏在不引人注目角落里的男人，目光迷离，不动声色，是想做交易的，拿手中筹码换取人生欢娱，这些人不动点子则罢，脑子一转，下手稳准狠；还有那些沉闷，寡欢，喝闷酒的男人，脸色深暗，表情喜中露怯，大多是些开眼界的人，看上去懦弱，可是上来酒劲，阴狠就露出来了……这酒吧，灯光一遮，扑朔迷离的，音乐一穿插，穿花度柳一般，又加上这酒壮英雄胆，不用说英雄胆，兔子胆都能给壮起来，你还指望它是个艺术殿堂？当那个戴眼镜的男孩子隔三岔五地出现在她的视野里，豆蔻就知道，这是个毛嫩孩子，胆小，怀着猎奇心，过来见见世面。这样的毛孩子她几乎可以忽略不计，也懒得应酬。

她下班的时候，那个孩子在她化妆间门口等着她，手插在裤袋里，嚅动着嘴唇欲说还休的样子。豆蔻不想理他，转身就走。他慌了神，堵到豆蔻跟前。

豆蔻斜了他一眼，嘴上茸毛还没长全呢。在心里冷笑一声，换一种高高在上的腔调柔声说："很抱歉，我下班了。"

男孩子有些尴尬，但还是挺了挺身子，有些硬邦邦地说："豆蔻小姐，我喜欢听你唱歌。你的声音……很棒……和她们都不一样……"

豆蔻微微一笑："谢谢你赏光，常来，欢迎你有空来听，多提宝贵意见。"

然后她就抽身走掉了。

一个酒吧歌手，如果连最起码的应酬都对答不了，芝麻大的小事都耿耿于怀的话，她就不要指望再混下去了。世情百态，她见多了，她收到过星期九的人们见过的最大的花篮，光里面的玫瑰，每个吧台座位放一束，还可以把梳妆室摆满；她还遇到过那些往她的胸罩和低腰裤里塞钱的手指；几乎每个客人都在她唱完一曲后大叫过再来一曲，几乎每个客人都会要求她陪着喝一杯，他们的眼睛长在他们蠕蠕爬动的手指上，那些细长，肥短，白皙，或者干硬的手指，无一例外地会在她穿了衣服和没穿衣服的皮肤上游走探索。她有本事一边笑意盈盈，一边把那些手指拿掉或者安抚一番。也有难缠的主，比如陆，她知道他姓陆，名字也就不想问他，问了大多也是假的，酒吧里的相逢，不过是短暂的游戏或者麻醉罢了。陆先生有钱，但在这个城市里也算不得名流，有钱人多了，倒是那些动不动提钱的人，是穷得瑟，太有钱的人倒是舍不得把时间扔到酒吧里。陆先生刚来的时候，在窗口端着酒杯，戴墨镜，不动声色。他请豆蔻喝酒的时候，也文质彬彬的，君子一样。豆蔻只是笑，那种训练有素，拿捏到位的笑，后来陆先生喝到第八杯，压低了声音说："豆蔻，知道我为什么叫你过来喝酒吗？"

豆蔻嫣然一笑："是您捧我场呢。"

陆先生冷笑了一声："我为什么要捧你场呢？你又不是我妹子。"

豆蔻咬咬嘴唇，又是一笑。陆先生说："我要你以后别在星期九唱歌。"豆蔻吃了一惊，还是笑了笑："陆先生，我不知道这是为什么？"

陆先生将嘴唇凑到豆蔻耳边："因为我不想让别的男人看到你。"

豆蔻眉眼一弯，带出一串笑，邻座的人都看过来。她将笑意收了收，柔声说："好啊，我也让人看够了，那些眼珠子子弹一样把我都打成蜂窝煤了。你再包个场子我专门唱歌给你听，怎样？"

陆先生摸了摸刮得发青的脸庞，那你给我等着啊。

第二天晚上，陆先生将每个座位都买下来了，老板出来赔笑，向那些愤怒的客人道歉，把腰弓得比虾米还弯。

第三天晚上，陆先生又要故技重演，老板慌忙压住了陆先生的钱夹子。如此几天下去，星期九就离砸锅闭门不远了。老板给豆蔻放了假，让她陪陆先生溜达溜达。在咖啡厅包间里，陆先生攥住豆蔻的手，不说话，只是攥着。豆蔻把手抽出来，高声道："你有钱是不是？把我当要饭的得了，施舍给我个十万八万的好了。"陆先生眯眼一笑，见惯风云地说："我不喜欢做慈善。我是商人，不做亏本的买卖。"

豆蔻说："那你为我赎身吧。我还有几十万在星期九押着呢。"

陆先生重又覆盖住豆蔻不盈一握的手："好孩子，别动火，你以为我拿钱打水漂玩呢？做我的女人吧，我不会亏待你的。"

陆先生有家室，孩子已经上初中了，老婆在银行上班。豆蔻已了如指掌，陆先生做好了一只笼子等着她飞进去，专门为他一个人唱歌。许多到酒吧买醉的女人就是这样的金丝雀，脸色苍白，眼神空洞，让寂寞消耗得像一个个鲜艳的羽毛标本。她身份低微不假，可是却比那些女人自由受用，她取悦于所有来喝酒的男人，但是又不属于他们其中一个，如果真是打上个人的标签，新鲜期一过，就分文不值了。豆蔻太懂得这些男人了。"不要指望中年男人会有爱情，全都是欲望。"小丁这样说，当初豆蔻是不信的。她从男友邹凯那里吃了亏，倒是觉得中年男人更可靠的，有个中年男人——时间一长，豆蔻也忘记他姓什么了，只记得他戴着树脂防跌眼镜，抱着她的时候，恨不得把她要箍进自己的肉里，情到深处，豆蔻把男友的背叛都说了出来，眼镜男人吻干她腮上的泪，揉乱她的头发，那架势真的是恨不相逢未嫁时，豆蔻只恨自己生得晚了，不能做他的老婆。可是当他老婆发现了豆蔻发给他的短信，寻到星期九。那个干瘦的女人当着他扇豆蔻的耳光，他垂着头，大气不敢出。不用说许豆蔻一个未来，连一个现在挡住他老婆的手势都不敢做。老婆捎带着甩给他一个耳光，他的眼镜也打地上了，他在星期九昏暗的地板上摸索着——竟然没有碎，抖抖地戴上，看都不敢看豆蔻一眼，跟着老婆落荒而逃。可是就在前天，他还匍匐在豆蔻的胸前，说为了豆蔻甘愿赴汤蹈火。想起来，豆蔻都要为自己的天真轻信感到可耻。豆蔻还以为他是救她出泥潭的佐罗呢，原来是见了老婆腿发软的豆腐，就这德行，吃起腥来还山盟海誓吃肉不吐骨呢。三种男人的话不能信，一是喝了酒的，二是热恋当头的，三是风月场上的，豆蔻当时涉世不深，只以为酒后吐真言，又加上失恋真空期，很快也就忘乎所以了。当众挨过几个耳光，她的半边腮肿了三天，她从此倒长了记性。“男人靠得住，猪也会爬树。”那些甜言蜜语，不过是杀猪刀上抹香油。但是陆先生这样一个人，她又不能把话说绝了。

相比陆先生这样的人，那个小男孩危险系数约等于零。最近几天他每天都来，一副故作老练深沉相，他要了一杯黑啤，剩下几块钱对侍应生说，不用找了。他端坐在那里，眼神不由自主地要去看自己的鞋子，那双鞋子太新了，估计刚上脚。他喝酒的神情不像在享用，倒像在应对，喝一口，脸上看不出什么，脖子倒是伸长了一些，半杯酒下去，他稍微放松了一些，眼神也大胆起来。

他在寻找豆蔻。

他已经等待了半个小时了，没看到豆蔻的身影。

“你唱得这么好，你为什么不去参加歌唱比赛呢？”

“我为什么去参加歌唱比赛呢？”豆蔻心不在焉。

“那样可以有更多的人听到你的歌，并且你也不用在这里……忍受那些……”他没有说出后面的话来，他甚至觉得说出那几个字眼来，会玷污了他们的谈话。他不止一次看到，那些酒客把手伸进她的衣服，还有一次，豆蔻唱完歌跳完舞的时候，一个人干脆把身体和她贴到一起。最起码酒吧这个场合是不适合她的，如果不是为了听她的歌看到她，他来一次后也绝对不会再来这个乌烟瘴气的鬼地方。

“更多的人听到又怎么样？你以为我是李宇春吗？哈哈。”

豆蔻放肆的笑声引得好多人引颈往这边看，男孩子拽了拽衣角，咽口唾沫，固执地说：“我觉得你唱得不比她差。”

“哈哈，你以为你是超女评委？”豆蔻上上下下打量了男孩子一圈，她的眼神缠缠绕绕地像一箍箍丝线把他绕到一个茧子里，男孩子坐立不安，仿佛要挣脱什么似的。

豆蔻不管他，接着说：“类似的话我听了一千遍了，顶个屁用。更多的人听到又怎么样？你是说有更多的钱？每个在星期九混的女人，要想更多的钱，就像要再吃一碗面一样容易，我为什么要让更多的人听到，光这些人听到就够我忙活的了……”

“可是，可是，你可以见到更大的世界，接触更多的人，见更多的事……你的人生或许是另一个样子……”

豆蔻愣了一下，抬起手，伸开五指，灯光让她黑色的指甲亮闪闪的，小指甲上画着一只红色小瓢虫，她的眼神落在上面，笑了：“嘿，省省吧，小家伙，你以为我十八岁吗？哈哈！……更多的人，更多的事，你说我在星期九有什么没见过？天底下的男人是什么样子我还不知道吗？男人和男人有什么不同吗？!”

很显然，这句话把男孩子也包括进去了，至少他是这么认为的。他脸红了，但是豆蔻似乎没有看到，因为她不陪他磨牙了，她径直走入舞动的人群中去了。

这是一周前的两人的谈话，金波每一句都记得清清楚楚的，豆蔻歌唱得好，说起话来更是伶牙俐齿的，可是她的逻辑是不对的，她在星期九看到的都是些什么人啊，好鸟哪能栖在这个林子里。可是因为星期九她看不到更大的世界。星期九是一个荧光闪烁的黑世界，灯光永远半明半暗，男人的镜片女人的手镯和唇彩，萤火虫一样闪闪发光，酒吧门口是两株发光的椰子树，星期九的牌子是两杯红酒交叉成一个硕大的红唇，流光溢彩。

走进星期九的门口，是各种酒，啤酒、清酒、洋酒、红酒乃至香槟的混合味道，还有女人的香粉香水味道，男人的汗液乃至荷尔蒙味道，种种味道混合起来，是一种让人既昏昏欲睡又蠢蠢欲动的味道，让人有一种坐不住、不由自主要干些什么的味道，在闪烁不明的灯光里，每个人的脸上都像涂上了一层油彩，这是一种虚幻但让人放松的颜色，每个人都看上去面目模糊，假使白天日日相对，如果到了星期九不待半个时辰，还认不出彼此。

走在校园里，他看到女同学们在小径上散步，或者三五成群地嬉戏，他就想到豆蔻与她们年龄相仿啊，如果条件许可，豆蔻或者应该在大学校园里无忧无虑地读书，偶尔恶作剧地逃逃课，肯定也有同龄的男同学向她献殷勤，但那是身份和年龄相当的，确实情意萌动的，而不是像她在酒吧里遇到的除了有家有室的混账男人，就是那些不三不四的小混混，阳光在那些女孩子的头发上跳跃着，她们的头发多上了一些颜色，棕黄色，栗子色，修剪成时髦的样式，她们在草坪上或者看书，或者在一起叽叽咕咕一些小闲话，开心处笑得喘不上气来……蓝天，白云，草坪，穿裙子的少女……这才是青春。这个时候豆蔻在干什么，大多是睡觉吧，因为酒吧是大约凌晨三点才歇业。到了晚上，他的女同学们或者在校门边的影视厅看一场电影（都是一些经典名片，学校和影视厅有协议，不得放被禁片，凶杀片等），接受艺术的熏陶，或者到汉堡店要一杯奶昔，或者一支冰激凌，边走边吃。他遇到过对他有意思的女同学，是个湖南籍的女孩，他掏钱他们到影视厅看了《海上钢琴师》，在影片结尾，海上钢琴师说："天啊！你……你看过那些街道吗？仅仅是街道，就有上千条！你下去该怎么办？你怎么选择其中一条来走？怎么选择属于你自己的一个女人，一栋房子……选择一种方法死去……那个世界好重，压在我身上，你甚至不知道它在哪里结束，你难道从来不为自己生活在无穷选择里而害怕得快崩溃掉吗？……"最后他选择了留在船上，死去。女孩子一边吃爆米花一边哧哧笑了说："嗨，真是傻B，人生就是有选择才有趣嘛。"他愣愣地看着女孩，目光在她光洁的脸庞上停留了十秒，女孩子眼光清澈无辜，那眼睛放出一些鼓励的光来，女孩子的笑也是荡漾的，可是她没有等到一个吻。看过这场电影之后，他们就分手了。当然，还没开始，也算不上结束。而在春风沉醉的晚上，豆蔻呢，唱一些酒客们喜欢的缠绵小曲，然后到一些回头客们的酒桌上接受他们阴险的殷勤，忍受他们把脏兮兮的爪子伸到她屁股后或者她的胸衣里。一想到这里他就坐不住，可是像那湖南女孩说的那样，这世界什么也要有用，有价值，否则你就是傻B。可是牵挂一个唱歌的女子（酒吧歌女更确切，但是他不愿意使用这个词的原因是，他一直觉得豆蔻不应该属于星期九）有什么用，有什么价值？他又不是救世主。可是他管不住自己。

在星期九，他不能像那些酒客那样出手大方地买一大堆酒，随喝随乐，他只能买一瓶，每次都会为要酒掂量半天。他留意那些酒的价格，而不是味道。有一次他要了一杯香槟，那个包头巾戴手镯的小胡子调酒师看了他一眼，他说：“我胃不太舒服。”调酒师笑了笑，继续忙活自己的，他脸红了。没人注意到他，他转动脖子看了一圈，喝酒调笑的，一对情侣拥抱着坐在一起，一个短裙的女子被一个胖男人合腰揽着，看那身形，是豆蔻？他的脖子烧红，失态地站起来，却见胖男人要喂她喝酒，女子一连串地说：“不嘛，人家不嘛。”不是豆蔻的声音，他转得脖子都酸了，没有看到豆蔻。或许她歇班？或许她要出来得晚一些？快喝掉这瓶香槟走人，还是一点一点慢慢喝等豆蔻出来？大约过了半个小时，还是没有她的人影。他忍不住了，要去卫生间小解。当他小解完出来，听到旁边一个虚掩的门里有豆蔻的声音。“哎呀，你弄痒我了。”“别出声啊，亲亲，宝贝，你要折磨死我啊……”他脸唰地红了，他想到了所有他能够想到的镜头，只想一路狂奔下去，或者像电影中演得那样猛地把门踹开，大叫一声：给我住手！是够痛快的，可是一定会有人拿他当疯子，而且里面那个被败兴的畜生也会挥出老拳砸扁他。他浑身的血液向头顶冲，他举起手要敲响那扇该死的门。停顿了半秒后，他果断地制止了自己，跑下楼，搜寻到一个大块头的服务生，跟他说：刚才我上洗手间，豆蔻小姐看到我，让我喊一个人上去帮忙。

小伙子喜滋滋地跑上去了。

他没敢久留，喝光杯子里的香槟就跑了。

他等了三天，没有谁来找他的麻烦，酒吧里人多了去了。鬼影幢幢的，谁还注意到他。如果他就此不去了，也没谁知道他是谁，可是星期九却像一根绳子牵着他，他不敢静下来，有空就去篮球场出汗。走在路上看到那一双双高跟皮鞋，运动鞋，休闲鞋，他就想豆蔻穿着这样的鞋走路是什么样子；看书的时候，字里行间则老是跳动着豆蔻说过的话：更多的人，更多的事，还有什么我没见过？上课的时候，豆蔻的脸则会老是附着在讲课老师的头发之下脖子之上，就连他听MP3，也会不由自主地想，这首歌，如果换了豆蔻唱，该是一种什么味道，听着听着那声音就真的换成了豆蔻的，时间长了，他老是听到豆蔻在他耳边哼唱着，似真似幻。他的女同学们很多学会了玩世不恭的腔调，一副世情洞然的姿态，动不动“我靠”“爱谁谁”，可是总让人觉得轻薄浮夸，无病呻吟。星期九的豆蔻，她看上去什么都是认真的，包括迎合酒客们的喜好去唱歌，包括容忍那些粗俗的舌头和手指，可是他知道，她什么都是不认真的，真正认真的那个她在她的不认真之下隐藏着，那个认真到底是什么，他也说不上，或许就因为这模模糊糊的说不上，他觉得她和他是近的，他是懂她的，他们是暗地里相知的。他甚至觉得他说过的话，豆蔻都记着，因为豆蔻知道，是的，她那么聪明伶俐，应该知道它们都是真实的。她之所以回避，是因为她不太确认，因为她在星期九的环境，她见惯了那些世故应酬浮华作风的缘故。

豆蔻不怎么理他，他不太舒服，可是这么一想就又宽心了。是的，这需要时间。他给了自己去星期九更妥帖的理由，第一学期，他有两门功课不及格。他懒得去管它了，为了让自己坐在星期九冠冕堂皇，他已经好久不曾吃学校餐厅里那道酱牛肉了，很多时候他的早餐晚餐就用方便面来填充。四川汶川发生了大地震，电视上，收音机里，全是灾区的消息，许多同学都摩拳擦掌想去做义工，有同学亲友在四川的则坐立不安，昼夜哭泣，干脆就想日夜兼程赶回去，人荒马乱的，气氛一下子火躁躁的，最后学校里出面开了一个大会，校长说学校里已准备捐款捐物，大家可以通过这种渠道，帮助灾区人民……通往四川的路途损坏，除了专业救助人员，其他人员一律不得进入，最后他说，大家好好学习安心上课就是对国家最好的帮忙……灾难来临，人的力量太渺小了，如果不是因为豆蔻，或许他也要去四川。他家开着一个小诊所，自小耳濡目染，基本的医学常识没问题，简单的包扎固定他也会，他从网上看到韩寒自驾车穿越危险带，到灾区实施一线救助。他热血沸腾了一阵子，心想光瞎嚷嚷有个屁用，就像那些出身优越的同学，一边挥霍着家里的钱，一边嚷嚷活着没劲。一群糟蹋生命的废物，虽然看上去那么青春，倒不如豆蔻那样来得实在，最起码是自力更生。有一次一觉醒来，他听到上铺的同学又在谈论地震，意识蒙眬中，他想如果地震了，他首先想到的是谁，竟然不是他的父母、兄长和同学朋友，而是——豆蔻，这让他很羞愧，也更加坚定了去星期九的决心。星期九是一个和地震无关的地方，如果硬说有关，也正是因为地震，更加重了那些人玩乐的念头，人生苦短，如果不及时行乐，一闭眼就去了，遗憾都没用。他坐在黑影里，可以看到高凳子上那些女孩子裸露的腰肢，还有一个棕色卷发的女子，无比短的短裤下一双壮硕的光腿，酒吧里弥漫着一股奇怪的阴雨天的味道，混合着烟卷丝、口香糖、低度酒精和女人香粉的味道。

昨天晚上他梦到豆蔻了，在铺满落叶的小径上，他穿着长风衣，豆蔻将她卷发的头依偎在他肩上，他用风衣将她包裹起一半……走着走着，前面出现了一排座椅，正好可供两个人坐上去，他闻得着豆蔻头发上雾蒙蒙的啤酒香波气息，就在这时他醒了。腿间的粘腻感让他一下子迅速坐起来，没有谁看到他，他换了底裤，穿好衣服，然后将被子抱到晾衣竿上。这会子他想，那个梦太短了，结束得真不是时候。

“你多大了?”是豆蔻。她叼着一支烟，乱纷纷的头发遮着半边脸，头发是刚洗过的。似乎还滴着水珠。

他不由自主说了实话——“二十一。”

“这里不是你来的地方。”豆蔻吐一个烟圈，并不看他。

“省省吧，你来喝酒的钱是谁给的?”

他脸红起来，“我早晚都会有钱的……”

“这个——我信，来这里的多是些有钱人……”

“那些人没安好心，你不要和他们掺和……”

豆蔻收回眼神，将犀利的眼光聚在他脸上，“我知道是你，你最好少管我的事……”

他有些惊慌，支吾道:“我喜……喜欢你……”

豆蔻笑了，带着一丝嘲弄:“嗯，你也学会了，有没有拿这句话哄过女孩子……如果没有，就赶紧去试一试……”说完她就离开他，去和另一个熟客打招呼去了。

金波站起来，感到头上的筋突突跳着。他骂了一句什么，发狠踢脚下的凳子，踢到了麻骨头，一阵揪心的酸麻让他龇牙咧嘴，那一刻，他恨不得走上前撕碎豆蔻，或者甩给她一串耳光，为了来捧她的场，他吃方便面吃得牙都酸了，听见方便面三个字就想呕吐，可是，她不但不领情，反而奚落他。

他跑这里来难道是为了让她奚落一顿的吗？她有什么了不起，不就会唱几首歌吗？他跳着脚离开了星期九，发誓再也不来这个鬼地方。

回学校后，他最后悔的是当初反应迟钝，没有将那杯酒泼到豆蔻的脸上。他想象着那样的特写镜头——橙黄色的液体顺着豆蔻的脸颊淌下来，然后他以最快的速度冲出了星期九，然后永远不要再见到她。不去酒吧，他的时间多了起来，而这些无处打发的时间让他非常不自在。校园大而空旷，稍微偏僻一点的地方，就有些情侣黏在一起，他原来不觉得校园里有这么多谈情说爱的人。蝉鸣，风过树声，女孩子咯咯的笑声。天空的蓝色很淡，淡得让人心起了忧烦，他看看左右，似乎只有他是一个人。周末晚上，他给班上一个同乡发了一个短信。女孩子很快就从楼上下来了。她原来经常给他发短信的，也结伴坐过几次回家的列车。女孩问："怎么想起我来了？"一边妩媚地笑着。他低下头，也笑了。他们沿着小树林走着，不远的池塘里有青蛙聒噪地叫着，让人没来由地起了烦恼。他突如其来地抱住了女孩，把热气哈在她的腮上，非常笨拙地找到了她的嘴唇。他心里快意恩仇，浑身发抖，感到报复了豆蔻，是的，前前后后，他脑海里一直浮现着豆蔻那张飘忽不定的脸。女同乡对他的感情直线上升，去餐厅买好他喜欢吃的酱牛肉，等他一块儿吃，众目睽睽之下，他心虚把头埋低不敢抬头。当女同乡在网上买衣服，征求他的意见，问他喜欢什么颜色的时候，他吓坏了。都是豆蔻。都是星期九的豆蔻，女同乡只是当了替代品，他内心起了个声音，不能再这么骗人骗己了。女同乡听了他的道歉后，流泪跑远了。他内心揪痛，一口气跑到了星期九。豆蔻坐在吧台前，抿着一杯酒，她穿了件改良式无袖短旗袍，曲线毕露。他要对她说些什么，是的，一定要说些什么，要不，今天晚上他过不去了。他一边给自己打气，一边慢慢走过去，浑身的肌肉绷得紧紧的，他准备着要说的话，可是头脑里又空空的。他还没走到吧台的时候，一个小胡子男人坐到了他身边，低声跟豆蔻絮语，豆蔻咯咯地笑，那男人也笑得要呛倒一般。他没有力气往前走了，豆蔻的笑声像一只锤子打碎了他的勇气。他准备找个座位先坐下，就在这时，他看到男人的头几乎要凑到豆蔻胸前，而他的手仿佛长了眼睛一样，摸到了豆蔻的后腰，然后是臀部。豆蔻一直笑靥如花，仿佛那只手不是在她身上。他忽地站起来，一把抓住男人的手，叫道："拿开你的狗爪子!"虽然酒吧里音乐缭绕，但是很多人都听到了这声叫喊。那个男人跳起来，抓起酒瓶子："哪个裤裆里的杂种，敢来这里撒野!"豆蔻回头看到了他，急忙托住男人的手腕子，"自己人，我表弟，不懂事，别跟他一般见识!"男人骂骂咧咧地放下酒瓶子，狠狠瞪了金波一眼，坐下解开衬衣扣子，呼呼喘了一阵粗气。豆蔻喊调酒师：给他来杯太阳岛。接着转向男人，"你先慢慢喝着，我待会儿回来。"一边给金波递眼色，示意他跟她出去，"不就是为学费的事吗？别在这里给我丢脸了。"说罢，也不等金波回嘴，拖着他就往外走了。

一走出星期九她就骂金波："我哪里惹你了，你多管什么闲事……你活够了？你知道他是谁吗，要不是我拖你出来，你小命早完了……"

金波低头不说话。

豆蔻骂完了，刚要走进去，突然听到身边的男孩子嗫嚅道："我爱上你了。"

要笑，又忍住了，她上下打量了一下他。暂时撤下玩世不恭的表情，抬起头，嘟着嘴，"你知道什么是爱吗？"

"爱情是可遇不可求的。"

豆蔻仿佛第一次听到地球是圆的一般，她用探究的眼神盯着金波，这次她没有笑，"那好，十点钟你到我房间里来。"

"哪个房间？"

"你鼻子下面是什么？"

然后金波就到豆蔻房间里来了。在这之前，金波在附近的街心公园里晃荡，他看了一下手机，八点十分。十点钟的会面，只有他们两个人，他该如何表达自己的感情呢，说为了豆蔻，他放弃了酱牛肉？不，太俗气了，何况在酱牛肉和豆蔻之间是无法画等号甚至约等于号的，那么说，自己夜夜梦到豆蔻，眼睛看到的每一个女孩子都长着豆蔻的脸？不，不，虽然这是真的，但是说起来太矫情了，作诗似的。他甚至可以想到豆蔻听到他这句话的嘲弄和嬉笑表情。她的厚嘴唇扭向一边，一个歪歪扭扭的笑，就发散出来。这样的笑会让他坐立不安的。公园上空是蓝得发亮的天空，一抬手就要够到似的，有几对恋人橡皮糖一样黏在一起，不多的一点风，把橡树叶子吹得让人听了心旌摇荡。突然他对着夜色笑了，找了一张凳子坐下来，其实他不用紧张的，豆蔻是个见惯世面的人，她一定会先问他，关于他的一些情况，他应该如何去莠存良，把最好的一面展现给她。如果气氛良好的话，他希望能吻她一下，手背，或者还是眼睛？金波从来没觉得八点到十点的距离有那么漫长，可是甜蜜的感觉已经淹没了他。他的爱情之神背着两只闪光的小翅膀飞来了。

他是九点四十五走进星期九。他计算的这个时间既不太早，也不太晚，既遵守时间，又不显得太过迫切。因为呼吸了夜晚室外清冽的空气，他感到自己周身透明，充满了张力和浮力，上楼梯的时候就像能飞起来一般。

时隔几年，金波已经记不清最初进入豆蔻房间的情景，仿佛没有多少过渡似的，豆蔻伸出手——“过来。我来教你什么是爱情。”

金波不明就里，鬼使神差地把手顺从地递过去。豆蔻拿起他的手放到自己的胸部，解开扣子，然后蹲下身，解开了他的腰带。他的双手火辣辣的烧起来，若干年后，金波依然记得自己浑身发抖，打摆子一样的感受，他仿佛风雨中的一片树叶，被冷风吹透，又被热火烤干。他失去了思想，大脑变成了一堆废铁，他摇晃着，大病虚脱一样。粉红色的窗帘摇晃着，两只紫色高跟鞋，一只站立着，一只歪靠在地上，鞋跟就像锥尖一样。两只透明黑色丝袜堆叠着，发抖一样的波纹。

金波大病了一场，他更加不爱说话了。每个人都看出了他的变化，女同乡以为是自己的罪过，暗自懊悔。他简单收拾了一下，和一个四川籍的同学偷偷坐上了去四川的车。四川籍的同学叫泽西，他没有从新闻中看到自己的家园，电话不通，亲人音信全无，他和金波说：我不能在家人死的时候不在他们身边。我每天做梦都梦到家里的房屋塌了，除他之外都死在瓦砾之下。金波青着眼皮拍拍他的手，他只带了两件衣服，一双手套，还有几包方便面。他想他必须做点什么，他想象戴着手套和那些早到一步的志愿者一起扒拉废墟的情形。他回头看了一眼，模糊的车窗后，他离学校和星期九越来越远了。豆蔻告诉他，五年前，豆蔻职业艺校毕业，高中男友则继续读本读研。他们都是穷人家的孩子，在到农村小学教音乐课和留在酒吧唱歌之间，她选择了后者，一是在酒吧可以挣更多的钱，二是酒吧里她可以练歌，可以认识更多的人。这些人之中说不定就有一位发现她音乐天赋的伯乐。她的理想结局是这样的，男友研究生毕业找一份工作，然后她再去音乐学院深造。她遇到了形形色色的男人，当然也遇到了一位老音乐人，他七十多岁了，据说扶持过许多音乐新秀，她应邀去他家，音乐家对她说，你是一个好苗子，一定能成大器的。在酒吧里唱歌可惜了，她几乎热泪盈眶了，在酒吧许多年吃过的苦，受过的委屈没有白费，她给音乐家买了一包普洱茶，音乐家说，好孩子，我不缺钱，不要给我买东西。后来音乐家就把手伸到她的衣服里去了。她没有敢跟男友提到过这些事，还有一年男友研究生就毕业了。一年之后，男友给她送来了两万元钱，他不抬头看她的脸。他说，原谅我，小美，我对不住你。研究生并不像他们想象得那么好找工作，这个城市的研究生比一只老母猪身上的虱子还多。导师的女儿相中了他。豆蔻问："你忘了我们的爱情了吗？我在酒吧唱歌挣钱不是为了有一天你能还我。"男友说，我知道，这些钱远远不够，我还会继续还你的。爱情不能当饭吃的，小美，相爱不一定要在一块儿……豆蔻淡淡一笑，好，你是个有良心的人，钱我收下了。她三天没有咽下一粒米，窝在小屋子里睡得眼睛发青，她想，这个时候地震多好啊，一砖头下来砸死算了，男友和导师的女儿也砸死算了……那两万块钱她想甩在那个负心郎的脸上，或者痛快撕碎的，可是她想这两万块够她家里五年的花销啊。说到这里，豆蔻说，你不要指望在星期九，看到什么爱情，在别的地方也一样，那些花钱买开心的男人在星期九把你夸得朵花似的，出门就骂你婊子。

金波几乎要流泪了，他虚弱地问："可是你为什么不离开星期九呢，你可以见到更大的世界，接触更多的人，见更多的事……你的人生或许是另一个样子……”

豆蔻点燃一支烟，她的笑万分恬静，又万分慵懒，像一只走了很远的猫那样蜷缩起来：“这个世界就是一个牢笼，不是钻入这一个，就是那一个。你要不想钻，那就做牢笼给别人钻。瞧，你竟然爱上我了……哈哈……”豆蔻特别加强了“爱”的语气，她幸灾乐祸地说：“我不叫豆蔻，我原来的名字叫陈小美。你瞧我的名字都是假的。是的，都是假的……”

从那天起，星期九的豆蔻再没有看到金波。

最开始几天，金波没有在星期九露头，豆蔻暗暗冷笑，这就是他所谓的伟大的爱情，“可遇不可求”，不过几分钟，他的爱情就衰竭了。他细细的眼睛忧郁地看着她，面色苍白，对自己的失控羞愧得将脑袋垂得比衣领还低。像个濒死动物那样喘着气，然后坐到地上。又过了几天，他还是没来。豆蔻有些坐不住了，或许这傻小子生病了？整整半个月，金波都没有再出现，没有再故作成熟地端着酒杯装模作样，她想起了他当初问过她的手机号码来着，她随口编了一个号码糊弄他。几天后金波气冲冲地来找她，她不在，小丁告诉她，她给金波的那个电话是一个通下水道的号码。俩人狭促地哈哈大笑，小丁说，我把你的号码给他了，这孩子傻是傻，不过怪可怜的，他也不能拿你怎么样。他给她打过电话，可她从来没存他的，她哪里有闲工夫应酬他。豆蔻找遍了手机，没找到金波的痕迹。小丁说，你这几天怎么了失魂落魄的。豆蔻说，你还记得那个傻小子吗？你有没有他的手机号？

怎么，你对这个小公鸡动情了吗？小丁像看笑话一样瞅着豆蔻暗淡的脸色。

豆蔻掠了一下头发，愣了一下，嗯？她荒芜地笑了一下，眼神涣散，我不知道。

广福杀狗

一

陈广福在石榴树下霍霍地磨着那把刀，青黑的水迹顺着他的手指流淌，他摸了一把雪亮的刀刃，手指就像被黏住了一样，他扭头看一眼拴在门口的虎子。虎子迎着他的目光，直直地，哀哀地看着他。虎子是一条黄狗，东柳寨的人都说，广福在哪里，虎子就在哪里。当然反过来说也一样，事实确实如此，就连广福娶媳妇的时候，虎子也没离开过他半步，新娘子夜里起来撒尿，一脚踩在趴在床沿下的虎子棕黄柔软的皮毛上，惊了一吓，高声尖叫起来，以至于听墙根的人都笑骂广福这个杀坯（方言，该死的）把新娘子整得不轻。时间长了广福媳妇石榴也就习惯了虎子，用广福的话说，他爹死的时候，虎子和他一块守灵，他不在家它帮他娘开门，叼猪食盆子，赶猪，比养了个儿子还要省心，母子两人都把虎子当成了陈家的一口人，逢年过节的，总要往狗食盆子里扔块鸡脯子，扔块肉的，八十多岁的老光棍龙七往地上戳着拐棍，不无嫉妒地说，虎子啊，你吃的肉比我这个鳏老头子一辈子吃得都多，而那些娘们打骂自己不懂事的孩子，常会说，养你这么大，还不如人家虎子呢！

这当儿，广福四敞着大门磨那把刀，虎子就拴在那里，四邻八舍不时有人伸头看一看，门口人越聚越多，广福的刀却迟迟磨不好。有人说，这虎子通人气呢，你瞧它眼神多可怜哪。满屯老婆被人从地里拖来，看了两眼，就悻悻地往回走，一边走一边嘟囔：这狗留着早晚是个祸害。这两年狗越来越多，村委先后组织了几次大规模杀狗，每一次虎子都幸运地逢凶化吉，广福拍着胸脯立誓，虎子要是惹事，我先杀了它！可是虎子分明不给广福这个脸，先是咬伤了满屯家的小白狗，后来又在满屯撒尿的时候撕扯满屯的裤子，让满屯受了惊吓，一跤跌倒墙角瓦片上，头上给磕出了一个血窟窿。更为荒唐的是虎子竟然朝着晚上推磨回家的石榴狂吠，惊得石榴把手里的家什都给扔出去了，这还不算完，它扑上石榴的上身去咬她胸前的衣襟。石榴因此小产了，连自己人都翻脸不认，虎子这不是找死吗？更让大家义愤填膺的是满屯儿子小铁放学后它堵在满屯家门口，上下左右蹿跳，死活不让他进自家门，小家伙当然不吃它这一套，回头折了一条柳枝子就朝着虎子劈过来，虎子叫得越发凶，若不是大人赶过来早，小铁的一条胳膊说不定也被虎子咬烂了。广福跟着满屯一家去了镇医院，孙子一样在后面点头哈腰，挂号买药的时候他抢着去付钱，打狂犬疫苗的时候，小铁没命地号哭，他蹲在角落里没命地捶头。

二

她娘俩住几天？

谁知道。小铁他姥姥要上供祭神，估计还要住两天吧。

突然石榴抓紧了男人的胳膊，颤声道，虎子好像在外面。

满屯从被窝里坐起来，眼珠子在屋子里转一圈，寻找可以拿在手里的利器。他摸起门后的顶门杠走出去，月亮泼了一地白，空荡荡的，风从梧桐树上刮过来，他光着的胳膊上起了一层鸡皮疙瘩。

哪里有虎子，连虎子毛也没见。它敢来，它来了，看我不劈烂它的天灵盖。满屯把顶门杠放到门后，重又钻进热气未散的被窝。石榴还直愣愣地坐在那里，裸着半截白瓷膀子，满屯去拖她，她硬邦邦的，刚才那一番水蛇一样的柔软劲儿不见了。她说，它什么都知道。就差不会说话。

满屯把粗指头绕到她的腰上来，快进来吧，我看你是自己吓自己，不就一条狗吗？改天我瞅机会结果了这畜生。

石榴发着抖克制不住又往外看了一眼，似乎又看到虎子那棕黄的身影，它低头嗅着，嗅着，很快便把人引来了。她越想越怕，钻到满屯腋下，用被子蒙了头，越发觉得不踏实。她很快地爬起来，套上短衫，披上褂子，然后手忙脚乱地系扣子，扣了半天扣不牢，好容易扣好了，倒是把满屯一只手扣在里面了。要是往日满屯会箍着她的腰，把头拱在她没有生养的肚子上，死活不让她走。她不知道一个粗男人也可以娃娃一样撒娇的，广福做起活来是好把式，过日子也是没得说，独独不会和满屯那样像孩子一样缠磨她。她说不，不舒服，他也就算了。她退一步，他也就退了，她在灯下看着他赌咒一样的不说一句话，越发生气。她生气，他也不知道她为什么生气，天下的男人和女人都是这般心肠隔肚皮吗？她说不出广福哪里不好来，可是她说得出满屯哪里坏，越是知道他坏，她越是离不开他。广福是个实心人，从来没有疑心过她，有一次他揽了邻村的一个木匠活，吃住在人家家里。他前脚刚走，她后脚就挪出了家门，跟婆婆只说去嫂子家讨鞋样子。布鞋底无声地拿捏着羊肠子路，她提着气把脚背弓起来，连她自己都听不到自己走路的动静，贴墙走着，却总觉得不对，看看前后并没有一个人，黑黑的，也没有人看到她，她拐到一个柴垛后面，突然听到有细碎的声音在身后跟随，她吃了一惊，放眼看去，却是一团矮矮的模糊的毛影。虎子。她低声喊了一句。虎子却不近前来，远远地在墙根处坐下了，仿佛是表明无意跟着她。她继续往前走，虎子在后面慢慢地跟着，她悄悄地踅进她要去的门，四下望去，没有看到虎子的影，待把屋门关起来。却总听到虎子张嘴喘气的声息。对满屯说了，满屯意味曲折地笑一下，把嘴覆到她耳朵边：哪里是狗喘气，你再不来我气都喘不匀了……

三

石榴嫁到陈家她就感到了一个怪。闹房的人都散去了，她要下床撒尿，她知道有人在墙外听房。将一双脚慢慢放下去，她没找到大红拖鞋，却踩到了一团毛茸茸的东西上，那东西还不舒服地蠕动了一下，她浑身发抖，高声尖叫起来。外面一阵哄笑声。广福把她拖到床上，指指那团毛茸茸的东西，说，这是咱家的虎子，一天也没跟我分开过。她的那阵抖还没过去，广福只当女人新婚就是这般害羞。第二天，来吃喜酒的人都瞅着广福笑，有个本家哥哥更是单刀直入：广福兄弟，你人看上去老实，做起活来蛮有杀劲呢，功夫长趟着呢，自己家的你要护惜着用……更多的人暧昧地笑起来，广福也嘿嘿地笑。

石榴的婆婆人称陈大婶慈眉善目，大家有了什么烦心事都来找她倾诉一番，她笑眼眯眯地排解一番，把人送出大门外好远，还拉扯着手说上好一会话。结婚那天，给石榴当伴娘的小姊妹附耳跟石榴说，你这个婆婆笑起来脸上有横肉，保准够个人缠的。她看了一眼，观音菩萨样的一个人，让她凶又能凶到哪里去呢。婚后不久，婆婆宰了一只鸡，炖熟后端上来。广福先是给娘夹了一只鸡腿，又给石榴夹了一只。婆婆把鸡腿放下，笑了笑，你们小两口吃吧，我上了年纪了，一有大动静就睡不着，这牙老上火，不用说鸡腿，鸡冠子都啃不了了。新房和婆婆睡觉的地方一墙之隔，石榴低头红了脸。婆婆不动声色又夹了一筷子鸡腰子，搭到广福碗里，快吃了吧，才几天工夫，眼都眍瞜了。赶紧补一补，身子骨自己不当回事，还指望谁呢？

年龄相仿的小媳妇来串门时，婆婆又是让座又是拿好吃食伺候，待年轻人拉起呱来，她就掩了门去院子里忙活鸡鸭去了，小媳妇们说够了话，依依不舍走出门，临了和石榴咬耳朵：这些人数你有福，看你摊上了这么个好婆婆。石榴不说话只是笑，笑着笑着腮帮子有些凉牙花子也凉，她就赶紧转身回房里去了。她年轻，禁不得什么，她要做个四邻八舍说不得道不出的好媳妇。这都没什么。可是，虎子这样一条狗，吃鸡吃排骨的时候，娘俩都问给虎子留下了没有。晚上她去关门，刚插上门闩，婆婆就在那里喊，先别关，虎子还没回来呢。她停下手，愣愣地看着外面的黑暗。她看不见虎子在哪里，可是这个家里虎子无处不在，她整天在家里，可是广福只要不在家，婆婆就将做好的肉菜放到屉笼里，说等广福回来蒸蒸再吃。广福是她亲生儿子，她比不得，可虎子是一只狗啊。

好在她遇上了满屯。两个人在屋檐下避雨，满屯把半边肩膀任由雨打着。她结婚闹房的时候，满屯闹得最凶，还出鬼点子让她给点烟，一屋子乱纷纷的人，他还在弯腰倒酒的时候偷偷地捏她的脚。可是那当儿，一片白花花的雨，前后没有另外的人，满屯规矩地站着，把大半边屋檐顶棚让给她，把自己淋了个精湿。

三天不见面，日子就比手中的棉线长。石榴坐门前的太阳里纳鞋底，她把鞋底放在膝盖上，另一只手扯着线，鞋底软软的，像那个人的手掌。石榴低头没来由地笑一下，低头在纳了一半的鞋底上用糯米牙咬断线头，呸地吐出去，呆呆地看半晌。婆婆串门去了，院子空得让她心慌，她把鞋底放到软凳上，心神不定地立起身，这时她看到了虎子，像个人那样一本正经地坐在门口，黑眼珠子不眨地看着她。她重又丧气坐下来。又是虎子。每次她从满屯家出来，深一脚浅一脚往回走，大多人家的灯都灭了。除了虎子眼中的两点光，这夜黑的是这么让她舒畅啊。虎子像个人那样坐在那里，钉在她必经的路旁，她到了跟前，却不跟了她回家。这个畜生！它跟踪她。

四

广福先是给虎子买了一堆肉骨头。虎子呆望了半晌，低下头，眼泪汪汪地啃着骨头。然后任由广福把它拴在木桩上。它朝着广福呜咽了一声，广福没有理它。搬出磨石，开始一五一十磨那把刀。门口的人越围越多，龙七索性拿条板凳坐到那里，广福啊，你就看在我老头子的面上，饶虎子一回吧，人老了还糊涂，何况一条狗呢？你把他锁起来不就得了。正在磨刀的广福后颈肉耸起来，肩膀垂下来，顿了一下，然后又继续低头磨他的刀了。那把刀磨得仿佛一张纸，白花花地刀刃晃起来，让人睁不开眼。广福眯着眼睛对着太阳看一眼，用拇指和食指试试刀刃，又继续磨，有人说他磨了有两个时辰的光景了，那架势似乎不是把刀磨快，而是要磨烂一般，最后那把刀在他的手下越变越小，越变越薄，他立起身来。舀起一瓢水，将那把刀浸在里面，刺啦作响，刀上腾起一股白气。他把刀横放到石板上，端了半盆凉水放到虎子跟前。虎子眼眶湿湿的，把嘴巴鼻子没进去，半盆水很快见了底。

那个时辰天气热得很，知了不住在树上挣命地叫，村子里狗吠成一片，个把安静的伸着红舌头喘个不住。可是虎子静静的，反常地闭着嘴巴。

广福提着那把磨好的刀，走到虎子跟前，虎子抬着头，望着他朝夕相处的主人，没有躲闪。广福的刀就寒光一闪劈了下去，一道血柱子喷出来。虎子倒在地上四腿抽搐，一双眼睛直勾勾地看着广福，有个孩子喊，虎子眼窝里还有泪呢。广福手里攥着的刀掉到地上，他沾满鲜血的双手一松，整个人坐倒在地上，倒在一摊热乎乎的血泊里。后来石榴过来拖他起身洗洗脸上身上的血，他一动不动，整个身子像死人一般沉重。门口的人都散去了，他还坐在那里，眼神涣散地看着虎子那依然大睁着的双眼。他就在血窝子里坐了整整一夜，任是石榴怎么喊、骂、乞求，都一动不动。

五月一过，麦子就沉不住气了，在阵阵南风的抚摸催促下，仿佛那些打工男人回了家的女人，腰肢酸软眼神荡漾。男人们陆陆续续地回家了，腰上绑上草绳，粗手疙瘩攥了黑镰刀到了地里，女人们在抬头擦汗的空档里，看到男人后腰那一梭子一梭子的黑腱子肉，嘴角一挑又把头低到麦穗上了。广福割起麦来抢命一般，他有一股憨气，干起活了就像不过了一样，那些用收割机割麦的人家劝说广福也享享让机器干活的福。广福不以为然地嘿嘿两声，摇头拒绝了。人的力气都用不完，用机器那劳什子！麦田里着火一样，长着茧子的手一掳被太阳几乎烤煳的麦秆，几乎就刺刺冒出了火星。入夜割麦子的人把麦子垛好，用雨布或者塑料纸遮盖得严严实实，回家捏着大个的馒头就着女人做的过麦菜，几口就下了肚。几大碗绿豆汤下了肚，不等浑身的汗滋滋冒完，头挨着枕头就打起了呼噜。

入夜的麦场静静的，也像一个慵懒的婆娘睡着了。正好没有月亮，男人白天没有割麦，手还是硬中带软的，解到第二粒扣子，女人摁住了他的胳膊。被阻挡的男人有些吃惊，埋了头去咬那粒被女人捂住的扣子。女人死劲地攥着，眼睛却望着麦垛后面，小声说，你听——男人警惕性上来，手松了，他支着耳朵听了一会。除了风，他没听到什么。女人说，你听窸窸窣窣的，谁？虎子？男人说，怕什么，那畜生早死了。又把手伸到它原来常去的地方。女人还是像被一根尼龙绳绑起来一样，紧绷绷地攥着扣子。你听——男人的手又停住了，不远的麦垛那边是有些碎动静，像什么的爪子在扒着麦秸，一下下，咔嚓咔嚓的。

后来修水坝的时候，满屯得了空，两人又凑了一起。是一处废弃的看瓜棚，到了最要紧的时候，女人还是警觉地从棚子缝隙看着外头，风把瓜棚檐头吹得簌簌响。石榴一激灵扭头去看门口，空荡荡的风在那里刮着，什么也没有。自始至终女人在那里绷着，完全没有原来那一波未平一波又起的阵势了，满屯舞乍了半天，浑身不着劲，系上裤带的时候，突然骂了一句“他×他娘”。

五

石榴生养的时候已是结婚第四个年头了，虎子不在了，那只被婆婆骂作光知道放浪不会下蛋的芦花母鸡不在了，婆婆也不在了。她得的是胰腺癌，临死的时候费力竖起一根指头，指指满屯家檐头，又指指院子里的石榴树，用力摇摇头，咬着牙打挣却说不出话，广福攥住她的手，流着眼泪点点头，她就放心地闭眼走了。石榴端着半盆水站在广福背后，洒了一地。

生了孩子的石榴身体虚得要命，手撑着床沿浑身发慌。听那些长辈妇女说吃没出壳的小鸡补养，广福满村子里向那些有母鸡孵蛋的人家讨要蜷哄蛋，回来后一个个煮了剥给石榴吃。吃满月酒那天广福摆了几桌酒席，男人划拳，小媳妇嘎嘎笑，孩子扎缝哭闹着，天井里像支了一口滚沸的锅。广福从石榴怀里抱过那粉红的小肉团，怜惜地放到腮帮子上用胡子扎着，小家伙哇哇哭着将一泡尿撒到广福身上，有人趁着酒肉的热乎劲说，广福，前两年，你小子光凫群不养蛋，弟兄们还以为你有困难来，有困难告诉咱啊，有福同享有难同当，咱兄弟帮忙啊……广福嘿嘿笑笑，没困难，没困难。有人问，名字取好了没有？广福低头待了半刻，说，就叫虎子吧。石榴抬眉看了男人一眼，没有说话，转而低头侍弄衣服上的奶水了。举杯划拳的当儿，有个人影起身闪了出去，石榴看了一眼，手抖了一下。广福抱着儿子，叫一声虎子，又叫一声，泪水就婆娑了一脸。

酒局

妻子拎着一方便袋青菜，一边在门口换拖鞋，一边用嘴唇示意他将菜接过去。

他从报纸里抬起头，接过菜，慢腾腾地说，今晚我不在家吃饭。

妻子用脚找着拖鞋，抬起头惊愕地看着他。仿佛他的脸是中央台，正在播报台风预告。他的脸很平静，不用说台风，微风涟漪都看不到。

妻子应了一声，从他手上接了菜，到厨房去了。

他好久没有这样的酒局了。酒局在一定程度上是一个男人在社会上地位、在家庭中尊严、在女人中威望的一个衡量指数，当一个男人的酒局等同为零时，不啻于判了死刑。这种酒局既不是姐夫小舅子的亲热小酒，又不是老同学的叙旧酒，或者是知己朋友的闲聊酒。应酬和胡说八道的成分要多一些，虚与委蛇的意思要多一些，许多人会一边去喝一边做出有些烦、有些无奈、很没办法的表情，那是很不厚道的，是赚了便宜卖乖，是生了儿子赞生闺女有福气。

多久没这样的酒局了？

三个月？半年？八个月？或者更久？

那是他被审查……他实在不愿用这个词——仿佛他真干了什么见不得人的勾当似的。其实事情非常简单，不过是他在担任文化局局长期间，将博物馆一宗宋代酒具送给了前来视察工作的上级领导，其实也不是他的意思，他当然知道那是文物。可那是有关领导的授意，他能装疯卖傻吗？人在官场身不由己，这是大家都明白的事。拔出萝卜带出了土，他仅仅是人家带出的小土坷垃而已。说实在的，当时，他还没真太拿它当回事，大不了他掉了这顶算不上乌纱的芝麻乌纱，谁又不知道这里面的玄机吗？刚下来的时候，他的身边似乎是热闹了一阵子的，调侃的，安慰的，说他因祸得福的，觥筹交错间，这件事对他的伤害和影响极大地被缩小了，微化了，仿佛一颗黄连上撒了大把的糖，他是先尝到了那些虚妄的甜头，那些结晶的糖被白天热闹的太阳烤化了，流淌得四处都是，也四处都没有，入夜凉下来，他的舌头才舔到了那种旷世的苦，涩得舌根直往回缩，涩得他直想打摆子。他的入夜是两个月后才到来的，当时的繁华热闹不过是回光返照，然后他就被判了死刑一样，在家等着有人约他喝酒，整天半死不活的。等待长得让他想背过气去，一开始他听到手机响，总会下意识地飞快接起来，有次他正在厕所大解，听到手机在茶几上诱人地唱，他硬是在意犹未尽时，擦了屁股提了裤子，饿狗叼骨头一样抢起电话，却是妻子让他提早把排骨炖上并记得放点百合去肉腥气。气得他又去厕所蹲了半天，最后从马桶上站起来，满腹的气都提不上来，肚子和腿肚子都是凉的。

后来他就不再等了。他的心毕竟不是一块生铁，经不起那样小钢锯一样来来回回地锯拉。失望和希望一把是刀子一把是挫子，一股是滚水，一股是冰水，反复得多了不是神经被挫磨得血肉模糊，就是像生疟疾一样浑身打摆子，他已经人过五十天过大晌，古人说是知天命之后了，难不成还要和这老命不算完不成？再说他也不是喜欢喝酒的人，要喝酒，酒柜里什么没有呢？茅台，人头马，白兰地，每到周末妻子总会拉开酒柜，问他想喝一点什么。他摇摇头，沉思一下，再摇摇头，然后低下头耐心地去对付手中的那副肉排了。

原来他的酒局怎么会那么多呢？都是些什么样的事由呢？似乎也没有什么关乎大局大体的事情，却几乎每天都有局。芝麻大的事也可以成局。他记得那时一天大约只有早饭在家里吃的，中午常规不回家，晚上 10 点以前回家的情况也不是很多。

这种场面从什么时候开始他也记不清了，只记得有一次他很晚回家，听妻子正在和老朋友煲电话粥，妻子刚洗了澡，蜷坐在沙发上抱着大大的熊抱枕，跟那边说："他呀，我现在还见不着呢，大忙人一个呢……天知道他们男人忙什么啊……"妻子抱怨地嗔怒着，眼睛里是笑意，两腮上像挂了胭脂，他仗着酒意去吻她的耳朵，她撅起嘴捂住鼻子拿手指指着卫生间，示意他去洗澡。

那些嗔怒里还有甜蜜，自得吧，抱怨他在家少，难得共同度一个周末，接连好几个生日都是她们母子两个人过的。那种生气是求全的生气，还到不了心底，像那些水面上的浮萍，说有是有，让别人看见了也就没有空生一场，更重要的是被羡慕了，生气的根源都有些摇晃，说到家再招摇也只是浮面的事。

再后来他的应酬场合有多无少，真的当家是旅馆了，饭店都不怎么当，外面的厨师哪个也比老婆做得好吃有特色是真的，可也不是单为吃喝，在吃喝上他不是个贪婪的人，更没什么酒瘾。天知道大家都为什么发了疯一样地赶酒场呢。或者都知道一时不赶，赶不上的日子在后头呢。妻子却确实是有了埋怨，那次儿子成绩考得很差，他喝酒回家。把公文包往沙发上一甩，刚要眯眯眼睛，等老婆递上一杯热水。妻子歇斯底里地咆哮起来，一把拖过他的公文包摔在地上，"整天就知道喝酒，喝酒!! 儿子是我一个人的吗?"好在他还真没喝太多，微醉之后就和打个小盹一样，又是很容易被惊醒的——别人不拿你的醉和睡当回事，也就借势下坡很容易就醒了，你若想借酒发作一下或者是借打盹装一下昏，也就很容易上了劲。他看着妻子因愤怒而扭曲的表情，委屈已经上升到愤怒的阶段，并且有了实际的问题摆在那里，这就很难办了。他如果再上劲，今晚这坡就别想下来了。他低声道："你看你，又要生气，我不是有应酬吗? 公事我能不去吗?"妻子一把摔开他的手，第一次说脏话，"狗屁，你们男人有个好东西吗? 什么公事?! 无非就是吃吃喝喝玩玩!!"他又将妻子的手拖过来，贴在他发烫的脸上："对，狗屁，我就是馋酒馋吃，以后改!!改还不行吗?"考砸的臭小子眼看矛盾从学习成绩从他的勤奋程度转化到公事与喝酒的关系上，哧溜猫腰钻进了自己的卧室。他也拖着被怒气抽离得冰凉的妻子的手，进了卧室，他没有从根本上解决矛盾，却是有效化解了妻子的怒气，这和他酒局上的交流不无关系。经常参加酒局的人，对外要有战术，对内要有战略，战略不足，就需用战术补救，那样才能不至于破坏更多的酒局，才能让酒局生生不息地进行下去。有时连续几天酒局混战，头昏脑涨胃里不舒服，吃嘛嘛不香的时候，他还真是不想再出去了，就想在家就着老婆腌的小咸菜喝点黏糊糊的小米粥，找点家常日子的感觉，饭后歪在沙发上，听老婆念叨些单位里的鸡毛蒜皮男男女女的针头线脑，灯光昏昏的，他的满足也像热水泡脚一样昏昏地漫上来，漫上来。可是这酒局就和那世界局势中东战争一样并不是你想有就有，想停就停的，借老祖宗的话说要有个天时地利人和的。酒局如战场，一旦具备了条件，拉开了架势，是惯性非常之巨大的，不是你想停就停得下来的。而今属于他的战争业已结束，他想有就要再等新的天时地利人和了。

比如今天，张主任打电话说有个酒局，让他务必到场。务必，他现在还用务必吗？除了每天务必把饭给老婆儿子做好，他没有什么务必去做的。

事情刚发生的时候，妻子一下子急了："凭什么让我们背这个黑锅？这些年你出的力还少吗？明摆着欺负人，我找他们去……"说着去拿衣服，他一言不发，黑着脸坐在那里，像尊青佛。妻子穿戴好，去开门的那一刹那，他断喝一声："你给我回来!!"妻子浑身一抖，回身看他坐在一屋子烟雾里，滚滚烟雾从他的头发里蒸腾而出，仿佛不是他在抽烟，而是烟在吞他，有些什么东西就那样被默默吞噬掉了，而这个家的荣耀和强大似乎也就像那烟雾一样慢慢散了。妻子突然感到无比惊惧，就像看到楼房倒塌一样，怕的不是楼房塌了这件事，而是砸坏了什么砸死了什么。妻子眼角带泪去看他，他坐在烟雾中，一动也不动，脸上的表情也被烟雾淡化到无。

刚清静下来的那阵子，他还有些享受那份无人打扰的清静，可是他也无事可干，在屋子里转悠半天，什么东西都不靠自己的谱，找什么什么找不到，他在外面开辟自己的疆土的时候，在这个家里他已经是一个纯粹的客体了。翻找了半天，找到一把秃笔，铺好宣纸，开始蘸墨挥毫，仿佛又回到指点江山激昂文字的豪情少年，一首《满江红》写完，胸中酣畅多了。下午他便去文房四宝店买了几枝上好的狼毫笔。

妻子在看到他做这一切的时候，是默默的，看他的眼里有悲悯，有温存，像对一个患病不能上学的孩子那样的宽容，一副爱折腾啥折腾啥的意味。只要他不跟他自己过不去就烧了高香了。原来他酒局仍频的时候，他回家来，多是体贴温存的，妻子有怒气的时候，他要像番泻叶一样做一些疏导工作，而现在他赋闲在家不忙不累不心烦，却动不动肝火上升。有一次他找一件灰蓝衬衣，翻箱倒柜找不到，站在卧室里，他突然自己觉得对于这个家是多么的多余，而老婆不在家他连自己的衣服都找不到，像一个俘虏进入敌军阵营一样不知所措。妻子进门的时候，他正半解扣子呼哧呼哧直喘粗气，几乎要骂娘了。妻子和颜悦色地问："你想找什么？"仿佛幼儿园大班的阿姨问宝宝需要她帮忙擦鼻涕吗，对，就是那种腔调。他更是气不可遏，失态地将手里攥着的一件毛衣扔到地上："把家弄成这个样子，连件衣服都找不到，你还有脸笑……"妻子笑容像霜冻了的浆果，立马掉了下来。"找哪件衣服我给你找。""这个家有我没我都一样是不是?!""吴连邦，你有病啊你!？你有病治病别在这里给使丧放低的，我告诉你我不欠你的!!"

好。好。看着妻子悲愤厌恶的表情，他突然感到表错了态，就像没有吃透文件精神盲目发言那样呆。对，她不欠他的，她思路很清晰，账目也算得很清楚，她兢兢业业地给他做了二十多年老婆，没换来预料中封妻荫子，却让她出不去门了。他欠她的，干了半辈子出纳，财务精神看来她是吃透了，不像他干文化局长末了却赚了个没文化。

好。好。他只说了两个字。好的东西不在于多，"同意"也是两个字，不是比许多意味深长的"有点难度，需要再研究研究"之类有价值得多？关键是已经心窗透亮，不需要废话了。

那就写字吧。原来的时候动不动有人让他露露书法，有时动不动还让人给挂起来了，他走到一古玩店，他给题的那牌子还在呢，黑红的木头上泼洒着他酒后的字“天成雅兴”，当时众人在那里大张声势地叫好，就像组织部盖的人事章一样，墨迹还未干，一切早在那里等着抽根发芽了。他远远地在树荫里看，那些虚胖的字，一副喝多了吃肥了的愚痴相，还墨宝呢。倒是他现在的字瘦俊飘逸，确实可以说声好的。每次他写完了，都临时挂起来，到厕所去疏通一下，到阳台上去极目远眺，再到客厅酝酿一下情绪，然后踱步到书房，每个笔划里的韵味都让他喜悦上一阵子的。他突然就悟了，真正好看的字都是寂寞时候的铺排啊。

喝了酒，碰了杯，心劲被酒菜和服务员的笑捧得愣高，写出的字，也是飘着的。这会子约他的人，既不是同学，又不是原来那帮子共事的人，这就很有些意思了，就像红头文件下的传阅，看似无意却说明了一些不太具体又非常有关联的事体，并且张主任在电话里面反复重申，他非去不可，待会小李开车过来接他。他在社会上的那部分尚还活着，就像一只蜈蚣一样，看似剁了蜿蜒的尾巴，掉了的一截还在那里动呢，哪时哪霎接起来也是说不定的。毕竟自己在这个小城也是腾挪了几十年嘛，不见得一下来就百足俱僵，当然张主任或许有什么具体的事情，要以一个好久不聚的缘由在酒喝到脖子之际看似无意地提起来，那有什么，都是熟悉的程序，正好说明他还有被需要被利用的价值，老早看过一篇文章，说过什么利用被利用的话，意思是不要怕被利用，那说明还有用，人最怕的不是别人利用你，而是你压根没什么用。看来也是个有经历的人。喝完酒回来，他正好可以写幅字，看看是什么形，什么态，字像镜子一样，一撇一捺照出的都是那个写字的人哪。

妻子在厨房里热气腾腾地忙活。越是忙乱，越是显出了手生。因为好久不做了嘛。那天他写了一副得意的字，左看右看很有王羲之味道了，俗话道有心栽花花不开，无心插柳柳成荫。说不定此番挫折能成就一个书法家呢，他忘记了前些天的烦恼不快，乐颠颠地捧了他得意的字去给妻子看，妻子正在厨房摘扁豆丝，弯着头，一点一点将扁豆丝撕扯下来，仿佛那不是扁豆，而是一个长了无数丝的空的东西，而妻子的眼神似乎并没盯在上面，而是看着自己手指方向的某个地方，那一定是无比深远的。他当然看不到，他只看到妻子头顶的一圈头发，外面是乌压压的黑，新长出来的却是花花的白，像茂密青草里托出一朵圆白的荠菜花，星星点点的，妻子的头发竟然有了这么多白的，平时那些他看到的黑都是抹上去的，任是再抹，白也要挣扎着长出来。他想起妻子头上长出的第一根白头发，在灯下，妻子从漫无边际的黑发里，揪出来，让他给拔掉。那有多久了，而这又是什么时候长了这么多白的呢？

他端着那张字，走回到书房里。

一次为芝麻大小的事情，他和妻子吵起来，闷葫芦一样的儿子突然高声说："爸，你从来不体谅我妈……"妻子的眼泪当时就下来了，他丹田又一阵火冒上来，这个家就是外了他了，他在外扑扑腾腾的，就因为没扑腾出个结果，娘俩就齐了心跟他对付。心生凉薄之际，他突然想象儿子小时候那样，举起铁巴掌，扇不懂事的臭小子几个耳光，可是他突然发现，儿子比他长得高了，嘴角也蔓生一层绒毛，最后他反手看自己的巴掌，它现在不握手了，不签字了，除了在练字的时候，似乎没什么力量了，心生一股英雄末路，苍凉颓唐之气。可是看到妻子的白头发之后，他没理由颓唐了，是儿子的懂事彰显了他的不懂事。妻子的性情原来是极娴静温柔的，虽然比他小，可是一直像个姐姐的，就是前些年，更年期，声腔高了，脾气也见长了，人都说男人在外官职升的时候，老婆在家的脾气也是见风就长的。话也多了，也能唠叨了，扔个耳朵给她，再不济什么顺耳说什么，也就过去了。可是他没见过她这么呆呆地摘扁豆，这些年她都是这么呆呆地过来了，还是从他下来了之后呢？从那之后，他就把做饭的光荣使命给接下来了。刚开始妻子看他在厨房里手忙脚乱得仿佛新媳妇上轿，一个劲地在边上指挥，虽然目标和方针都是对的，可最后指挥的和被指挥的都有些乱套，所以实干家做领导常常要走了样子，他赶了几次后妻子就不再进厨房了，可是刚刚交任总归有些不放心，有时就在厨房外面隔着玻璃看，和他非常想去文化局看一下的状态有得一比，几个来回之后，他做菜妻子儿子吃已经顺理成章了，做大做强和做小伏低都是需要一个过程的，对，过程。他没有丝毫鄙薄自己劳动的意思，更没有感到丝毫不愉快，相反，他甚至从做饭做菜中还萌生了一种奇怪的成就感——你看，老吴我不做则已，什么事情只要一动手一开头就没有差的。

在等着小李来接他的空里，他漫不经心地打开了电视，看本地新闻，熟悉的面孔，熟悉的语调，他看着看着，起了亲切。捻一粒瓜子到嘴里，或许是饿了，竟然非常之香。电视上新闻播音员平板的笑容像一层塑料膜一样镀在了她并不平板的脸上，可是看上去非常受用，这个广播员总体素质还是不错的，记得有一次和广播局的人吃饭，其中就有这个广播员，如果不是听人说她小孩已经上三年级了，他还以为她顶多只有二十几岁。她劝酒非常有艺术，款款地站起来，不等说话笑容就在脸上一波未平一波又起地荡漾起来，这时，眼睛里的笑已经是波浪滔天之势。更难得的是她说话的艺术，不管是形势和内容都非常美好。比如说她说非常倾慕您，对您的才干和魄力非常钦佩，她那样的声音和语调乃至敬酒的姿势，都真诚无比，让人觉得她是在发自内心地赞美你，而不是你头顶上的乌纱帽，作为一个年轻的女同志，这已经很不容易了。他对她的欣赏也是发自内心的，可是像她这样一个人，对她的工作，他还真是费了一些脑筋，让她继续干播音员吧，好像对她不太公平，让她干一个后台的领导吧，对广大百姓不公平。迟迟疑疑里，她的事情也就搁下了。他抬头看一下表，5 点 55 分。手机没响，防盗门门铃没响，楼下也没有摁喇叭的声音。

那就再等等，凑个酒局也不容易，吆三喝四的，有些人又忙，像自己那时候不也是经常让人等吗。人，总是要善解人意一些。不能只是片面地看问题。

女播音员还在那里阐述，一条一条，都是非常有事实，有道理，有意义，丝毫不空洞的，唯独她的笑容有些空，对着虚拟中的亿万观众，很牵强地微笑着，那笑就像微风吹过塑料薄膜，他突然觉得有些歉意。

他又抬头看了一下表，6 点 25 分。这个季节，机关部门一般 5

点半下班，下班一个小时，一个局还没约好，要么就是酒局的发动者人微言轻，或者组织能力太差，要么就是有难以邀请的重头戏。他已经等了将近一年了，不太差那个把小时。他下来后才发觉，真正体现一个人素质的不是冲锋，不是扛着，而是等。等不得的人必成不了大气候，每个大器都是在时间的煎熬里被磨炼出来的，然后才有惊世的光芒，可叹自己最应该等待的时光，春风得意马蹄疾，还没等坐热一个板凳，又一个高板凳已经在那里虚位以待了，所以他人生的后半部就要等了，等来等去，精华已经耗尽，就有一个老，一个死，在那里等了。

妻子做好了菜，儿子早已经坐在餐桌前，这臭小子和他年轻长身体时一个德行，不等饭上桌，嘴里满是贪馋的津液。看来今年还要长一截子。妻子端着一盘菜从餐厅里伸出头，先瞅一瞅墙上的表，又道"做的鲅鱼茄子。你先来吃上点?!"他摇摇头。点上一根烟。

6 点 40。

6 点 45。

6 点 50。妻子在餐厅里吆喝他，"你先来吃点吧，要不这时去喝酒容易醉。"她甚至还起身不怀好意地看了他一眼。当然什么她也看不到，客厅里烟雾滚滚的。他也像什么也没听到。

该不会是泡汤了吧。张主任不是办事不稳当的一个人啊。

要不，干脆不去了？可是张主任在电话里说了，房老先生也要去，房老是他原来的顶头上司，也是他的恩人，房老去他怎么能不去呢？

妻子在那里收拾碗筷，一边着急地喊："你打个电话问问啊？什么时候了，还在这里干等着？"

他站起来，吼一句，你懂什么！他能打个电话去问吗？这不是摆明了他在家等酒局吗？他就缺这个酒局吗？五脏六腑像架了一口锅，火势很旺地烧了起来。

他去了书房，看自己的字。桌子上宣纸倒是铺开的，笔也在那里等着他，他不拿，不想拿，他哪里还有心情拿？正在这时手机响了起来，急弦管似的，他看了一下表，7 点 10 分。他到客厅里拿起来，是张主任的，他不急着接。却是到了阳台，慢悠悠地接起来，张主任一上来就是忙不迭地道歉："今晚安排不周密，让您久等了……临时有个招商引资的项目非过去不行，好歹让我给溜出来了……请您一定见谅……""房老呢?""房老孙子不舒服，来不了了……小李这就过去接您……""先别，我这里有个局，临时走不开，待会我打您电话……""好，您可要速战速决啊，这边等您啊……"

外面窗外万点灯火，整个城市璀璨得仿佛一座豪华邮轮。看上去却是非常地突兀，就像从平静海面骤然浮现一般，并且越升越高，越来越庞大，有神话巨人那种威慑的大，立在他的眼珠子前，挑衅地继续庞大着。他甚至感到有些透不过气来了。一辆辆小车赶着头追着尾地疾驰过去，尾灯流丽的线弯弯绕绕地拖出好远。那样小，像元宵节孩子手里的小把焰火。过了多久呢，大大的城又在他眼前一圈圈地缩了回去，仿佛变成了一个逼真的积木宫殿，或者一个闪光的火柴盒。他长长地吐出一口气，像做出一项重大决定一样，放下千斤重担，气定神闲地踱步到客厅。妻子正胡乱调着频道，看他过来，眼珠子像一尾黑鱼从水底游上来，打量他的脸色呢。

他说了句"车在小区门口等我。"然后到衣帽间穿了外套，拉门走出去了。

除了偶尔陪妻子散散步，他很少自己上街，更不用说出来吃饭了，认识他的人太多，可是这个时间要找家清闲饭馆不太难，因为吃饭的时间已经过了。大大地过了。他听到了自己的胃乏力地抗议，像一个懦弱的孩子在抗议父母的强权暴力。自从酒局青黄不接乃至彻底断绝后，原来时时要提醒他存在着的胃，也没什么大动静了，他似乎也就忘了它了——人就是这样的贱骨头，不让你疼，不让你难受，就不会真正记得什么。他要了一盘葱香小鸡丁，一盘蒜泥白肉，另加一盘老醋花生，吃一碗排骨米饭。小鸡丁萝卜丁浸在油汪汪的葱香油里，咬一口浓香酥软，还有一半的清脆，甚至那半熟的葱白都特别有味道，他甚至还没来得及细细品一下回味一下，一碗米饭已经下肚了。而老醋花生，他在嘴里脆脆地咬上一粒，油酥香脆，经老年陈醋那么一泡，清香把两腮都缠绵得醉生梦死，更不用说舌头这贪馋敏感的厮。似乎他从来没吃到这么回味悠久，不愿放下筷子的菜和饭了。他坐在靠窗的位置，由于餐馆里那橙黄的壁灯的映射，他已完全看不到外面，他在二楼，当然也不会有什么人会看到他，他无意一转脸的时候，他看到了自己的脸，也是黄黄的，不是面黄肌瘦的黄，而是油汪汪的花生油的亮黄，非常得心满意足，有种家底殷实不怕荒年的意味。嘴角还残留着一颗丰满圆润的大米，他用餐纸擦了后，突然想怎么没有用舌头舔进嘴里，当然他的肚子早已经什么也盛不下，连原来的那种荒凉感都盛不下了。

老婆和儿子都感觉出来了，他做的饭越来越好吃，量也越来越合适，比如说米饭。儿子吃两碗，他吃一碗半，老婆吃一碗。吃到最后，有时菜汤也净了，三个人都吃饱了，电饭煲也就非常圆满地空了出来，没有剩下一点饭，更没有让谁还觉得肚子空，意犹未尽。这就很有难度，很有意思了。就像花样滑冰，不只是技术，和艺术有些搭边了。细细想来这做菜做饭和做官很有些像哩，你看，想要成就一桌丰盛的晚餐，你要心中有谋划，有策略，什么样的菜和什么样的饭相搭配，热菜凉菜，冷拼小咸菜，香辣和酸甜，都要心里有数，胸中有丘壑。关键还要内行懂门道，比如说，香菇炒鸡块，什么样的鸡肉滑嫩，什么颜色的香菇味道丰厚，都要知道一些，要不然再好的打算都可能因为你是门外汉而泡汤。再有你要有技巧，或者说手段，这顿刚吃了尖椒鱼头，下顿再吃清炖鲤鱼肯定不成，你的感觉要先走在他人的前面，那样才有说服力。更有共性的是都有创造的快乐在里面，就像一团泥巴让你抟，什么样子你说了算，这，多么有吸引力。做官还有些天时地利人和在那里制约，而做菜几乎就掌握在你一个人的手里，味道火候成色都是你做主，端上餐桌，老婆儿子吃得酣畅淋漓，臭小子竟然都拿馒头将盘子底抹了抹，群众的体验从来都是品评功劳的金口碑，这才是政绩。

他还真的爱上了做饭。这有些滑稽，可也没什么可笑的。

许多事情，你想它吧，想也是白想，有些事情你不想它了吧，它还像只要讨你欢心的小哈巴狗，真巴巴地来了。他正在厨房抄着铲子煎鸡蛋饼，妻子拿着他的手机摁了接听键，一边把手机递到他耳朵上，一边接过他手中的铲子。是酒局。久违了的局。

主陪是一农民企业家派头的成功人士，胖胖的，人看着眼熟，却说不出在哪里见过，人称李总。有宣传部、工会、政协上的几个老熟人，还有内退的报社社长老周。热情地握手、寒暄，介绍后，酒局开始。主陪副陪代酒后，各自展开互相敬酒，李总端起和他身材一样充实的酒杯，先敬他一杯，吴局长，我能有今天多亏您扶持啊，这杯酒我先干为敬，说罢一杯酒就忽地倒进了喉咙。他不明就里，李总捧着空杯子说："我说贵人多忘事吧，文化扎台企业唱戏，是这说法，对不对？就那会子泥塑厂翻了身，一下子和外商签了好几个单子……要不是您支持，小厂子早倒闭了也说不准呢……"是这么回事，其实也说不上是他扶持，对县里的文化架台企业唱戏，他是双手支持，极力策划不假，可对泥塑厂也没有特别照顾过。当然话说到这里，酒得喝下去。各人展开互相"残杀"了一番，战斗力都有些耗损，原来单调的久仰，感谢之类的单方发话，变成了百家争鸣的此起彼伏。李总微红着眼睛，把酒杯端在接近肩部，不好意思地说，我李某人是个粗人，可是却喜欢和文化人打交道，镀镀金嘛。瘦瘦的泥塑厂主任忙补充道，李总对各位非常敬重和钦佩，等改天大家有时间一定去厂区参观指导。近期我们要办一个书画展，请诸位书画家一定捧场啊。……这倒是件好事，书法虽然是静中见功夫，可也要动态的交流来促进啊。有人附和，对！对！交流好，多交流，俗话说一交就流嘛。一阵会意的大笑，碰杯声和笑声很有节奏地穿插着。是一个成功酒局的气氛了，很快就适合签单子或者拍板子了。

妻子看着墙上的表，探身从窗边看他是否回来了，那时他酒局正酣。

她等他回家。多年了，她没有这样盼望看到他了。这个酒局与其说是人家倾慕老吴的书法，不如说是她送给老吴的礼物。

那天她下班，办公室的魏红冷不丁跟她说，你们家老吴真是的，竟然不认识我了。

不会吧？你什么时间见他了？

就是上个星期吧，我在怡园，你知道的，老板娘是我同学。看到老吴，笑着刚要跟他说话呢，他掉头就走了。

是哪一天？

魏红笑了，那个笑含义非凡，“星期三晚上。不会错，那天我正好给儿子开班会来着。是不是担心他领着小姑娘出去啊?!”

“呸!”

“我刚开始也以为他带着个小妞出来，不敢认我呢，听老板娘一说，人家可是一个人来的，老老实实吃完饭，就走了。别是你有了花花心吧?!”

她呸了魏红一口“老没正经的。”她想起来了，那天他有酒局，在家等了半天，后来说有车在下面接他，然后就出去了。回家后到睡觉也没说半句话。原来他自己一个人跑出去吃饭，人家压根就没请他。为什么不在家吃？就因为没做他的饭？她觉得有些好笑，低头笑了一下，摇摇头，突然心里一酸，眼泪就下来了，她站在大街上，眼前花花的。真你个老吴。

他怕她笑话他，看轻他，他在心里外着她，虽然他们做了二十多年夫妻。

他心里不舒服，这老婆就不是老婆家就不是家了?!

第二天她就给弟弟打电话，让他弄一个酒局。弟弟是做铝型材生意的，官道商道上有的是认识的人。这个酒局就是为老吴设的，当然不要让他看出来，当然弟弟不要出面。

弟弟挠挠头，有些搞不懂的意思。但是他这个姐姐的话他还是很听的。虽然一再地拖，因为他们都是些忙人，在这个拖的时间里，她的痛苦倒是比丈夫还要深了。每每看到他在厨房里投入地炒菜，他的头被那些白色的雾气包裹着，她看不清，过了半辈子了，她对这个同床共枕的男人似乎从来看不清。他做得越是自然，她的心里越是五味杂陈，过去纵横捭阖的一个人，做这些事越是做得顺手，越是让人觉得不应当。他写毛笔字的时候，她远远地端杯茶，他皱着眉头，像是无限烦恼却又似快乐无边，她很少过问他想些什么。他风光的时候，她只是自豪着，他背运了，她先有了怨怒。

他心里不舒服。

她为他想得太少了，这几年，她的心心念念里几乎全是儿子了，儿子的营养，儿子的成绩，儿子的情绪，而他被她扔出去了。这么想着的时候，她心里起起伏伏的，很想抱着他有了白发的头，安慰一阵子。

再看那边酒局。酒意上来云蒸雾腾，昏黄气氛适时上场，长得非常有文化味的宣传科长念了一个段子：有一男人在外见多世面，听有叫床一说，羡慕之极，因为每次老婆都把床上的气氛布置得跟公墓似的，把自己规划得跟木乃伊似的，非常没劲。回家就骂老婆笨，不会叫床。老婆听了，委屈不尽。暗暗不服。再行事时，老婆拍着床板，大声叫喊：床啊，床啊!!! ……笑声先是压抑着，后来连成一片，老周笑得鼻子泡都出来了，倒酒的小姐也在一边抿了嘴笑，看来她也听懂了。笑过之后，他突然觉得非常没劲，就是那种泡个热水澡非常慵懒，非常不想作为的感觉，哪怕老婆情意绵绵地换上酒红吊带睡衣。他看表8：45，那档他非常想学的铁板烧汁茄条已经播完了。如果他写字的话也可以写几幅了。而他在这里，来了和没来是不同的，可是真的有什么不同吗？

以前的酒局都是这样没意思吗？可是那时感到多么有意思啊，岂止是有意思，简直是非常重要，有些会议可以让办公室主任去参加，而有些酒局是万万不可替代的。一桌子菜，公平说，哪一道都做得很不错，色香味都有不俗之处，可是那么多的香味混杂，仿佛春天的大花园，你不觉得清香，醇香，乃至芳香，只觉得头晕，因混杂而起的头晕。为什么头晕，其实自己也非常头晕，非常糊涂。

他回家的时候，妻子正在沙发上打盹。看到他，有些失措地站起来，那时他的脸红红的，颧骨像清明的红皮鸡蛋，看上去特别喜气。

喝多了。喝多了。妻子拿毛巾给他擦了一把脸，他一抬头的瞬间，看到她谨微伺候的脸色，微微吃了一惊。

床头灯灭的那一瞬间，灯芯似乎还暗暗的亮着，像一截火石发着幽光。他突然感到无比的疲惫。酒意从胃里蒸上来，上了头，他心里却是清清楚楚的，只是不明白为什么。妻子扳住他的脑袋，哑着嗓子叫了他一声。他又是一惊，想起酒局上的那个段子，感觉领悟到了领导意图。打起精神要有所作为，妻子摁住他的胳膊，你真的喝多了？喝了多少？他不明就里，嘟囔道：该喝的都喝起来了。没意思，真是没意思。然后就是一声长得不能再长的叹息。

她心底扭起来的那腔子柔情一下子醒了：没意思？到底是喝酒没意思，还是她没意思？或者他知道了她在里面的操作？她一激灵，胳膊先僵硬起来，他觉得了，合着眼睛，拍拍她揽住自己的那根手臂，他拍得很轻，像一片羽毛抚在手背上，似乎饱含了力量和深情，一下一下，又像是很重了，有了时间的力度和空间的分量。睡吧。她木呆呆地看着他已经松弛下来的表情，无比熟悉却又无比陌生，这么多年，她从没这么仔细地打量过他，那架势像打量一件名贵的祖传古董。

睡吧。说完这两个字，他很快就睡着了，鼾声起来了，就像从大海深处传了出来。

旺兴村异人二题

潮巴阿嘣

响板到人民医院做完了化疗，金生请他吃饭，顺便叫上了我。响板得的是鼻咽癌，这个曾经用笑话逗得我们肚子痛的二流子，如今话都说不利索。金生说，吃吃吃，前些天我头晕去医院，老天，又是脂肪肝又是血黏稠高血脂还有胃溃疡还有胰腺炎，那个四眼医生让我戒烟戒酒戒肉戒女人，我说，操，都戒了，还活个什么劲?！谁也没有前后眼，过了今天再说……

响板吃了一筷子青菜，又放下，说，我挺想咱村里的那些人，磙子，洪亮，还有阿嘣……阿嘣还活着吧?

金生说，那好办，改天我和你回去一趟，再做个局，就请咱一块长大的那些人。说实话，我也想回去了。

阿嘣是个傻子，用我们当地的话说是个潮巴。几乎每个村子都会有这么一两个潮巴。因为这些潮巴，村人枯燥的生活多了许多趣味。

阿嘣原来不叫阿嘣。在上了七年一年级后，老师让阿嘣数数，阿嘣还是只能从 1 数到 7，不会数的他便用“嘣”代替，如果老师不用黑板擦狠狠地敲讲台，他会伸着脖子一直“嘣”下去。鉴于他这个著名的特点，大家都叫他阿嘣，索性连他本来的姓名也忘记了。据说后来连他的父母也叫他阿嘣了。

阿嘣的手脖又细又薄，附着一层锈灰，细竹节一样，仿佛一扭就可以断掉，可是如果真用起来还是很有力气。夏天燥热，学校里便用大锅烧热水，供师生们饮用。那是八十年代，学校里没有专门烧水的工人。我们在教室里上课的时候，老师就安排阿嘣和另一个叫大海的潮巴到村子井里打水，然后把水抬到烧火屋里，倒进大铁锅，再坐到炉灶前用柴禾烧开。阿嘣和我们一块上学，一块放学，唯一不同是我们坐在教室里，阿嘣则蹲在炉灶前烧火，脸上的灰横一道竖一道。阿嘣用比他胳膊还粗的木棍抬着显得比他的人还大的水桶，一步三晃，咬牙瞪眼，扁头布满汗珠，样子着实滑稽可笑。阿嘣比我们要大五六岁，一直在念一年级。所以每个升到二年级的小孩子都有资格取笑他，抬水这件事显然让他乐在其中，他每天第一个到校后忙不迭地将那根抬水棍子抱在怀里，仿佛生怕被别人抢走了他难得的好差事。分开水的时候，阿嘣老母鸡护雏一样护着开水桶，用舀子分水给大家，此时的阿嘣眉眼舒展，言语明白，声高气壮，灰眼珠也有了亮光，几乎要像一个正常人了。他似乎被一种我们看不见的神的光辉照耀，痴傻愚钝也像乌云一样暂时隐退了。顽皮孩子喝着阿嘣烧的开水，继续拿他寻开心："阿嘣，阿嘣，拉屎不擦腚""阿嘣，阿嘣，被窝里吃，被窝里拉，被窝里放屁嘣爆米花"……阿嘣咧着嘴，憨憨傻笑着，露出红牙花子，完全是一副大人不计小人过的样子，大家就笑得更厉害了。阿嘣上了七年一年级，除去他念1234567嘣的时间，有六年半的时间他在不亦乐乎地抬水，烧水。当然他的爹娘并不知情。

城里的医生来村里做健康普查时，对阿嘣揣着袖筒在一旁候着的爹说，这孩子缺钙。

阿嘣爹脸上一副茫然不得其解的表情，他委屈地说："大夫，阿嘣他娘一晚上起来给他盖好几遍被子呢，怎么缺盖呢?!"

阿嘣头尖而扁，脖子细软，前倾着头，却动不动在额头上耸起一道道抬头纹，十八岁就已经显得很老相了。除了大海没人乐意跟他在一起，天气变冷后，阿嘣便开始揣着袖筒在墙根晒太阳，失去了抬水的荣耀，他无精打采，眼神也是灰淡的，只有袖筒上的黄鼻涕在阳光里一亮一亮。但是事情很快出现了转机，阿嘣家里有了特殊的小香皂。小小的薄薄的一块放在手里，有一种淡淡的香樟树一样的味道。香皂是金黄色的，上面还印着一个卷发美人头。阿嘣爹原是个光棍，阿嘣的娘来讨饭时，大伙便凑了主意让阿嘣爹把她留下给自己当媳妇。多年过去，阿嘣的舅舅寻到妹妹，并给这一家带来了许多稀罕的小玩意，小香皂就是其中之一。从那以后几乎每天阿嘣都要从家里偷出小香皂分给他的“朋友们”，许多人围着阿嘣伸出胳膊，“给我一块。给我一块。”阿嘣像在学校里从大桶里舀水分给大家一样，又成为目光焦点。原来经常把阿嘣打得嗷嗷叫的金生大喊一声：“阿嘣！你忘了咱俩好过吗？”阿嘣抬起他软塌塌的眼皮，眼白呆滞地瞄到金生，迟疑了一下，然后把一块香皂递给他。每个人都向他套近乎，说过去给他的恩惠，我说：“阿嘣，你不记得我让你抱过我家的小胖吗？”小胖是一只可爱的小白狗，我抱在怀里的时候阿嘣眼里露出垂涎的意思，上前用瘦手去摸小胖脊背的毛。我骂道：“瞧，你的烂黑爪子，把它都摸脏了。”阿嘣没有丝毫退缩的意思，这时我想起掉到河里的凉鞋，就对他说：“阿嘣，你如果能帮我把鞋从河里捞出来，就让你抱抱小胖。”阿嘣就撅着屁股在河里摸索了半天，把水都摸浑了，他挽起的裤腿也浸透了水，沉沉地挂在两根细麻秆腿上，像两个硕大的豆腐布袋。他终于找到了，举着那只凉鞋，水淋淋地跑过来。我从小多病又生得矮小，经常被金生这样的脑子灵光体格又壮的霸王欺负，只有在阿嘣面前我才知道自己也可以很牛气。我挡开他要抱小胖的手，说：“擦干它。”这时，阿嘣捂着胸口揣着的小香皂，似乎认真在回忆里确认了一下。当然这对他来说是一件难度很大的事，然后他就把小香皂给我了。最后几乎村子里的每家人都用上了阿嘣家的小香皂，每家的晾衣绳上都香喷喷的，有的家里还不止一块。阿嘣虽然傻，但是在偷家里香皂的时候，还是充满了一个傻子独有的智慧。他先从底下拿，拿掉的地方放上一把土。当阿嘣的娘敞开那个纸箱里面只是一堆土，阿嘣爹的鞋底就毫不犹豫地攫上阿嘣的屁股了。阿嘣的惨叫声传遍了大半个村子，金生后来说，也只有潮巴才肯那么叫唤。

当我们这些比阿嘣小的同学都娶了媳妇生了孩子过起了屎一把尿一把的日子，阿嘣还在坡里放羊，眯着灰眼睛捏羊屎蛋玩，对着虚空处嘿嘿傻笑。响板告诉阿嘣母羊是他的亲娘。这一点阿嘣半信半疑，他怎么会是一只羊的孩子呢?！响板就告诉他，母羊生他的时候，他还见过哩。然后绘声绘色地描述母羊生他时的情境，为了让他确信，响板还掰他的耳朵，说，你瞧这后面的疤，就是当时你的娘母羊给你顶的——当然阿嘣使劲转动脑袋也看不见。哪有孩子不吃娘奶的理，阿嘣在他的推理下，就当真去吮吸母羊垂挂在两腿间的大乳房。结果被母羊蹄子给踢肿了脸。寡言的阿嘣娘终于忍耐不住，在门口骂了半天街，用那种北乡的俚语，叽里呱啦的，由于声调激昂语速很快，大家一句也听不懂，但可以凭口气声调判断其骂词的恶毒与伴随骂词带来的痛快淋漓。

旺兴村是个小村子，百十来户人家，村中一棵三人合抱的千年大槐树，据老人说已成了精，槐树洞里淌出一些黄黄白白的油水，可以治疤癞烂疮。村头六寡妇就常拧着儿子耳朵带他去抹老槐树的树油。横贯村子的是一条河，平常细细弱弱地流淌着，间或有村人到里面水聚多的地方洗菜叶子，下游是一个大潭，是大姑娘小媳妇洗衣服的地方，连起河两岸的是一座石桥。一到夏季发起洪水，这河便变成一只猛虎，洪水退后，许多人就趴在石桥上看下面滚滚的黄水，颇为壮观。有人拿柳枝子撩拨着玩，有人往里扔石块，村主任的儿子洪亮就是这时和庆奎在桥上撑起了葫芦架，两人来来回回地像羊顶角一样。也不知怎么回事，洪亮就滚到水里去了。后来捞上来，洪亮的肚子像皮球一样，先是被摁着吐出了一些黄水，醒过来嘴角吐沫，眼睛翻白，把大家都吓坏了。抬到赤脚医生王瘸子那里，王瘸子正蘸着唾沫星子卷烟叶子，他只消一眼，就说，不用看，羊角风。庆奎爹带着庆奎上门赔罪，说庆奎说两人撑葫芦架玩呢，潮巴阿嘣在那里撩水把柳枝子套到洪亮脚脖子上，洪亮脚底一滑滑到水里。村主任笑嘻嘻地说，不碍事，一个潮巴懂什么。后来洪亮额头上留下来一道明疤，也当众犯了几次羊角风，据村主任老婆说就是掉到水里弄出来的粘缠病。有号称知底细的娘们却说洪亮的羊角风早就得下了，一次村主任家扩音器忘了关，村长老婆在里面喊孩子又犯病了，村主任小声骂娘，紧接着一阵刺耳的刺啦啦关喇叭声，里面的嘈杂像被一把掐死了。当然这犯疯也不一定是羊角风。两家照旧和和气气的，却不怎么来往了，村人都骂潮巴阿嘣，是成事不足败事有余的囊货。

多年后许多人回忆起旧事，那年秋天庆奎拿着蛇皮袋子进玉米地有人是看见的，但是什么时候洪亮和阿嘣进去就没人知道了。洪亮后来说，当时他从玉米地边走，听到里面有撕扯打架声，进去一看，庆奎偷玉米被潮巴阿嘣发现了，阿嘣要喊叫，庆奎便拔出刀子要杀阿嘣，等他赶过去，庆奎已经被阿嘣捅死了。闻讯而至的村人看到的是躺在血泊里的庆奎和手拿血刀子啊啊大叫的阿嘣。这是村里活着的人见过的第一桩血案，人人都吓傻了。阿嘣被一辆警车带走了，阿嘣的娘披散着头发跪在玉米地头嚎啕大哭，阿嘣怎么会杀人呢，他那么细的手脖子，连碗粥都端不牢！阿嘣爹劈头给她一巴掌，拖她回家，说村主任来看过了，他说没想到阿嘣会做出这样的事来，也难怪，狗逼急了也跳墙，何况是阿嘣呢。阿嘣娘刚要申辩，阿嘣爹制止了她。村主任走后，阿嘣爹说，村主任说了，阿嘣脑筋不灵光，坐牢也不会难为他的，在里面吃的比庄稼人还强，有馍有菜。村主任说他会找关系活动，让人给关照着，关个三五年就出来了。出了这样的事村里也很痛心，已经研究决定给阿嘣划宅基地，位置风水都是最好的。

阿嘣出来的时候，仍然笑嘻嘻的，他咬着开裂的指头，仿佛咬着一节甘蔗。由于剃短了头发，他的头看上去越发扁，像一个砸扁的午餐肉罐头盒子。大伙就问他，阿嘣，在里面怎么样？阿嘣就说，×你娘。众人便笑，死潮巴，到里面学会骂人了。有一次金生问他，他照样来一句，×你娘。金生左右开弓打他耳光，打一下他来一句，×你娘。他的抬头纹深深地堆积着，眼白吓人地翻着，像个死鱼。他脸上带着红巴掌印，目露凶光，却不还手，一连串的×你娘×你娘×你娘，就像上小学时的1234567嘣，一直嘣下去，金生骂一句烂潮巴，落荒而逃。

阿嘣二十八岁了，还没有老婆。村里的瘸子，聋子，瞎子，所有有残疾有毛病人的都娶了老婆，甚至连一个大麻风病人都成了家过起小日子。每到有娶媳妇的放鞭炮，阿嘣的爹就很难过蹲在地上捶脑袋，觉得阿嘣没有老婆是自己天大的罪过，没法向祖宗交代。三番五次让阿嘣的娘去媒婆子刘三娘那里，今儿送点扁豆，明儿送碗肉。弄得刘媒婆坐立不安，可是谁愿意跟一个二五不分的傻子过日子呢？终于有人愿意跟阿嘣了，娶媳妇那天，大伙忙得四脚朝天，却不见新郎官，后来大伙从老槐树上把他拖下来——他上去摸鸟窝。或许是要给他的新媳妇送个鸟蛋吧，拉他回家的人嬉笑着说。阿嘣被摁着洗了脸，换上簇新的衣服，和新媳妇坐在一起。新媳妇是个壮实的女人，结了婚生过一个孩子，男人死了，用我们当地的话说是个回头。可是阿嘣和这个回头媳妇坐在一起，也是百般不配，他耷拉着扁扁的脑袋，穿着不合体的新衣服，整个身子向下出溜着，半大孩子一样不知所以然地嘿嘿傻笑着。回头媳妇却很大方，似乎一点也不介意自己嫁了个傻子，脸红扑扑地给大家分喜糖。大伙都为这个看着蛮舒坦的女人惋惜，暗暗揣度阿嘣家背地里花了多少钱。

娶了媳妇的阿嘣似乎和以往没什么两样，还是早早地出去放羊，玩羊屎蛋，对着花儿草儿的咕哝说话，一个傻子你还指望他做点什么？好事的二流子响板远远地看见阿嘣就招手，等阿嘣过来，响板就问，阿嘣，有媳妇好吗？阿嘣嘿嘿傻笑两声，提提浪荡的裤腰，忸怩地说，好。

怎么个好法?！响板压低了声音故作神秘地问。

让吃大奶奶。

大伙憋着笑，越发去逗他。都知道阿嘣尿床被新媳妇打了屁股的事，故意问，你搂着媳妇还是媳妇搂着你？

阿嘣嘻嘻笑着，很害羞的样子。响板告诉他，你要搂着媳妇睡，还要爬到她身上去。阿嘣又是嘻嘻一笑，要压坏的。这个潮巴，真是无药可救。

阿嘣老婆的肚子吹气一样涨起来，走路都很埋汰的样子，结婚不到半年又生了一个女孩。显然这个女孩既不是她原来的死鬼男人的，也不是阿嘣的，到底是哪个畜生的，谁也说不上来。但是村子里的婆娘们都看出门道来了，这女人嫁给阿嘣不过是为了顺当生下这野种孩子，以躲避计划生育。如此糊弄一个傻子真是丧尽天良，全村人一下子变得正义起来，一个个摩拳擦掌的，仿佛上了当的是大伙，而不是傻子阿嘣。婆娘们都去撺掇阿嘣娘找刘媒婆算账，讨回那些彩礼钱。阿嘣娘先是气呼呼地骂了几句北乡脏话，然后低头支吾道，俺还要去用她家的磨。（我们当地摊煎饼，都用石磨磨玉米糊。刘媒婆家有一盘磨。）这些多是让刘媒婆给说过媒的婆娘们便唏嘘一阵，叹口气散了，各自去做各自的营生了。刘媒婆知道这件事后，到东家串西家逛的，好一顿牢骚，大意是阿嘣这样一个不成器的潮巴，连个男人也算不得的，如果不是连哄带骗，这个回头女人也不肯来呢，好像是收了人家多少好处似的。这世道人心都黑了，当初巴巴地求了你，好了伤疤就忘了疼，讨了便宜来卖乖——出了力气也没好报，谁还肯费唾沫星子去做媒！这些听着的婆娘先是赌咒发誓自己没那么想，接着又夸刘媒婆是个热心人，促成一桩婚胜造七级浮屠。刘媒婆这才擦擦嘴角的白唾沫告辞而去，这赌咒发誓的婆娘哪知道浮屠是什么东西，闭上门骂一句天造孽，骂一句惹事的烂潮巴阿嘣，然后就去做饭了。

阿嘣娘想想也是，稍微脑袋长点筋的，谁又肯嫁给阿嘣呢？即使这个回头女人的孩子是别人的，她只是借窝下蛋，但是这蛋下在了她家，孩子就应该算阿嘣的，待上两年她和阿嘣的爹两腿一伸两眼一闭，好歹也有个人给阿嘣烧口热水喝。即使她退了一万步想，也没想到这回头女人竟还是偷偷走了，还带走了阿嘣房里一切值钱的东西，连一把烫酒的老锡壶也没放过。阿嘣娘呼天抢地地心疼那些彩礼钱，后悔还用兄弟给的铜钱给阿嘣"女儿"打了一副铜项圈。阿嘣无动于衷地卧在大门门槛旁抠蚂蚁窝，他用力抠着，瘪着嘴，闭着眼，体会着手的力道，那一副蛮当回大事的样子让阿嘣娘看见，又结结实实哭了一场。后来阿嘣回家，像往常一样没心没肺地吃饭，睡觉，阿嘣娘暗想，也难怪那女人要走，这样一个潮巴，知道啥好歹啊。阿嘣是在老婆走后的第三天才哭起来的，他在碗柜上看到了那个忘记带走的奶瓶，忽然想起什么似的，拿过来紧紧抱到怀里，任是谁也夺不出来，然后惊天动地地哇哇大哭起来。旺兴村的人都说，没想到一个潮巴也可以哭得那么让人心碎。

离开旺兴村这些年，我也回来过，但从来没像这次一样认真地端详过它。整齐划一的红瓦白房取代了土坯房，河沟填平了，被村人尊为村神树精的老槐树也早已消失不见，四通八达的村子从哪个方向看都像一个魔方。这个魔方转啊转啊，三十年光阴已是物是人非。阿嘣爹已经去世了，阿嘣娘看到我们又挤着眼哭了一场。看你们都有家有口的，阿嘣怎么办呢？阿嘣袖着手在墙根晒太阳，木桩上拴着几只山羊，阿嘣手指头上像捏着个什么小生物，但他很快偎着墙站起来，白眼珠亮了一下，朝我们嘻嘻笑。

靠马路的村边一溜儿的羊肉馆、饺子馆，服务员穿红着绿招呼，贵客这边来。都是些谁家的妮子，当我们是外人呢。选了一个清净的小屋，要了一桌子菜，磙子，洪亮，响板，金生……转眼间这些半大小子都人过中年了。爬树捞鸟、偷西瓜、往羊腚里塞山枣……儿时丑事说来也是非常动人。响板说，我说了许多骗人的话，所以才报应得这种病吧，我病后老是梦到咱这伙人，想啊，我怕回不来了。磙子说，你说的是什么话，我们以为你混大了嫌弃老少爷们呢，想就回来，一块再去披了蓑衣去偷吴老头的西瓜。金生喝多了，鼻涕眼泪滚滚地流，服务员掀门帘一看，惊得捂着嘴又出去了。洪亮大声道，你忙去吧，这里我们自己来。金生做铝型材生意，赚了大钱，在城里买了大房子开了别克，也弄了个据说是女大学生的做外室，不承想那全是竞争对手的鬼把戏，把他的钱全套空了，还欠了一屁股债，今天开来的车都是借来的。老婆也跑了。阿嘣说，你的车怪好来着，是铁的吧？结实。金生说，阿嘣，我才是个潮巴啊，被人骗了一遭又一遭，我还不如个潮巴呢……后来他攥着阿嘣的脏手，说，阿嘣，我不是人，你打我脸。你打我脸。半天没有说话的响板问，阿嘣，你恨我们吗？阿嘣一边嚼着嘴里的饭，一边往怀里揣包子，一边嘟哝，羊还没吃饭哩，快下小羊羔了，还没吃饭哩。

花痴“二姑娘”

四里八村都知道“二姑娘”是一个花痴，而对二姑娘是男是女，又到底怎样成了一个花痴，却是旺兴村的人最有发言权。这也是旺兴村人在外村人面前最有优越感的地方。

什么样的地儿长什么样的瓜。要说清楚花痴二姑娘的事，首先要说说旺兴村的来历。据老掉牙的爷爷们说村谱上记载，旺兴村原来叫旺杏村，传说当年乾隆下江南行经此地，前后皆荒芜，唯此地杏林蔚然花开烂漫，零散村户如棋子点缀其间，美如仙境。乾隆爷欣然命名为旺杏村，也有说乾隆从此经过见一绝色村姑在河边洗衣，或许就叫杏儿吧，因被“王”“幸”过，以讹传讹，就叫王幸村。野史村话十有八九是好事之人慕了皇室贵族或才子之名杜撰而来，民间野史中乾隆的风流韵事最多，也不在乎再编造一个。临幸了一个村女，即使没有带回宫也值得村人为之自豪了，当然像你我等小民做了乾隆一样的事，村人会戳断脊梁骨的。闲话休说，后来这村谱在破四旧中化为灰烬，这村名的来历越发无迹可考了，越是这样村人说起来越是大胆了，没边没沿的事情往往就越是可信，几乎人人都相信乾隆来过我们旺兴村，干过一些风流事。村子后面的山坡传说是杏儿姑娘在那里摘杏，后来力乏体虚睡卧在那里，干脆就叫成落凤坡了。为什么会贪吃杏呢，当然是被临幸后上了身，酸儿辣女嘛，于是每个村人都觉得自己是正宗的龙种了。但是到我们这一代人，村子里只有响板家有一棵杏树，每到春来，蜜蜂嘤嗡围着开花的杏树，甚至蜇了在树下拉屎的响板的屁股。到了满树黄杏的时候，响板娘端着簸箕分了半边庄，可照样有半大小子爬墙上屋，墙上的瓦让那些毛猴子给掀落了，墙头也给骑滑溜了，墙边栽杏总有些不太吉利，后来响板的爹就把这旺兴村最后一棵杏树给砍了，劈了当柴烧。二姑娘和响板家是邻居，两家女人又常在一起纳鞋垫嚼些舌头，劈杏树桩子的时候，两个人正好成一锅粥，于是响板的娘就大方地把杏柴送给二姑娘的娘了。

沾桃带杏者，不是风流人就是风流事，何况又是乾隆爷临幸之地的杏树。后来推测二姑娘的诡秘古怪之处，村人多要寻根探源到二姑娘的娘用那出墙的杏柴给二姑娘做饭造的孽。村人自有村人糊涂的逻辑，咱先不管他。

二姑娘不是我们经常说的排行第二的姑娘，不但不是姑娘，还曾经是个响当当的男人哩。“二”，在我们当地是混沌憨傻的意思，比如二忘，意为二百五；二潮巴的“二”则加重了傻的程度，这里的“二”共同的加重语气及强调的意思。二姑娘在这里不是读“二——姑娘”，读“二姑——娘”，有不男不女二尾子的意思。二姑娘本名张顺发，原是个青壮的后生，人又聪明，据说三岁就能背古文，四岁会打算盘，要知道在旺兴村除了会计是没人会打算盘的。我记事时，二姑娘已经是全镇的风流人物了，旺兴村的学生在班里总会有人拽住，神神秘秘地问起二姑娘的事；嫁到外村的媳妇，刚下婚床，就有性子急口快舌的媳妇姑娘来打听二姑娘的饮食起居。二姑娘用红头绳扎着两个高辫子，穿着枣红碎花上衣，撒花红裤子，黑方口鞋红袜子，走起路来一扭一扭，比女人还像女人。二姑娘手里经常拿着一块红手帕，据说是香喷喷的。男人们喜欢把二姑娘叫到身边，过来，二姑娘。二姑娘就羞羞答答地扭过去。有男人一边去摸他鼓起的胸一边嬉笑着问，好大的奶，是棉花做的，还是揣了两个馍馍？二姑娘便面露羞色，用红手帕轻佻地打那人一下，去，人家黄花闺女呢，不要脸！大伙哈哈大笑，有些穷闷无聊的光棍汉，把他揽到怀里，一边摸他一边说些下流话，他就越发得意，动不动做出一些让人牙酸的动作来。

二姑娘喜欢上学校里解手，还专门去女厕所，有时女孩子进了厕所，刚要褪裤子，见二姑娘蹲在里面，吓得提了裤子没命尖叫。二姑娘面色羞赧，柔声说，别怕，我也是个女人。那声腔七绕八弯，男不男女不女，越发吓得女孩魂飞魄散。以后女孩们再上厕所就加了小心，先结队去看看二姑娘有没有在里面，然后才进去，还得有人把门才敢蹲下来方便。

这些多是二姑娘在村外的情形，村人都知他底细，他白天很少呆在村里，傍晚回家脱下一身红，挽挽袖子和别的男人一样扬土垫猪栏——当然除了二姑娘的娘谁也没见过。到了晚上，二姑娘把脱下的枣红褂子，粉红秋衣，用棉花垫了的女人胸罩——据说是二姑娘自己一针一线缝好的，再是裤子，袜子，一一放好，捋平整了，仿佛是另一个人躺在那里，然后挨着躺下。鞋子在床下挨着他原来的男人鞋子。二姑娘的娘一开始跺脚骂，后来用烧火棍劈头盖脸地打，鲜血顺着他头发稍子往下淌，他像木头一样跪在地上不出声。二姑娘的娘扔下烧火棍子，倒在床上，用毛巾捂着嘴哭了一夜。第二天他又梳妆打扮，涂脂抹粉，穿红戴绿，摇摇摆摆上街了。二姑娘的娘管不了他，又不能打死他，索性自己不再出门，不到半年头发就全白了。

二姑娘比我们大十几岁，据说原来是个再正常不过的后生。关于他如何变成二姑娘有好几个版本，几乎每个旺兴村人都能说出一个不同的版本来，似乎除了二姑娘的娘，每个人都知道二姑娘之所以成为二姑娘的原因。

我只说一个流传最广的，并且也可以找到一些事实依据的版本。二姑娘在二十多岁时喜欢上金生的堂姐红芽，红芽从小喜欢穿红，唇红齿白，是旺兴村的碗头。红芽也对这个识文断字能大段背诵古书诗文的青年有了意思。据说两个人经常在挑水的时候，在井台上眉来眼去，甚至也有人说红芽给二姑娘绣过一双并蒂红莲鞋垫。红芽爹是个黑脸的抡锤铁匠，放出话来，说如果他想娶红芽，除非红芽死了。我们当地有个习俗，女子一般不嫁本村，但是也有特例，如爹娘需要就近照顾或有相中的本村后生。红芽爹把话说绝了是有过一些来历的。多年前村里批斗红芽爷爷时，虽然造反派极力鼓动，人们倾诉受地主欺压血泪史时，感情很不充沛，也没人能说出一句扎实贴切又上纲上线的话，批斗会进展得很不顺利。造反派头头这时看到了那时才九岁的还没成为二姑娘的张顺发，就说，你上来念两句。少年张顺发从容不迫地往主席台上爬，爬到一半时半个屁股又掉下来，边上的大人托着他的屁股把他给弄上去了。他站在主席台上，黑眼珠咕噜了一圈，口齿伶俐地来了一段让旺兴村人目瞪口呆的顺口溜：大地主心眼坏，你吃肥肉俺吃菜，你穿绸缎俺光板，不把地主斗翻天，社会主义怎么办？以后村里还专门根据这顺口溜编了一段三句半，到公社上去会演。张顺发那时每天看大字报，脑海里很是积累了一些批斗语录，又加上他有汲取文字营养后再加工的能力，在一场场的批斗会上出尽了风头，一下子成了神童式的人物。张顺发寒酸老实的爹娘也跟着沾了光，赶集上店的很容易就被人认了出来。四邻八舍突然发现旺兴村的灵气原来都被张家占尽了，一个个心里有了醋意，神色里有了惊惧，深恨自己以前失了眼色。最沾光的是红芽爷爷，随着那张顺发创作的三句半的广泛影响，他也迅速成了全公社的恶霸地主典型，最后实在扛不过折腾，解下裤腰带在房梁上吊死了，被人发现解下来的时候，头还戴着十多斤重的锅盔圈，脸都挤压紫了。

红芽后来负气嫁给了镇上一个修无线电的瘸子，那人不止会修无线电，也会修理红芽。红芽浑身青一块紫一块，却从来不敢告诉家里，一次红芽挨了打住在娘家，去井边挑水，踩到青苔，滑到井里，也有说是她自己跳进去的。最后捞上来，红芽乌发青眉面色红润，竟像睡着了一样。张顺发说，既然死了，那就给了我吧。他跟死去的红芽说话，给红芽梳头，把红芽的衣服捋平整，巧手的他还缝了两朵红花，自己衣襟上别一朵，给红芽别一朵。红芽火化后，他就每天早早来到井边，趴在那里守着，跟井水说话，流泪，不让村人打水。很有些花痴样了。应该是一个黄昏吧，放学的女孩子嘻哈笑闹着从井边走过，天边的云霞把女孩子的衣服和脸染得红彤彤的，就像打了胭脂。他扎煞着手，去叫一个扎辫子的女孩，红芽。那女孩看到他花痴的样子惊了一下，转而格格笑了，你才是红芽呢。他低下头，看到自己身上也是红灿灿的，突然他感到无比轻松，仿佛卸去了一个沉重的壳子一样，就轻飘飘地回家去了。然后张顺发就不见了，再走出家门是一个叫二姑娘的人，所以当大家调笑着叫他二姑娘的时候，他感到对极了。

还有一个版本荒唐得可笑，二姑娘喜欢看书，被书里的女人着了迷道，走火入魔了。你如果问，他都看什么书？那叙述的人便告诉你有好多，其中一本是红什么梦，村人识字的不多，更不用说看闲书了，而视《红楼梦》为妖书也不足为奇了。

二姑娘似乎天生对女人的一切事务都无师自通。他扎在女人堆里绣花，纳鞋垫，后来赶时髦织毛线，还会在飞针走线的时候，突然说，哎哟，肚子疼。人便问，吃啥坏了肚子？二姑娘就有些怨怒又有些撒娇地说，好像是来事（例假）了。惹得那听的人又是笑又是骂。他自己做了粉红色的套袖套在枣红褂子上，红袜子绿裤子，比女人还要女人。知道底细的越来越多，男人们也不再对他感兴趣了，虽然抹了香粉，但他脸上的褶子还是看出来了，转眼间二姑娘已经快四十岁了。最后一次见他是在集市上，二姑娘在卖包子的小摊边转悠，蹲在那里不走，摊主看生意受到影响，骂咧咧地将一个包子扔给二姑娘，二姑娘没接住，包子掉到地上，一只黄狗将鼻子贴着地面吁吁嗅着，二姑娘慌忙抢起那个沾了沙子的包子，两手倒换着，吹着热气，那沾满黑指头印子的包子转眼之间就进了他的肚子。他黧黑的脸庞看上去老态毕露，红褂子已经变成深褐色，还是扎着两个高辫子，已经稀疏的头发下露出晒黑的头皮，而那红头绳上已经被油灰浸染得黑红难辨了。幸亏他的娘早死了。

后来我离开旺兴村，多年了，远近村子的人来还是提起二姑娘。我想不到二姑娘有那么大的名气，连当初村人引以为豪乾隆临幸的传说都没什么人知道了，花痴二姑娘倒成了旺兴村一个标志。这次我听到的是最不愿意听到的：二姑娘在路上结识了一个耳聋眼花的老女人，老女人约二姑娘家中歇息。吃了晚饭，见天色已晚，老女人便留宿二姑娘。当然这老女人多了个心眼，想要把二姑娘说给自己的老光棍儿子。临睡前安排二姑娘跟儿子同房，二姑娘羞羞答答地拿捏出一些女人的姿态，娇滴滴地说，俺害羞，想同妹子做伴。老女人喜得什么似的，更当二姑娘是规矩人家女儿，就安排二姑娘同女儿同床而眠，结果半夜里，这女儿高声喊叫起来。于是二姑娘挨了好一顿痛打，好多天起不了床，从此便瘸了。这个传言我不太信，那说的人毕竟没有亲见，再说二姑娘四十多岁的人，长脸黑皮，貌相已经不复年轻时那样哄人了，老女人糊涂眼花，难道她的一双儿女也看不出好歹来吗？

二姑娘后来怎么了？我实在不愿再听了，这也是我那些年不愿见到旺兴村人的一个原因吧。

跳下来吧

出租车走到新华路的时候，前面堵住了。平头伙夫相的司机说，堵路了，过不去了，只能拉到这里了。他的声音平板淡薄，不用看赵亚丽也可以想出那是出自一副面无表情的脸孔。从后视镜里赵亚丽看到了他职业化的冷漠眼神，困顿，麻木，毫无转圜余地。赵亚丽看了一下手机，8：10 分，也就是说还有 20 分钟就交班了。昨天梁主任在晨会上强调提前十分钟上班，说完后，他又用食指和中指用力地敲了敲桌子，大声强调说，不管什么情况，八点半必须开始交班！他敲桌子的那种空洞又坠沉的响声似乎又突兀地震响起来，乱麻一样的思绪被这声音一冲击，她觉得头在脖颈上开始无限扩大，扩大得都有些不像自己的了——俗话说，不打勤，不打懒，单打不长眼，这个节骨眼，她不想一下撞到枪头上。通往人民医院有两条路，一条是他们所在的新华路，一条是民主路，拐一条街到达人民医院，而现在民主路正在整修。司机看她没有想下来的意思，打了个哈欠说，前面很多人围在那里，铁定是过不去了。你瞧那些车都掉头了。你也知道民主路在抢修，过不去。你自己想办法吧。铁板钉钉的语气配上了略带歉意的笑脸，那个笑是勉强撑起来的。赵亚丽愣怔了片刻，下车，往前几步，前面堵满了人，乱纷纷的，仿佛架了一锅将沸的粥，浮动着莫名的兴奋和激动气息，混杂着刚出锅的油条和豆汁，以及大梦初醒的味道。大清早的，是车祸，还是什么事故？真是烦透了。人倒霉了喝凉水也塞牙。

赵亚丽所在的神经内科是以人满为患出名的，几乎所有人住院都要等。梁主任是湖南人，小个子，秃头顶，平时满脸和事佬的笑意，春风化雨一般，谁看着都觉得亲切，病人一见到他，不用说话，单看他那笑意缤纷的鱼尾纹就觉得无比踏实。但是每天清晨他脸上的表情是零度以下，让人看着心里要起霜花。交完班，脸色开始回暖，等查完房，就是满面春了。小年轻背后嘀咕他夜生活质量不高，但没人敢在晨会上五马六羊，每逢交班，一个个脸板得镜中寒光闪闪。如果谁交班迟到了，他会毫不留情地当众给你没脸，何况昨天刚刚开会强调了——那手指敲击桌子的声音又响起来了——空洞地在她脑海里东撞一下，西撞一下，赵亚丽越想越觉得紧张，脊背都发凉了。她必须快速穿过人群，找一辆出租车。她扒拉着堵住她的人墙：拜托，让一让，让一让。这时她看明白了前面的情况，一民工模样的人站在帝都大厦楼顶，一条腿跨在楼顶栏杆外，另一条腿跃跃欲试，一副寻死觅活的样子。消防车警车一溜两行摆开阵势，兴奋的人群鸭子一样仰着脖子，有人喊："快下来吧，讨债去找老板啊！在这里有什么用?!"也有人说，"想出名吧?!要跳早跳了!!有种跳啊，跳下来啊!!"声音里满含幸灾乐祸的快意。两名消防人员正将一张巨大的黄色气垫抬到可能坠落的空场上。一个穿新闻背心的人，拿着摄像机打电话："快！快赶过来，这是条大新闻……"激动的情绪将他的声音磨砺得粗重沙哑，电话那头估计也被刺激起来了，他话还没说完就被挂掉的电话卡住了。叽叽喳喳的交谈声，和越聚越多的人流合力形成一把电钻，钻着赵亚丽越来越绷紧的神经，她一边往人群外挤，一边咒骂，到哪里死不好，堵到这里来！她的声音听起来恶狠狠的，有个瘪嘴阿婆扭头瞅了她一眼，小声说"造孽啊！造孽！"公道说赵亚丽不是那种恶毒的女人，相反她为人和善，医院里搞礼仪服务，要求笑容露八颗牙齿，别的护士都腮帮子像含了钢筋，那勉强挤出八颗牙齿的微笑，比马赛克拼出来的还僵硬，让人看了腮帮子发酸，心窝子发凉。但是赵亚丽就不一样，她笑起来特别发自内心，那笑容春风荡漾一样，一直逼到眼睛里去。她没觉得微笑多难，即使一直笑八个小时，她从别人的脸上看到自己微笑的效果，于是笑意更浓了。因为笑容，她的人缘特别好，三十多岁人了，许多人提起她来还丽丽长丽丽短的。神经内科乃至全院荣誉称号最多的也就是她了——十佳护士、最佳带教老师，服务标兵等，去年她家装修，她还和四川籍的那个装修工谈起了四川——她参与抗震救灾医疗活动在绵阳地区待了一个月——装修结束后还额外请他们吃了一顿饭。没人不说赵亚丽是一个和蔼可亲的人。用时髦的话说，是有亲和力，这亲和力可不是随便谁都能装出来的。

可是今天的赵亚丽和往常不太一样。

昨天赵亚丽到亿百家大楼买衣服，走出旋转门，她那辆玫瑰红的迪鼠电动车不见了。她记得是放在门口偏西的铁链子处的，太阳煌煌的，年轻的情侣搂腰走过，路边的法国梧桐叶子快要落干净了。大大小小的汽车快镜头切换一样地流逝穿梭，空气里弥漫着爆米花粗暴剧烈的香味，她一时有些恍惚，头脑有种大梦初醒的漂移——难道她放到别的地方了？这几天医院里护理操作考试，她一有空就在脑子里过那些操作程序三查七对，放小电影一样，头都大了，记错也是可能的。但是她明明记得放在门口的，她的迪鼠刚买了不到两个月，座套是妹妹用马海毛线给织的团花图案。没有重样的。她对自己的记忆力开始质疑，摁了摁怦怦乱跳的心，顺路往南寻找，在一家孕婴店门口，她看到了一辆和自己骑的一模一样的迪鼠电动车，除了车座和车锁。环顾四周，那辆属于她的电动车仿佛从来没存在过。丢了，这次又让那些可恶的三只手顺手牵羊了。她这是丢了第三辆电动车了。她本来想打的或者坐公交车回家的，但是心里头非常浮躁，明知丢了又不太确信那种感觉来来回回地锯着她。通常她压力大或者心情不愉快的时候不想立即回家，而是要在外面走走逛逛，买点东西，如拎上几只鲜润的西红柿、一把香菜或者一袋桂圆什么的，恶劣情绪就会不为所觉地转移掉了。有点生机勃勃的东西在手里拿着，人也就踏实了。她一时有些茫然，也不是多么疼惜那辆电动车，就是感到无比空虚，松懈，早知道这样，还不如给女儿买她相中的阿迪达斯呢。一种她很少遭遇的疲惫感灌输到全身，如果熟悉的人看到她会不大相信，那个走路有些拖沓的人就是风风火火的赵亚丽。她一路走着，似乎挺享受那种疲惫松懈感的，不觉走到了蓝调咖啡馆，落地的玻璃映满树影，她想不到自己浑身放松的时刻竟然是在丢了电动车后，有一种无所谓的懒散和怠慢。青春期的时候，她有段时间就是那样拖拖沓沓走路的，一副世纪末的颓废姿态，妈妈看见了总要骂她两句，比面条下到锅里还没劲道，像个女孩子走路吗？似乎想起了这段玩颓废玩消沉的岁月，她小姑娘一样扭头去看自己的影子，看不真切，她突然起了固执和俏皮，把脸贴到玻璃上。事后她回想起这个动作，懊悔得恨不得揪掉自己的脑袋，又庆幸得恨不得去磕头感谢那个偷了自己电动车的贼。还有就是羞愧，一个三十多岁的人像一个没见过世面的乞丐一样隔着玻璃向咖啡店里张望，多么丢份啊。就是那么一贴，她从自己的影子里看到了郎海宁，自己的丈夫——

他不是一个人，在他对面的是一个二十多岁的一个女孩，女孩一只手正被郎海宁握在手里，就像握着一只非常六加一的金蛋一样，宝贝得够呛。他在说着什么，女孩子，歪着头抿着嘴，笑意飘荡，另一只手卷着耳边的一绺卷发。不知道郎海宁说了什么俏皮话，女孩子扑哧笑了，伸出那只卷头发的手，在郎海宁胳膊上掐了一下，郎海宁作势一扭，配合龇牙咧嘴，十足小儿女情态。他们的座位和玻璃隔着一段距离——他们看不到她。就在昨天晚上，赵亚丽刚刚给他收拾了旅行包，清晨一早，他就穿好她叠得整整齐齐的白衬衣和熨烫得平平整整的灰西服出门了，说是要到海南考察市场的。赵亚丽慌忙转过了身，仿佛做下了丑事的是自己而不是他们，她感到自己被一个看不到的石块给打晕了，脑子完全空掉，心跳得跟不上节拍，她蹲下身，退到树影里。她突然想起了妈妈那句话——比面条下到锅里还没劲道，她仿佛浮在肉身之上眼巴巴看着自己仿佛一只爆胎一样，一点点跑光了气力，自己身上的一部分已经腾空而去。她就那样蹲着，站不起来。她的男人，郎海宁，正背着她和一个小女孩约会。这是电视剧中的情节，怎么会发生在她身上？这样的年代这样的事不算稀奇，大家每天干完活闲聊时，总拿来作为口舌调料，笔需要润，口舌也需要一些风流韵事麻辣材料才能调剂一下，光说那些正门正面的事，多没劲，可是她为什么从来没和自己联系起来呢？她从来就觉得那是用来瞎扯磨牙的，即使不是瞎扯也是人家的事，是啊，她赵亚丽怎么摊上了？她心跳得越来越无力，似乎要罢工不干的架势，脑子却越来越清晰了。郎海宁骗了自己多久了？一个月或者两年？她要跳进去，揪着自己男人骂负心汉，或者扇那个不要脸的小三一个耳光？不，不！这样太蠢了，以郎海宁的脾气绝对会矢口否认，说她误会了。指天画地地和女孩断交，臭骂她或者自己一顿，然后再哄哄她发发誓，再不济冷战一场，事情也就过去了。郎海宁想干什么别人谁拦不住的，他当初辞职下海，他亲娘让他安分过日子，别胡倒腾，他头里答应得好好的，回头就辞职了。赚了钱以后再回来哄他老娘开心，说，我知道当初您是为我好，可是您想您儿子脑袋里装的也不是糠啊，没准的事是不做的。他老娘也就眉开眼笑了。郎海宁长几根肠子她是知道的，可是没想到有一根花花得这么隐蔽。

她心里一酸，膝盖上湿了一片。他们不是合不来的夫妻，不过日子平淡一些，爱呀恨呀的，也早没心情去弄那个，熟悉的陌生人，大多夫妻都是这样的。但是她怎么竟然哭了呢？赵亚丽擦擦眼睛，扶着树干缓缓站起来。她的腿麻了，这一站分外长久，让赵亚丽觉得像过完了一生。她甚至觉得那个蹲下去，并掉了眼泪的赵亚丽，和缓缓站起来的赵亚丽不再是一个人了。

这次赵亚丽没有再去超市逛荡，而是直接回家了。回家后，她没有像往常一样到卫生间洗手、洗胳膊，而是直接机械地换了拖鞋，然后把自己扔到沙发上，在经历前所未有的空虚后，她觉得身体像吸了水的棉花一样坠沉，更确切地说像死人一样坠沉，她给死去的病人穿衣服，再瘦小的人也会变得无比沉重僵硬，有些东西飞走了，应该变轻才对，却变重了。真是不可思议。这日子也是，明明一天天货真价实地过着，回头想来怎么大梦一样，一点也不当真的?! 赵亚丽满脑子陌生的逻辑，她的生活被一日三餐，打针发药三查七对执行医嘱占得满满的，从来没有时间考虑这些大而空的东西，一考虑这些，结结实实的日子全变得大而空。她无比疲惫，困倦、乏力，从来也没有的提不起劲头，她觉得连坐着也不能了，巨大的空洞和无可掌握的失败感击溃了她，坐着躺下都不能，她左右辗转无所适从，最后像一只猫一样的蜷起了身子。她早就应该有所感觉了，郎海宁的厂最近不景气，可他却一直在出发。他吃完饭倒头就睡，不再介意她洁癖一样地洗手擦地，原来都是她吼着他洗澡的，现在他一回家就洗澡，她还以为他被自己改造得有了无菌观念。种种迹象早就表明了他的叛逃，是她自己执拗，不愿意相信，现在生米做成熟饭就摆在她面前了。不由她不去面对它。可是她完全手足无措，她伸出手检视着洗得发白的手指，指甲不怎么长，可她还是将手指送到嘴边——她咬的不是指甲，而是咬住了指头肚，牙齿在上面留下了几近渗血的齿印，但是她不觉得疼，她恨不能那么锐利地一咬整个人就消遁无形了。

她草草给女儿熬了一点粥，切了几片香肠，便摸到床上睡下了。天知道她怎么能够睡着。隔着窗纱她也能看到窗外的天，灰蓝的惨白着，闹钟的滴嗒声被放大了若干倍，咔嗒咔嗒，像一只钢铁的脚在她脑海里走来踏去，还有那被晚风吹过来的沿街酒吧里的歌曲，全是那些要死要活的爱……她像鸵鸟一样把头拱在被子里，脑海里幻灯片忽闪着郎海宁那张脸，一会儿是淡漠的，回家躺在沙发上，连连喊累死了；一会儿是暴怒的，冲她吼：回家了这要干净，那要无菌！这还是个家吗?！我也是个有菌体，你把我扫地出门得了；一会儿是柔情款款的，结婚前后一两年，他那样对她笑过，现在换成那个咖啡馆里的女孩子了……她把郎海宁和她十二年的婚姻前后左右上上下下地梳理了一遍。他们不是那种情投意合的夫妻，但也不是见面就吵的冤家，日子平平淡淡，在郎海宁辞职下海后，似乎更平淡了。平平淡淡才是真嘛，情啊爱啊的，那是小青年头脑发热，天长日久过日子哪里能老是那一套。各人有各人的工作，她一直觉得她的婚姻模式是相对合理的——男人的事业有风险但也收入高，女人呢，则工作相对稳定一些，然后带好孩子。这是理想的幸福家庭模式，多年来，赵亚丽的婚姻也是被科里的小青年当偶像来向往着，是的，这样挺好的。郎海宁带回的钱多了，回家吃饭的次数少了，不止一次地对赵亚丽说，你看你上三班倒多累，要不干脆辞职算了，给我搭把手也好，要不就在家好好给孩子做饭。他是认真的，但赵亚丽拒绝了，她有自己的工作，如果不出意外，明年就提拔为正护士长了。她不是多么热爱护理工作，但是她已经做了十几年了，已经跟那些碘附、酒精、输液啊，医嘱查对啊什么的血肉相连了，同事们都很尊重她，病人也十分喜欢她，她不觉得自己的工作有多高尚，但她不知道离开这些她还能做什么。当然郎海宁也没勉强她。她每天有好多事做，一到科室就忙得团团转，回到家还要给女儿阳阳做饭，辅导作业。晚上拖地擦桌子，有时间再看一点医疗护理书籍。她觉得自己的婚姻就和石头老房子一样，你即使不去管它，它也在那里好好的。可是现在它自己长腿了。一想到郎海宁情意绵绵地握着女孩的手的样子，她就咬牙切齿五内俱焚。事情出了，撕开脸宁为玉碎不为瓦全，还是忍气吞声打落了牙齿和着泪吞下？她钻进了一个乱麻团，理不出一个完整的头绪。她整夜没睡，全身像被一根看不见的绳子捆绑得发紧发酸，眼眶睁得发痛，眼皮倒是松垂下来了，她粗粗地洗把脸，饭也不想吃，只硬喝了一杯奶，就出门打车了。

她鬼撵着一样跑到医院，掏出手机看了一下时间，8：45，也就是说，交班已经开始 15 分钟了。她鼻头沁出一丝凉汗，急急地奔外科病房大楼而去，电梯仿佛脑中风一般，磨磨叽叽，晃晃悠悠的，当升至 12 层，也就是她所在的神经内科时，她感觉自己是连滚带爬一样地冲进了走廊。医生办公室的门开着，梁主任和王护士长正往外走——交班结束了！护士长皱眉看着她，梁主任大眼珠盯了她一眼就转移了视线。“路上堵……堵车了。”没有人听她的解释，这个借口听上去很荒唐也很没创意。昨天梁主任刚强调的事情，今天她就明目张胆地迟到，这不是当着众人打梁主任的耳光吗？她头顶嗡嗡作响，飞速去更衣间换了衣服。

如果没有接下来的事情，赵亚丽无非就是迟到了一次，虽然迟到的不是时候，可也不是什么塌下天来的大事。

“32 床的血管不太好找，赵姐你去看看吧。”护士小周跟赵亚丽说。赵亚丽原来在儿科干过，穿刺技术是一流的，在输液技术竞赛中，多次夺得好名次。据说能用布将眼睛蒙起来一次穿刺成功。赵亚丽跟着小周到了病房，32 床是一个中年男人，叫王翰，手臂白皙肥胖。一只手背由于没摁压好针眼，已经瘀血发青，本来细细的血管更隐士一般。王翰伸着手，懒洋洋地看着赵亚丽，赵亚丽脸黄黄的，无精打采地低头找血管。他讨厌脸黄的女人，他的财务会计就是个黄脸女人，背着他把公款挪用干净了。他突然起了厌烦，带些挑衅地问："你能一针给我打上吗?"赵亚丽愣了一下，抬起头，看到了王翰胖脸上的嘲弄，她觉得胸口一股闷气堵得更结实了，她低下头非常冷硬地说："没有人想打第二针，你原来想过生病吗?"王翰脸一侧的肌肉抽动了一下，他四十六岁，突然脑溢血倒在了办公室的宽沙发上，原因很简单，他头天喝醉了，第二天发现公款被抽空，司法部门还怀疑他指使会计干的，四十六岁正是一个男人大干事业的黄金时代，他就毁在了那个黄脸婆身上，天知道她要挪用那么多钱做什么用。他冷笑着看着赵亚丽，厚嘴唇里的牙齿不由自主咬在了一起。赵亚丽消好毒，绷紧他手背的皮肤，开始进针，通常她都是一针见血的，和侠士百步穿杨一样痛快。可是她进针后没有以往的针感，那种金属冲破小小阻力后穿越水波的感觉。这是非常罕见的，非常意外，她紧张了，继续往里穿刺了一下。她没注意到，王翰嘴唇哆嗦了一下，脸色变了。没打上。"你打不上来装什么精!"这样的情况太罕见了，如果出现在往常，赵亚丽会微笑着道歉，然后也就过去了。"很抱歉。"嘴上这么说，但她的脸上是冷冷的，致使那三个字像冰冷枪口里射出的子弹。王翰俯视着她："我的血管不好找你知道吗?抱歉顶个屁用!""那你这么有种，为什么生病啊!!"赵亚丽发出了连自己都感到吃惊的声音。大约是第一次有人敢用这种语气跟他说话，王翰脸色发青，几乎要坐起来了，"你给我打不上，你还上脸了，你找死是不是?"护士小周拖着她往外走，赵亚丽执拗劲头上来了。把手一甩，说，"我已经给你道歉了，你还骂人!""骂你?!妈拉个X，我还想打你呢，你欺负老子躺在床上是不是?!"说着，就要翻身起来给赵亚丽一个耳刮子，被陪床的女人，估计是他老婆给拉住了。许多陪床家属听到动静跑到走廊里看热闹，护士长慌里慌张地跑过来，拖走了赵亚丽。当护士长给王翰道歉后赶过来想骂赵亚丽两句的时候，发现她压抑地哭得浑身发抖，护士长吃了一惊，感觉到她形容大变。护士和病人之间的口角偶有发生，赵亚丽从未出现过这种情况，相反发生不愉快的时候，她还常常充当调解员和和事佬的角色。即使有不愉快也不至于升级到这个样子，赵亚丽是个多么稳重有弹性的人，今天是怎么了？她缓和了一下表情，亚丽，是不是有什么事？赵亚丽摇摇头，抹了一把眼泪。今天交班的时候特别说过了，这个32床，大约突然发病接受不了这个事实，情绪很不稳，有些神经质，对了，你今天早上怎么来那么晚？

要从帝都大厦跳下来的民工叫刘春来。三十二岁。刘春来在建筑工地打工，和他一同从旺兴村出来的，除了干建筑，送纯净水，就是做搬运工。他脸面短，嘴唇厚，用旺兴村人的话说，口拙，所以他觉得干建筑这件事是蛮适合自己的，抹水泥，递砖头，不用说太多话，闷着头干好了，干完一处，包工头自会领他到第二处。他性子蔫，脾气软，吃个苦头别人跳高骂娘的，他喝两口烧刀子，闷头抽几支烟，事儿也就过去了。

刘春来忙秋的时候请了两天假回去了一趟，借了人家几百块钱。他知道忙秋家里缺人又缺钱。自从他今年出来没带钱回去过，包工头告诉他，过年一块结账。给一块结也罢，等于给咱存着呢，他跟秀平这么说。

他给秀平买了一块丝巾，城里女人很多都戴这个，本来平平板板的衣服，一配上个丝巾，接着风韵就出来了。秀平的脸是白里透红的，围这个紫色的一定好看。给儿子买了个变形金刚，小家伙一定满路跑了，说不定动不动搞得满院子鸡飞狗跳的。想到这里他嘿嘿笑了。晚风吹到脸上，意外的有一股玉米秸子的味道。他甚至嗅到了揭开蒸馒头的锅，那种新麦的芳香。那些味道都那么结结实实的，形成一股气流，把他心胸撞击得一阵阵澎湃。

他想女人了。他已经快一年没有亲近过女人了。他想念秀平温软的怀抱，热乎乎的热气哈在他脸上，女人身上那种特有的暖烘烘的奶香味道包裹着他。让他浑身上下起了胀意。有时候在脚手架上，他看到那些花花绿绿的身影，不由想到自己的女人，感到周身一阵阵发热，厚嘴唇抿起了笑意。一起干活的工友们私底下问他，没女人，能靠得住吗？他哼哧两声，又笑了。他知道他们那些人领了那种女人一块过夜，那些女人穿得不像城里人那么时髦，可是也描眼画眉的，“不是个过日子的架”。和他住一处的老王，说自己干过一个城里女人。他就在那里笑，心里想，装鬼吧，看自己那一身油灰臭汗样，哪个城里女人肯理他？老王就贴耳告诉他，真的是一个城里女人，男人车祸死了，自己下岗了。你还别说，这城里人花样就是多，皮肉也细嫩，没经过风吹日晒啊。不一样就是不一样。他从那台破旧的十四寸黑白电视上看到，社会关注民工的性福生活，他哼一声，还性福呢，口福还满足不了呢，他原来抽几元一包的凤喜，后来抽烟叶子，再后来抽茶叶末子，他还抽过树皮呢。他心里让老王说得痒痒的，手伸进口袋，空空的，即使有这个钱，他也不舍得。他有秀平呢。一路上他想秀平要是看到他买给她的丝巾一定会说：买这个干吗，死贵死贵的。他就把她抱起来，亲她红彤彤的脸。他听工友们说过女人都是口是心非的，越是喜欢的，越是死不承认。干完活，一身臭汗，浑身衣裳发了粘，人躺在硬板床上就不想动身，电视就能收到一个台。他们就说女人，女人，又香又软的女人，那些隔年的黄段子，新听来的荤笑话，都是最好的放松，刘春来还就着那些荤故事，偷偷打过手枪。现在他很快就要到家了，看到他的女人，他的娃。他的女人一定也想他了——他听那些有经验的男人说，女人在这件事上得了好处之后，比男人想得还厉害呢——但她一定会说，你怎么这么早就来了，不是说好等过年一块吗？他觉得他干建筑长了见识了，再也不是原来那个不开窍的浑小子了。

倒过两班车后，他踏上旺兴村的土地，路边散摆着收割后的玉米秸子，一只黄狗在老槐树下撒尿。白芦花鸡在柴垛边刨食。空气里弥漫着粪肥和草木混合的发酵膨胀气息。有谁家在打骂孩子，狗撕猫咬的，这是他熟悉的，这才是他的家。在这里他撒尿、吐痰，做什么都可以肆无忌惮，没有谁敢扯着他的袖子罚他十元钱。他呼吸顺畅，气力似乎一下子也足了，遇到几个爷叔，他亲热地喊叫一声，那些人却马虎答应一下，眼神躲闪卑怯地快步走了。难道他身上带上了他们不待见的城里人味道，他闻了自己，除了汗味，并没有异样的味道。低头一看，自己不过穿了一件上面写着宏泰建筑公司的工装。他三步并作两步走到自己院子里——大门闭着，只上了一道关，他轻轻一旋转就打开了——他自己的家嘛，秀平在做什么，洗孩子的衣服还是睡觉？

秀平端着一个笸箩，里面盛着几只紫白的臃肿茄子，耳际的头发滑到脸盘来，她看到春来呆了一下，说，你还知道这个家啊！说着眼泪就下来了。

儿子在水盆里玩水，间或抬头看看他，黑亮的眼睛仿佛水底的鹅卵石一般透着水光，一副不怎么认识他，但也见怪不怪的表情。自顾自地玩。他拿出变形金刚，儿子从水盆里抬起头，眼神打了个闪，跑过来，他发现儿子大额头上贴着胶布，他哑声问，这是怎么了？

秀平说，打针打的，喝了老五小卖部的奶粉，到县医院查出结石来了。人家让先自己打针，打完再给报销。哪里有钱住院啊，就托人找了熟人开了方子拿回来找善全（村里的赤脚医生）打，打了半月了。

春来摸摸儿子的大脑袋，从裤兜里掏出四百块钱。放到方桌上。

秀平看了一眼，说，你在外干了快一年了，就拿回这么些钱?!早知道这样还不如留在家里，种地喂猪呢。你的钱是不是都胡花了，你爹风湿病用钱，你娘常年咳嗽吃药用钱，家里没钱咱孩子只能买那些黑良心的便宜奶粉，把肾腰子都喝坏了……你妹子给人家当保姆，一个月还能挣一千多块钱呢……

到年底一块发。春来耷拉着头瓮声瓮气地说。

哄鬼呢。我没听谁家是一年发一次工资的。早知道这样，你在家看孩子，我出去当保姆也比这样强。秀平抹了抹眼睛，到厨房里去了。

说归说，女人还是做了两个菜。烫了一壶白酒。因为带着孩子出去给人家绑菜捆，手掌粗得仿佛青石。女人说家里的难处，用粗手去擦眼泪，“家里就等你的救命钱了，”她指指孩子的头顶，“贵药用不起，再拖下去，儿子这辈子不知道还能不能娶媳妇……”春来闷声喝了两茶碗酒，菜一筷子没碰。

他日思夜想的婆娘就躺在身边，熄了灯，他却一点念想都没有，钱！钱！钱！每一样事情都是要钱的，而他出门在外一年，拿回的钱还不够儿子打两天的针。他是个男人吗？他就那么躺着周身疲软又坠沉，第二天不等鸡的鸣，他就起来，出门坐上了车。一进城第一件事是找包工头，他没吃饭，但还是觉得胸口憋闷，仿佛有些饭食堆积在那里没有消化一样。他树桩一样杵在那里，直直地说，给我工钱，我家里缺钱。

包工头是个圆脸矮个子男人，正对着阳光剔牙，他瞪了刘春来一眼，“跟你说过多少遍了，年底一块算。谁家里不缺钱？”一副不胜其烦的样子。

“我等不到年底了，家里急用钱。”

“急用也没办法，我也急着用，儿子今年上大学，可有什么办法？人家不给我，我怎么给你？”

“你给我想办法。我拿到钱就走。”

包工头鄙薄地看了他一眼，“你让我去抢劫，还是卖肉？我没钱给你！”

第二天，刘春来躺在工棚里，没有出工。包工头赶过来，“给我使性子啊？这么大人，不怕人笑话？”

刘春来翻身起来，“我求你了，把工钱结了吧。家里过不下去了。”

包工头看了他一眼：“我知道你缺钱花，可是我缺得比你更厉害啊。这个工程要干完，我们才能拿到钱啊。你要是干够了现在走，我告诉你啊，一分钱也拿不到……”

就在刘春来爬上脚手架的第三天，他听到了一个消息。他们这支建筑队所挂靠的宏泰建筑公司出事了，据说是财会被抓起来了。宏泰集团的老板突发脑溢血住院了。他们工程干不干得下去，拿不拿得到钱，还悬在半空呢。刘春来眼前当时就黑了。

他干了快一年了，没有拿到一分钱，现在是法制社会，他一年的钱也不多，也就是人家大老板喝顿酒吃顿饭的钱，可是凭什么他就拿不到？他的爹娘等着用钱，老婆孩子等着用钱，为了用钱，他的女人都……难道他真的是一个窝囊废吗？在他们的建筑工程前面是帝都大厦，他用最快的速度爬上去。喘得像一头要生的牛。他要他的钱，如果要不到，干脆跳下去死了算了，要不他还是个男人吗？

他站上去，脚下的人蝼蚁一般，汽车火柴盒一样，他有片刻的晕眩。天有些阴，像一个无边的灰罩子。他想起了秀平，想起来大头的儿子，躺在床上的双亲。浑身的热血冲上头顶，他来这个城市快一年了，没有拿到一分钱。原来他听说城里好挣钱，就急呼呼地跟着人来了，可是这城里的钱像城里的人一样狡猾不厚道。他什么也不管了，他就要他的钱，他浑身淌汗挣来的钱，凭什么还要自己求爹爹告奶奶地要！就像有人撒了些鱼食一般，楼底下人群聚拢过来，仰着脖子看他。有人喊，好好的一大早的跳什么楼？快下来吧。

赵亚丽想好了，自己昨天确实太失控了。她自己知道为什么。她给郎海宁打过一个电话，她问他在哪里，郎海宁说，我在海南蒙特尔大酒店，这边市场不错。赵亚丽嗯了一声，把电话挂了。她想，老天看她可怜，才让小偷偷走了她的电动车，要不是这样如今她蒙在鼓里。一切都了然在胸后，她反而平静下来。她自以为稳固的婚姻已经破碎了，她的工作也出了茬子，老话没有错说的，天冷偏逢屋漏雨。后院起火了，她不能再前院发大水，她庆幸自己当初没有听郎海宁的，辞职当专职太太。是的，如今她的工作成了一根救命稻草，她要牢牢抓住它。她反思了自己昨天的言行，觉得自己确实有些不靠谱，她做了十几年护理工作了，什么样的病人没见过啊？怎么跟个倒霉的胖子一般见识？她准备再和 32 床沟通一下，不用说作为一名副护士长，就是一名普通护士，发生那样的事情也是不可原谅的。

这次她提前了二十分钟上班，抱着一个预祝康复的花篮——一早就在花店订好的，走进病房走廊，奇怪的是并不像她想象的那样宁静。走廊里挤满了人，主任和护士长都在，分管内科的副院长在那里打电话，气氛看上去非常不对。值夜班的护士一看到她就把她拖进值班室，告诫她不要出去。然后赵亚丽听到了一个可怕的消息——32 床王翰昨天晚上脑血管破裂抢救不及去世了。走廊里的人全是王翰的家人，亲戚和下属。他们在闹，要医院赔王翰的人命。她告诉赵亚丽千万不要出去，王翰家人一口咬定，是赵亚丽气死了王翰，要赵亚丽以命偿命。

赵亚丽她惊恐地捂住了嘴巴。花篮掉到了地上。

王翰的弟弟说，我嫂子说了头一天我哥还好好的，就是被那个副护士长给气死的。我哥发病的时候，是你们再三嘱咐不要亲人探望，这种病最怕情绪激动。你们这不是变相杀人吗？欠债还钱，杀人偿命！

走廊里吵闹叫骂声，呜呜地痛哭声，王翰的女儿哭叫爸爸的喊声，神经内科乱成了一锅粥。病人和陪床不敢出房门，纷纷要求转院。

王翰的尸体没有火化，而是抬到了院长办公楼上，书写着“还我亲人！为王翰冤魂喊冤！”白色横幅就挂在了办公楼前。后来几经周折，院方和王翰家属坐下来谈判，王翰家属要求赔偿 120 万，开除肇事护士赵亚丽！每一个消息传到赵亚丽的耳朵里，都像是一枚炸弹。炸得她五脏俱焚，心惊肉跳。为避免出现伤害事故，赵亚丽暂时停班在家，等候医院处理意见。

郎海宁在“出发”一周后，回家了。他在门外脱下鞋子，欲去穿小地毯上放的拖鞋时，扑了个空。他只得穿着皮鞋进屋。更让他惊奇的是，赵亚丽的皮鞋就散放在地板上，如果在以往他郎海宁这样将鞋放在地上，又会引发一场战争。他换下鞋，蹑手蹑脚地进屋，发现赵亚丽正在卧室里躺着。或许她刚上了夜班吧。他去厨房，厨房里非常凌乱，烧米饭的勺子上面沾满了米粒，就横躺在洗碗池子里。两只没有刷洗的碗叠在一起。他真是吃惊了，这在以往是不可思议的，赵亚丽非常爱干净，用他的话说是达到了“丧心病狂”的地步。他出去了一周，仿佛经历了一个世纪。和程小玉吃饭的时候，她拿给他一张纸，一看那张纸他头都大了。上面是 HCG 阳性，也就是说她怀孕了。他喜欢她，是的，就像喜欢一朵花，一只小鸟那样，可是从没想过要和她结婚。可是现在他的种子在她身体里面发芽了，很快就会越长越大，直到长出鼻子嘴巴眼睛，活生生地望着他叫爸爸。这是非常严重的问题，这不是说说就算了的事情，到底有多严重，他心里很清楚。赵亚丽除了爱干净爱得很要命外，似乎也没什么大缺点，他虽然恨她，但从没想过用另一个人取代她。可是女孩子后来告诉他，她找老中医评过脉，是男孩，她愿意为他生下这个孩子，并且不要名分。他动心了，他是单传的，上面只有两个姐姐，他不想让郎家的血脉在他这里就断了。原来是没有想头，女孩子一说，他隐藏的念头被大大鼓励了，一下子扶摇直上。一周的时间足以让他决定一个流着他郎海宁血液的生命的去留。他想从此以后他要背负两个女人，两个孩子的责任了。他没有去打扰赵亚丽，草草吃了点东西就出门了。

操！一大早的这是干嘛呢？说这话的是一个出租司机，他打开车门仰头看了看，立马掉头走了。

一个提着豆浆油条的老太太，眯着眼睛，说一声，造孽啊，她也伸直了脖子大喊，孩子，有什么大不了的，快下来。

也有人起哄，有种跳下来啊，跳啊，别在那里光摆个死样子！

一个急着上班的女人，嘟囔了一句，到哪里死不好，堵到这里来。

交警、民警，消防队全聚集过来，一个穿记者马甲的人拿着话筒喊话，哥们，有什么想不开的，我是社会新闻频道的记者，有事说出来，让有关部门帮咱解决！

刘春来带着哭腔喊，我要工钱!!

他往前走了一步，将一只腿迈出了楼顶的栏杆。

公安干警拿着大喇叭喊话，你先冷静下来，哪里欠你的工钱?!

说了也没用，他们不给，我干了一年没拿到一分钱！

工钱的事情，一定会帮你要到的，你是哪个建筑公司?!

宏泰建筑公司！

又是宏泰，听说宏泰出事了。前几天电视上刚报道过宏泰建筑公司有人私自挪用公款的新闻。下面有人叽叽喳喳。

包工头很快来到现场，他推开了记者的话筒，用手挡起半边脸。他一听到刘春来跳楼的消息，气得骂娘，这时候，他仰着脸，朝刘春来大声喊话，小刘，你别胡闹了，不是说好很快就兑现吗？我也没拿到钱。这样吧，你先下来，我今天就去找王总！你下来啊！你死了，你老婆孩子怎么办?!

刘春来哇哇大哭。

消防队员趁其崩溃痛哭之际，迅速上楼，从身后抱住了刘春来，强行将他拖下了楼顶。当晚的新闻纵横报道：今晨8点，一四川民工在帝都大厦楼顶欲跳楼自杀，我台记者了解到该青年民工为讨要一年的工钱而铤而走险，后来经公安民警、民工所属宏泰集团有关人员劝解，情绪缓解，消防队员成功施救，将该青年男子背下大楼。拖欠工钱，激起民工的过激言行，已经成为一个日益严重的社会问题，希望广大用人单位考虑民工基本需求，及时发放工资，同时也告知被拖欠工钱的劳动者以合法渠道，追讨劳动所得，而不是采取过激行为。

因王翰死去引发的纠纷被广泛关注的人民医院又一下子成了社会舆论的风口浪尖，一时人们议论纷纷，真是院大欺人，以后谁还敢去住院啊。有病的治死，没病的治病，还天天宣传什么优质服务，微笑服务，这笑里藏刀啊。刚开始医院方坚持走法律渠道，双方交持数日不下，医院正常秩序严重破坏。由于社会舆论一边倒，作为强势群体的医院成了众矢之的，经多次协商，处理结果为，医院赔偿王翰60万元，责任护士赵亚丽停职查看两年，停发工资奖金等所有待遇。

一切尘埃落定。赵亚丽起床梳洗，从镜子里她看到了自己焦黄的脸，她如果那天不去逛街，她的电动车就不会丢，那么，即使堵车，她也不会去晚，那么一切也就不会发生了。她丢了电动车，如果她不去四下找，丢了也就丢了。她就不会知道郎海宁的背叛，他们过了十二年，他撒谎不打草稿地欺骗她——她宁愿自己不知道。那样她即使打车上班去晚了，晚了也就晚了，挨一顿批，也不至于事情就到了这个地步。如果，如果，世上没有那么多如果。似乎一觉醒来，她平静的生活先是打翻了一个瓶子，接着打烂了一个碗，歪了橱柜，接着一屋子狼籍，不可收拾——后悔吗？如果一切重来，她能控制好自己吗？她控制好自己能控制好自己所在的环境所接近的人吗？她累了，不想想那么多了，她嘴角升起了一朵微笑的花，是带些凄惨，又带些安详的。她有很多时间了，从此以后，那么她就不用着急了。她缓慢地打扫了已经疏懒多日的房间，这么脏，她竟也容忍了四十多个小时，没什么大不了的。没什么非做不可的，可是她还是打点精神擦了茶几，镜子，拖了地板，将女儿换下的衣服一把把搓洗干净，拿到阳台展平晾好。后来她看到了挂在卧室墙上的结婚照，她一袭白衣偎依在郎海宁的肩膀上，郎海宁还是黑黑瘦瘦的，虽然黑瘦眉宇间还是英气逼人。她耐心地擦了又擦，明明很干净了她还在擦，仿佛不是在擦玻璃，而是玻璃之下的照片，甚至照片之下的什么东西。如果这个时候有人看到赵亚丽，会发现她的眼神是直勾勾地，看上去十分不对。后来她卸开了相框，把那张照片拿了出来。这天是个好日子，好多新人在结婚，小区里鞭炮一直噼里啪啦响个不停，她走到阳台上，把脸贴在女儿的白衬衫上，那是一件点缀着小白蕾丝花边的衬衫，被太阳一晒，热乎乎的，散发着棉布和透明皂的清香。她掉了一滴眼泪，然后毅然打开了窗子。她隐约听到有人在下面喊，跳啊，跳下来啊，有种你就跳下来啊。然后她就跳了。

赵亚丽住在七楼。

包工头去找老总要钱去了，这起大工程的钱已经有三分之一提前到了老总的手里。这让刘春来很高兴。包工头回来的时候，带回一个消息，老总王翰已经脑溢血死在医院了。在刘春来从家里走后的第三天，有人给秀平送去了一条紫色纱巾，说是在她家玉米茬上发现的。秀平想，谁会将丝巾拴在她家玉米茬上？春来，不会的，春来回家已经很晚了，一早就走了。那又会是谁呢？

翁先生的葬礼

电话铃响的时候，阎喜斜靠在一只维尼熊抱枕上，懒洋洋地吃着一桶苏打饼干，她伸头向书房看了看，不用说周正浩还在打他的红警，已经进入了物我两忘的状态，电话铃声仿佛已经进入不了他的世界。阎喜嘴里嚼碎的饼干还没咽下去，低头看了看泛着油光的手指，她熬忍着不去接电话。墙上的表指向十点二十四分，这个时间没有人会找她，多半是周正浩的狐朋狗友，找他喝酒吃肉。一帮无聊之徒。她才懒得做他的传声筒呢，他们已经两个星期不说话了，如果不是有人用手榴弹在她鼻梁前逼着她，她不打算在他身上浪费一滴唾沫了。

电话铃响了两遍，周正浩那边岿然不动如入无人之境。在焦躁的电话铃声里，阎喜生气地咽下了满嘴的饼干屑，腹中产生了一种非常不舒服的饱胀感，这是她吃的第五块苏打饼干，她本来要吃掉半桶的，没吃早饭，她的胃一直虚弱地抗议着。她拿周正浩没办法，但是却有本事让自己的胃一直哀号到十点，最后她一副大人不记小人过的姿态，到壁橱里拿出那桶饼干，快意恩仇地吃起来。她想如果没有什么意外的话，她吃完饼干就要睡午觉了。一段时间来，她照镜子总是看到自己脸色阴暗，眼神枯干，像一个中年妇女一样死气沉沉，或许只有睡觉，才能有所补益。当电话铃终于停下来时，阎喜感到胸口提着的一口气沉了下去，她将油花花的手指伸入饼干桶，正准备拿出第六块饼干的时候，电话铃又催命一般地响起来，她不想去喊正浩，又不想让自己食欲全无，只得低声骂一句，拖出一张餐巾纸，捏起电话，没有好声气的说："喂！"

电话那头有人急促地说了句什么，阎喜绷直了身子，双手攥紧了电话，凑到耳边，恨不得把整个头都塞进话筒的架势："什么时候的事？"

那边一副没工夫给她解释的架势，说完就要扣电话，阎喜抱着电话不撒手："先别扣电话，是真的吗？不会是开玩笑吧？！"

电话砰的一声扣了。打电话的人也是乱了方寸。电话在阎喜怀里发出嘟嘟的忙音声，阎喜低头一看，上面粘上了自己的油手指印。她拿纸巾胡乱擦了两下。扣好。她感到胸更闷了。墙上的表指向了十点三十八分。窗子开着，有些孩子在草坪上踢球，传来啊啊的喊叫声。没有风，看不到云彩。阳光很足，对对面楼上的米色瓷砖墙、长条方块玻璃窗反射着太阳热辣辣的光。相比之下室内是清凉的，她甚至感到有些发冷了，她环视四周有些不知身在何处的感觉。书房里，周正浩还在他的红警世界里厮杀，她突然想抓住一点什么，径直走到书房里。周正浩头也不抬，但是感到了她木头一样杵在他身边。

"翁先生死了。"

正浩嗯了一声，仿佛她原来跟他说要吃饭了一样。但只是一秒钟，正浩突然抬起头来："你，说什么？谁，谁死了？！"

"翁先生。"

周正浩看阎喜瞪大了眼睛，惊慌失措的表情，知道不是开玩笑。可他还是不确定，"哪个翁先生？"

"老翁，翁瑞同。"

"不可能啊，昨天早上我还见过他呢，在百货超市那里等 24 路车，我还捎他了一段呢。"

"昨天晚上九点死的。明天葬礼。"

"怎么会呢！"他从电脑桌前站起来，从冷水瓶里倒出一杯水，咕咚咕咚喝下去。在屋子里转了几圈。越想越觉得不靠谱，可是死人这件事没人拿来开玩笑的。他从手机里查询认识翁先生的人，然后一一拨过去，拨到第三个的时候，电话还没通，他就摁了停拨键。

他单腿站在墙边，右脚脚丫子挠着左腿肚，他的蓝拖鞋底沾着浅浅污垢，正印出他脚丫的形状。

估计他这双拖鞋除了亲吻他的脚丫子，鲜少有机会到清水里沐浴沐浴。两个星期来，他们一句话都没有说，阎喜懒得碰一切和他相关的东西，他也乐得清静，一下班就跑到书房，打开电脑，打开那个让阎喜诅咒了一千遍的红警游戏。他们一个睡在卧室，一个睡在书房的临时小床上，外人看着两人进了同一个家门，却不知道在关起的门里，是井水不犯河水的两个世界。

阎喜的习惯是每顿饭都要喝汤，大米汤小米汤紫菜汤肉丝汤，如果一顿饭没有喝汤，她就觉得肚子里堵得慌。原来她都是将菜端上桌后，再将那个别出心裁的汤放到饭桌中央，然后两把蓝花瓷汤勺，两只薄胎小瓷碗。她喜欢上汤的那种仪式感，更喜欢汤菜结合饭汤融合的浑实感。自从吵架后，她默默地走进厨房，还是做汤，但也仅仅是刚舀满一碗的汤，有时候做多了，就倒掉。她把菜汤倒进洗碗缸，底下的菜叶子则倒进垃圾筐，一边倒着的时候她有种痛快淋漓的感觉，就像有一次她的甲沟炎犯了，她拿小刀将指甲割开了一道口子，看着鲜血汩汩地流出来。最开始冷战的几天，周正浩到厨房里转一圈，仿佛领导视察下属单位一般，不用说，阎喜在那里闷声不响地在那里切肉或者摘菜，他有本事对她视而不见，然后拿一双筷子，走到客厅里去了。一阵肉火烧或者汉堡包的香味缭绕过来，周正浩吃得兴味盎然，末了还听见嘴唇吧嗒作声。三五分钟他的一顿饭就解决了，然后他跑到卫生间里洗洗油手就到书房里与他的红警厮缠去了。

阎喜是圣德妇科医院的护士，有轻微的洁癖，每次饭前要洗手三次以上才肯拿锅盖，她在厨房里听到周正浩嘴皮吧嗒咂着的声音，越发胸闷气堵，有一次她在手上打了五遍洗手液后望着在胳膊上堆积的泡沫发呆，厚实的泡沫得如同奶油塔，在哗哗流淌的水龙头前轻微抖动。她买回来的血红色羊肉躺在白色长条案板上，方便袋里还有没有开封的王致和豆腐乳，豆绿色芥末油，焦黄色的豆瓣酱，齐整的小香菇捆成一束，像突兀冒出的浅黄色泡泡。她想做的是培根香菇汤，黄色香菇、肉红色培根，还有碧绿的香菜、葱白、姜末，香浓欲滴的，勾人食欲的……可是周正浩吃东西的大嚼声浇灭了她的厨事激情。她端着两手泡沫，仿佛端着两垛石膏雕塑的木呆模特，后来她就自虐一样洗了十几遍手。她做饭的激情就这样让周正浩给破坏了，后来她买回来的一大堆调料小山一样堆积在厨房案几上，仿佛开了一个酱菜铺子。她重新记起了大学时代的特色小吃和零食。她买回马宋饼、肉夹馍、还有懒老婆饼等，有时候则抱着松子、腰果、苏打饼吃一会子，然后出去逛街，不出去的时候就蜷在沙发上看电视，或者躺在床上听MP3，看《风尚》《上海服饰》，有一次她熬了一点稀饭，在卧室里躺了半天才想起来，跑去厨房的时候，看到煤气灶上蹲着一只崭新的小钢精锅，不用说里面正煮着周正浩的面条，有一股酱香味。锅台旁放着一瓶刚打开的干煸牛肉酱。周正浩做好了拿出一只大碗，连汤带水全倒进去，然后饿狗一样端着颠进书房。第二天早上阎喜经过书房门口，还闻到一股呛倒人的酱香牛肉味。这么无情的男人，这么无味的婚姻还要它干什么呢？

是什么时候他们开始吵嘴，最后连嘴也懒得吵了？阎喜忘记他们第一次吵架是为什么了，但是她记得自己将围巾摔在沙发上，打开门怒冲冲地往外走。是一个冬天，夜已经深了，苍白的街上偶尔驶过一辆破吉普车。在黑暗处，有穿着臃肿的情侣抱在一起，像着了色的晃悠棉花垛。街灯的光晕也给冻得模糊不清。怒气让她胸口发热，呼出的白气也火辣辣的。她不知道要走向哪里，在这个城市除了和周正浩的家，她没有第二个安身之处。在一个废弃的污旧电话亭边，她停下来，摸到了一手铁锈，这才发现手被冻得火辣生疼。她突然心神茫然，懊恼不已，蹲下来抱住头，就在这时有人突兀地从后面抱住了她。她猛地站起来，极力想挣脱开，那双手却牢牢地交扣在她胸前，勒得她胸都闷了。街上没有几个人，她万分恐惧，要大声喊叫，却觉得那人将头靠在她肩上，“你能走到哪里去呢？”是周正浩，这个混蛋，她挣脱开，使劲地捶他，他任由她发泄，然后再次揽住她。两个人拖拖拽拽地回了家。后来在床上，在黑暗里，周正浩摸索她的眼睛鼻梁嘴巴，把她的头发缠在手指上，“吵归吵，你为什么要跑开？在这个城市里你是我的，只属于我，你能跑到哪里去呢？”好像因为吵架的插曲，他们谈恋爱时的激情又回来了，后来阎喜咬着他的胳膊睡着了，她清楚记得第二天睁开眼睛，厨房里传来一股焦煳味，她脸也没洗，趿着拖鞋，到厨房里一看，正浩手忙脚乱地下着面条，一只锅里热气腾腾，一只锅里葱花给炒焦了，黑炭一样浮在油汤上里。那是一顿难忘的早餐，周正浩用嘴巴示意阎喜看胳膊上的紫红牙印，阎喜红了脸，两人眉眼都是笑地喝光了焦煳发黑的葱花卤面条。

后来知道他们吵架的翁太太说，哪家夫妻不吵架呢，好煞的夫妻不到头。小夫妻床头吵架床尾和，哪里有记仇的？这话结婚头些年是对的，到了后来就不对了。

阎喜怀孕后，周正浩的母亲从城北的家里赶来，要照顾小两口的饮食起居。老太太在棉纺厂退休，老姐妹们都当上奶奶姥姥尽享天伦了，她还整天在家里和老头子大眼瞪小眼。周爸爸喜欢养花养草，一有空就对着花儿草儿咕咕哝哝，用在花草上面的时间比老婆儿子的时间都多。逮着儿媳妇怀了周家接班人，老太太便大包袱小包裹，艾草，黑豆，小围嘴，俨然挎着一个百货超市义正词严地住进了儿子家。在这之前，每逢小夫妻去过周末，老太太都要夹枪带棒地隐喻半天，方式含蓄意思明显，阎喜肚子迟迟不见动静，到底是没纳入计划，还是哪个有问题。小两口要是会算计，趁着她这两年身子骨还壮实抓紧生个宝宝，她还能帮着看大，如果再拖几年，有个这病那灾的，有那心也无那力了。如果身体不行，抓紧找人看看，她还认识个很神的老中医呢，据说找他看的人生双胞胎的占百分之五十。末了还偷偷塞给儿子一个花哨的小册子。周正浩回家便扔到旮旯里了，阎喜捡起来，妈呀，上面是尽是些生男生女秘籍，如何尽快受孕之类。阎喜在农村长大，结婚后阎喜的妈妈也给她口授了若干生男秘方，她嗤之以鼻，阎妈妈不跟女儿一般见识，语重心长地说："你要想在周家立起来，一定要生个儿子。大媳妇生个儿子，你再生个闺女，接着就矮半截，古时的话没有错的，母因子贵。"唠叨几次，阎喜也就烦了，阎喜不相信她如果生个儿子，和周正浩的感情就水涨船高，生个女儿感情就落花流水，哪里有这个理。现在这个社会什么地位不地位的，她自己有工资，只要和周正浩感情好，谁还能动她一根指头？她不理这个茬。

怀孕后，她食欲倒是好了许多，能吃能睡，小肚子也水涨船高。很重要的一个原因，周妈妈做饭花样特别多，豆腐丸子肉丸子，做出来却不是原色，而是红黄绿，看上去特别喜人。红的是用红萝卜汁染的，绿的是芹菜汁，黄的则是菠萝汁。鸡蛋肉卷上面撒一层切碎的肉松，茄子肉饼，每个饼干大小，用锅蒸出来……每顿饭都有肉，或者红烧，或者清炖，或者做成卷，或者剁成馅，花样多得让阎喜的味蕾经常处于惊喜状态，更奇怪的是吃起来一点都不腻。许多孕妇对油腥都是很不感冒的，但是阎喜越来越喜欢上了荤菜，她惊叹婆婆深藏不露的厨艺，有相处甚晚之感，那段时间，见到阎喜的人都说她吹气一样，见风就长。最初小腹微微隆起时阎喜是有些害羞的，很想用衣服遮掩起来，后来隆起得明显了，她反而坦然了。她穿着周正浩嫂子拾给她的孕妇裙，一脸的风轻云淡，腮上又有了婴儿肥。有一次周正浩大嫂过来看到婆婆正在厨房里乐颠颠地煎炸煮熬，捻了一粒杏仁在嘴里嚼着，对阎喜说，小阎，还是你有福气，我生壮壮的时候，咱妈那个时候爱岗敬业，在家里都看不到她人影，你看，现在你的宝宝才刚上身，咱妈已经在这里发挥余热了……不用看大嫂的脸，阎喜也可以感觉出她满腹的酸水，可这个时候她心宽体胖，有充分的理由听大嫂的抱怨并有责任安抚她。她占了便宜就要学会嘴甜一些，她拿一个大脐橙递给大嫂，我还是顶服气你的，一个人又是上班又是带孩子的，可是什么也做得不比别人差，我要是有你那么一半就好了……安抚了大嫂，有时间她还要安抚婆婆，周妈妈是个很好强的人，什么也容不得比别人差，偏偏周爸爸老好人一个，万事好说话。两人吵了一辈子，眼不见心不烦，一闲下来周妈妈便逮着媳妇诉苦，以前她也找儿子说过，儿子心不在焉加满脸不耐烦。阎喜想周正浩不听她唠叨，也是她的宝贝儿子，她阎喜如果有丝毫不耐烦，就别想再吃她做的彩色肉丸了，吃了人家嘴软嘛。得了好处不假，也是要付出代价的。

有一次阎喜散步回来，感到眼皮重沉，匆匆洗漱后睡下了。迷糊醒来听到母子俩在客厅里说体己话，周妈妈说，别是你媳妇的例假不准吧。

周正浩含糊道，我哪里记得住。

如果是三月里上身的，就应该是儿子。可是看她那个做派怎么看怎么像是个丫头？什么辣吃什么，酸倒是不沾一点。走路也像，才几个月啊，就那么埋汰。我怀着你的时候，快要生了走路还像小跑呢！

听到这里阎喜心里梗了一下，像咽了一块棉絮。这腔调怎么听着这么不舒服呢，这哪里是白天做饭做汤劝吃劝喝的热乎劲儿啊？

这时她听到了周正浩软不拉几的声音，我哥是个儿子了，我再要个丫头不更好吗？

周妈妈说：可是你爷爷就你爸一个独苗啊，单传不如多传……咱楼里有好几个孙子的呢！

……

娘俩就未出世的宝宝性别还有两人的夫妻生活频率嘀咕了半天，阎喜听着手脚发凉睡意全无。窗纱拉上了，她隐约看到外面青蓝的天，前面楼顶的太阳能，还有不锈钢栅栏，她趴在床上肚子扭到一边，胳膊麻了，她将头扭到一边换了一个姿势。她看了一下自己的卧室，从客厅传过的微光里，一盏圆盘子一样的顶灯，天花板是巴洛克浮雕，对着床尾的是他们三十六寸的婚纱写真照，她拿着一束百合心无城府地挨着正浩的胸口笑着。纯白色壁橱，里面他和正浩的衣服叠在一起。她的衬裙挨着他的背心，他的领带和她的胸罩圈放在小格子收纳盒里，他身上的荷尔蒙味道沾染着她身上的一生之水味道。看上去他们是一体的，不可分离的，这间卧室是他们的，四四方方的小天地。周正浩曾经说过这是他们的天堂。可是在这一刻她分明感到她自以为独成一体的天堂正被放在周妈妈的手上被打量被端详，更可怕的是关于在这天堂里的诸多细节她都牢牢掌控着，比如孕期两人亲热的次数，比如如何辨别肚子里孩子的性别，女孩在里面动是一鼓一鼓的，男孩呢，则是冲撞，像捶拳头……她像是突然惊醒了，从自己身体上跳出来，打量着自己卧室里的摆设，打量着白天自己所承受的厚待，打量着自己的幸福感……然后她觉得胃里一阵翻滚，眼泪流淌下来了。她用枕巾擦了擦，还是流，泉眼一样堵不住。后来正浩走进卧室，躺到她身边，用手轻轻地碰了碰她的肚子——他以为她睡着了，然后他就打个哈欠侧过了身子。在确定他已经睡着了后，阎喜转过身子，打量着他张嘴呼吸的样子，睫毛轻轻眨动，喉结也上下浮动，她不止一次看过他的睡姿，这一次她却觉得无比陌生。

阎喜陷入了失眠期。睡晚了早上醒来满脸浮肿，睡早了则半夜两点以后总要醒来。她左翻右转难以入睡，有时就打开床头灯，以前她看到酣睡的正浩总要将手掌覆在他的腮上，正浩鬓角很靠下，她的手掌就有那种毛茸茸的触感。正浩有一个习惯动作，闲来没事或者走在路上的时候吹额前的头发，他鼓了腮帮子起劲去吹的样子印在她心里，她一想起来就觉得心里软软的，痒痒的，他的酣睡总让她想起吹气的动作。可是这会儿她半夜里醒着，婆婆在另一间卧室里睡着，周正浩睡着，呼吸均匀，有时偶尔蹬紧了腿抽一下，一定又在做那种掉下悬崖的梦。她冷冷地打量着她，觉得他的一部分已经离自己而去，或者压根就没有在过，原来她沉醉在两人的小世界里，迷迷糊糊，因而发生了拿无当有的错觉。她不想把腿搭在他多毛的腿上，甚至不再拖着他的手去摸自己的肚皮。有一次周正浩去解她孕妇裤上的带子，她一把打开了他的手，正浩以为她在逗他，伸了手去再接再厉，不想那只温情款款的手着了火辣辣的一巴掌。正浩抬头去看，阎喜竖眉瞪眼，脸色大变，仿佛他不是在爱抚她而是要羞辱她一般，他吃了一惊，脸上有些挂不住。他们还没正儿八经撂下脸过呢，正浩打起精神，好不容易整出一个嬉笑来：“嘿，是不是嫌我这两天干劲不足?!”阎喜冷笑一声，“为了你们周家后代你就省省吧!”翻身过去留给他一个后背。这不像是开玩笑了，周正浩搞不懂天怎么突然就变了。女人怀孕比男人怀才还难办呢。他突然觉得没意思，涌起来的热望消失殆尽，他赌气爬起来，趿着拖鞋躺到沙发上打开电视，他特意瞅了瞅母亲的卧室，灯已经关了，估计也睡着了。他拨到体育频道，鲁能泰山和大连实德对决，下雨了，运动员在湿漉漉的草坪上懒散地奔跑着，看着看着，他竟然睡着了。一觉醒来天已经微明，黑夜像乌鸦羽化而去，他正想蹑手蹑脚到卧室里去，周妈妈从卫生间里出来了。原来她早就醒了。正浩只得站起来懒懒的打个哈欠，啊，哈，看球赛没想到看着看着睡着了。

周妈妈狐疑地看看儿子发青的眼圈，又看看闭得紧紧的卧室门。

早饭端上来，玉米羹，小蛋糕，葱花鸡蛋饼，萝卜丁和一碟榨菜，三杯奶。阎喜只吃了一只鸡蛋饼，就想起身，周妈妈说话了，小阎啊，你可不能吃这么少，做妈妈的人哪能亏待孩子呢？

阎喜生硬地笑了一下，亏待不了，有时候越是娇惯，孩子越吃亏呢！

周妈妈愣了一下，也端出一个笑，孩子没出皮，你现在体会还不深呢。哪个当妈的也见不得孩子吃屈，不信你试试。

类似这样暗藏机锋的话，不知道正浩是听不懂，还是装傻。阎喜也懒得去分辨，除了肚子里的孩子，她已经对俩人的新生活已经心灰意冷，婆婆的到来掐灭了她对正浩的全部幻想。但是婆婆这句话恰当与否，阎喜却无法验证了。俗话说一语成谶，真是不错说的。

关于她孕期的回忆还有很多，烦恼的事，隔着时间回头看，犹如隔着清水看水滴石子，历历在目；甜蜜被以后的痛苦所对照，显得尤为面目可疑。那段时间，她形容枯槁，待在家里，不洗脸不梳头，自暴自弃得像个丐帮女人。翁太太一手抱着一束鲜花，一手抱着一个不锈钢饭钵，里面盛着当归黄芪炖的老母鸡，放好了，坐到她床边，嗔怪地骂了她两句："你这孩子怎么这么不懂事，自己这么糟蹋自己，让做父母的心里怎么安稳？"阎喜脸一黄，眼泪就下来了。哭过了，翁太太拿温水泡了毛巾，让她擦了脸。小产后她听到最多的是责怪，连自己的妈妈过来，又是心疼又是心恨地说她不小心。她未尝不知道是因为当着婆婆——周妈妈脸皮都快耷拉下来了，一个劲唉声叹气。阎喜那天也是犯了迷昏，非要刷刷拖鞋底，她坐在小凳子上，一只脚搭在另一个凳子上，拖鞋底确实是有些脏了，污水顺着刷子流淌，等鞋底见白了，她伸脚丫子要穿上，就在脚够到拖鞋的那一瞬间，板凳一滑，她整个人摔地上了。她想慢慢爬起来，却突然看到一条血蚯蚓汩汩地从大腿根部汩汩地爬出来，她吓坏了，大声喊叫，悄无声息。周妈妈买菜去了，正浩不知道死哪里去了，她自己拨打了 120，到了医院，一切都晚了。是个男婴，闭着双眼皮的眼睛，没来得及看一眼这个世界。周妈妈哭得比她还要厉害，几次晕厥过去，正浩就在那里给她掐人中。她辛辛苦苦伺候了几个月，却竹篮打水一场空，不过是她出去买菜的功夫，好好的孙子就没影了。阎喜躺在床上，瞪大眼睛看着房顶，周妈妈的哭泣远远的，仿佛在三丈之外，她感到自己离自己是身体也远远的，疼痛不在了，她的腹部已经扁扁地塌了下去，一些货真价实的东西也不在了。似乎都不像真的，她怀孕了，一天比一天出怀，走路像个企鹅一样摇摇摆摆，坐公交车都有人主动给她让座，她享受着这准妈妈的待遇，仿佛看到小宝贝就在她眼前蹒跚着，一路走来。可是一夜之间，一切化为乌有。

"她为什么非要洗拖鞋底呢，就那么一会工夫……"周妈妈为这样的执着念头折磨着，祥林嫂一样嘟嘟囔囔，饭菜的质量明显下降了，有一次阎喜竟然从粥里吃出了一根洗碗布的纤维。有次阎喜去听到厨房里水哗啦哗啦地响，以为忘记了关水龙头，走进去却发现周妈妈一手拿着洗碗布，一手拿着碗，呆呆地发痴。房间里的大胖小子贴图，都撕了下来，那些奶嘴，围兜，以及卡通的拉舍尔小毛毯、新做的小褥子，全被托到了橱顶，没有人想看到那些。后来，周正浩辩解道，不就是那么一句话嘛，至于那样！还是婆婆说得那句话，从周正浩嘴里说出来，阎喜彻底崩溃了，她歇斯底里地把枕头扔到地上，是我故意的，我有病，我故意弄死自己怀了八个月的孩子！行了吧?!周妈妈和儿子看到一个披头散发眼眶乌青的女人光着脚丫子站在床上，眼泪滚滚的，几乎是一个疯子了。在坚持了半个月后，周妈妈情长气短地离开了儿子的家。

阎喜跟翁太太说："我要离婚！"翁太太拍拍她的头，笑了一下："你以为离婚就是两片嘴皮一吧唧那么简单？如果这样我和老翁早离了八百次了。要等离婚也要你身体好后再说话，你这个样子，人家跟你离婚那是遗弃你呢。"

阎喜身体复原后，人变得懒懒的，倒是周正浩勤快起来，也不知道是他突然觉悟呢，还是翁太太让他开了窍。他练习洗衣做饭，并买了菜谱，闷头照着做了起来。蛤蜊汤是黑乎乎的，大约酱油加多了；红烧蹄膀则一片白花花，咸得仿佛打死了卖盐的，就连简单的鸡蛋西红柿，也是黑炭一样黏在锅底，色相全毁……阎喜熬忍不住，将正浩从厨房里赶了出去，打点精神自己做饭，她十二岁就帮妈妈炒过菜，不相信好端端的菜可以弄得这么惨不忍睹。菜端上来，很简单，但是色香味都是值得品评的。灯光打在两个人油光光的脸上，筷子和嘴都是油光光的。屋子里很静，听得见鱼缸里鱼尾巴拨水的声音。

周正浩看着阎喜，这个几个月前还失魂落魄的女人，她站在厨房里，系着碎花围裙，耐心地将香菇摘掉粗颈，把芹菜叶子一片片摘下来，女人真是不可思议。但是更不可思议的事情在后头，在正浩吃到一顿无比正宗的香嫩鲅鱼后，抹抹嘴唇，得意地说："老周家的女人一个顶一个，心灵手巧。"阎喜冷笑了一声："哼，我们还没血肉相连呢。没给你老周家添丁，算不得数的。"

有一次周正浩正行饱暖之后事，突然听到了阎喜说，你是不是算准了日子要传宗接代？

正浩浑身发软地站到地上，阎喜，你是不是有病！

我有病，没病才怪呢，你们不就把我当一工具吗？

这样的吵架次数多了，两个人都无比厌倦。有人说吵一次架，感情就加深一次，等于强化感情沟通，可是在正浩阎喜两人身上，每吵一次架，就生分一次。阎喜一边炒菜一边说，我们离婚吧。正浩眼睛盯着天花板，估计在看上面的苍蝇屎，他几乎不假思索地说，好啊。离就离，谁怕谁啊，阎喜自己盛了一碗饭，浇好汤汁，在没有铺餐巾的桌子前吃起来。她细嚼慢咽，仿佛在品味每一粒米的味道。周正浩坐到书房里，打开电脑。原来他们以为彼此相爱来着，谁离开谁都不行，可是他们结了婚过起了日子，有了孩子，孩子一阵烟一样消失了，就像从来没有来过一样，他们原以为牢固的爱情也一阵烟似的消失了。没有什么是坚不可摧的。似乎连伤痛也是随风而散了，更让阎喜觉得彻悟的是，通过丧子之痛，她看清了爱情的真面目，她看透了她许了一生的这个男人，原来只以为他是个大男孩子，他的无情，自私，冷漠，没有主心骨，比所有她见过的世故的人更让她冷彻心扉。他们失去了中间的一个联系，可是似乎都获得了一个真理：对方并不值得爱，或者对方并不爱自己。他们躲避着彼此之间可能出现的联系，唯一约好了一件事就是离婚。

那天是国庆节，两个人都有空，阎喜穿上一件镂空绒线衣，下面藏蓝牛仔裙，粗粗地化了一个淡妆，打车去民政局。民政局大厅里吵吵嚷嚷的，不止一对的青年人焦躁地等着领他们共同生活的通行证。有一对韩版打扮的男女，在等待的间隙里，不时贴耳悄悄话，那个黄头发青春痘的男孩子不知道说了些什么，女孩子爆出一阵压抑的尖笑，哨子一样劈开了嘈杂，满头卷发的办事员瞪了他们一眼又一眼。阎喜超然物外地看着他们，以一种过来人的觉悟同情地看着他们，她突然想起了他们登记结束后，正浩得意地将红皮本揣进裤袋里，“嘿，从今天起，你想跑也跑不了了。”时隔三年，他们主动拿了红皮本来兑换绿皮本，兑换一个可以自由出入婚姻的放行证。她低下头看到了自己的达芙妮鞋子，半旧的圆头款，皱巴巴的软牛皮，可是她的胖脚丫子在里面不受屈。而搁置在鞋柜里那双金色的 Ferragamo 她只在去参加舞会的时候穿过一次，细高跟，修长的鞋带将脚踝圈住，看到的人没有不赞叹它的优雅和出众。可是穿过一次，她的小脚趾就磨起了一个肿泡。他们的婚姻没有人说不配的，可是种种的不舒服她自己知道。一双鞋要是太紧脚，就不如光脚舒服。她去看正浩，还是那副事不关己的德行，心里更是涌起过一阵恨意。她要彻底抛开他带给她的一切痛苦，那么只有离开他。她想若干年后她会觉得自己的决定是对的，即使不对她也不后悔，她承受过的痛苦已经够抵押这一切了。好不容易轮到他们了，阎喜把结婚证递过去，卷头发办事员冷冷地看了她一眼，将结婚证给她扔出来，撇着一口东北普通话高声道：“我们加班只为结婚的新人办手续，改天再来吧。”她特意加强了“新人”二字语气，显露出一种趾高气扬的嚣张，大厅里等待的人将都将头转向了阎喜，那个哈韩族从他的准老婆耳根下抬起满是青春痘的脸幸灾乐祸地望着她。

阎喜一阵气堵脸红，刚要反问几句，却见正浩一推开推拉门，三步并作两步跳了街上，他搡到了路旁一棵三角梅，落了一肩黄叶子。他的头发枯草一样乱蓬蓬的，腰没有粗起来，小肚子却鼓了，比她三个月的身孕还要大。一想到她差点做了妈妈，阎喜就胸头发闷，她装好结婚证，听到那办事员在背后嘀咕：“累死了，不看人死活，离婚也来凑热闹。”离婚就该受歧视，什么年代了，阎喜怒火攻心真想去扇那卷发两耳刮子。她怒目瞪了两眼，气短地逃出了目光的包围圈。他们的离婚就此拖下来了，起居饮食都是分开的，有一次阎喜要去卫生间，推开门，正浩在里面冲澡，肩头上堆满泡沫，一见她进去慌忙将身子背过去，她感到受了莫大的羞辱，将门一摔走了出去。当离婚拿到桌面上来，谁若主动示好，或者主动撤防，谁就是孙子。问题是谁也没有再向对方靠拢的理由和热情了。他们的婚姻已经没有了呼吸和心跳，行将就木，只等着那张纸来宣判正式死亡。

可是赶在他们宣布婚姻死亡之前，翁先生死了，翁先生是他们的媒人，他们必须要出席他的葬礼，甚至应该在葬礼之后去看望翁太太。这大概是他们离婚之前唯一需要共同去面对的事情了。

阎喜穿着一件黑罩衫，勉强坐上了正浩的破吉普。她想这是最后一次他们两个人坐一辆车吧。回来后他们就分手，然后永不见面。是的，正浩，她永远也不想再见到他了。

灵堂设在翁先生在郊区的家，是一座枯朽的二层老楼。灰砖灰瓦，檐间露出些枯旧的和了灰泥的麦秸，阎喜记得翁太太唠叨过，翁先生近两年犯了病一样，一有空就回来收拾这老房子，里面能动的地方都动了，倒是外面不着一缕，人家都是驴屎蛋子外面光，他倒好，擦粉擦到屁股上。翁先生在滨河花苑有一套房子，在市中心，是许多人梦寐以求的黄金地段。翁太太喜欢那里，超市，医院，商贸大厦，城市广场离得都近。她爱时髦，经常到时尚中心去做个发型，或者去美容院按摩一下，不喜欢到郊区的老房子里来，可是拗不过翁先生。她年轻时大多黑蓝穿着，到了这把年纪，才发现自己少过了许多人生。每当她在大衣镜前搔首弄姿的时候，翁先生就会无孔不入地打击她爱美爱生活的积极性。“到了你这把年纪，就该朴素一些，让人看着也庄重。”别看翁先生是画家，一回家就是个不折不扣的老夫子，翁太太越发别扭：“到了这个年龄，土埋半截了是不是？是不是巴不得我给你倒空？”翁先生步步后退，连连摆手。每次吵嘴都是这样的结局，看上去都是他在退，可是翁太太从来没觉得占多少便宜。可是此刻，他静静地躺着一面铺了靛青丝绸的床板上，闭着眼，原来红粉粉的脸孔仿佛金箔纸一般，下巴收着，嘴张成一个黑洞，头顶的香油灯冒着烟。床边烧着一些纸钱，烟灰腾空，有些他们不认识的亲属在那里陪着垂泪，翁太太声音嘶哑，眼袋发青，蓬松着头发，阎喜惊奇地发现竟有一半是白的，头顶灰苍苍的，不留意看，以为不小心顶了一头蛛网。她穿着布鞋，前头草草缝了一块白布，一向收拾得周正的翁太太第一次让人看着这么衰老，无告。院子里堆满了硕大的花圈，菊花花篮，前来吊唁的人一拨来了，对着翁先生的那张黑白照鞠躬默哀，然后有人去握翁太太的手，说一些保重之类的安抚的话，前脚不等走出门，另一拨又来了。

正浩一直瞪大着眼，他不相信一个人说死就死了。那个躺着的人千真万确是翁瑞同，可是又怎么看怎么不像，又黄又干，似乎身高也缩短了一段。就在前天早上，他开车去单位，看到翁先生站在硕大的站牌下等公交车，晨风吹得他有限的头发在明晃晃的头顶盘旋，他双手插在灰色风衣口袋里，像个孩子一般晃着脑袋丈量脚下的方砖。正浩突然觉得十分有趣，咧开嘴笑了。他摁了摁喇叭，大喊一声，老翁。

翁先生闻声停下来，跳上车，不好意思地搓搓手，在副驾驶位上坐下来。正浩笑着问，等车的时候是不是在思考问题？蛮专注的啊。翁先生耳朵一竖，颧骨漫上一层红晕。他叹了一口气："刚才我在想啊，孩子大了，两口子呢，也好歹磨得没脾气了，属于老翁我自己的黄金时段来临了。好好想想，嗨，还没为自己活过呢。刚才等车的当儿我一下子想起了小时候跟在女同学屁股后面跳房子的情景……没觉得呢，人生半百了啊。"正浩不由瞅了翁先生两眼，他是不显老的那种男人，脸色红红的，鼻头圆圆的，笑起来有些像小孩子又有些像老太太，这样的男人除了青年时期哪个阶段都是漫长的，他不由呵呵笑起来："你现在风华正茂，一朵花刚要怒放啊……"翁先生也笑了："嗨，毛头小子还糊弄老头子……"说着话，很快到了书画装裱店，翁先生下车了。他胖胖的身躯包裹在西服里，走起来蠕动着，看上去雄心万丈的样子。可是一天工夫一个活生生的说话走路筹划未来的人就突然说死就死了，丝毫的预兆都没有？阎喜回过头，看到了正浩眼睛里的鸡蛋壳一样的泪光，水泡一样笼着他黑白分明的大眼睛，为不让那水泡破裂，他咬住了嘴唇。她好久不见正浩这样哭了，非常意外的，她心脏部位痉挛了一下。她握着翁太太的手，那只手松弛软得鸡皮一样，又冷又柴，翁先生死的时候，她正好在街上同一个老相识聊天，等她回家时，老翁已经不会说话了。送到医院，医生劈头盖脸一句，早干什么了，提前半小时说不定还有救。她回家的时候翁先生躺在沙发上，她以为他睡着了，上前搡了他一下，才几点就睡，夜里又要不让人睡安稳。老翁一动不动，她刚要再推他，发现他一条腿垂在地上，地上还有一本翻开的书。她心里突地跳了一下。大喊老翁老翁，老翁没有一点回应，他的小拇指似乎微微动了动，也可能是幻觉。翁太太把耳朵贴到他胸膛上，她不知道是她的心跳还是老翁的在跳。老翁走后，她睡不着，哭得嘴唇发麻，后来她就揪自己头发，捶自己的头……阎喜抓着她的手，她还是一个劲地捶胸口，“小阎啊，那天为什么发昏去上街啊，没什么可买的，上街就上街啊，我为什么聊天啊……”

没有什么能安抚翁太太。她一夜之间苍老了不止十岁。一个朝夕相处的大活人转眼之间就如灯灭一样，谁能受得了啊。告别了翁太太，阎喜一言不发地上了正浩的车。她失魂落魄的，没有从刚才看到的景象中转过来。车窗外，街旁的洋槐跑步后撤，行人们的身影像一道拉长的彩线，阎喜睁着眼睛，却什么都看不真切。刚才，正浩哭了，自己死的时候，他也会掉这么一滴眼泪吗？他们未出世的孩子去世，他都没有哭过呢，只是和他老娘一个鼻孔出气地埋怨她。一想到那个和她血肉相连息息相关的小生命，阎喜的泪更是止不住。一个生命的孕育要那么长时间，可是死去却如此简单，就像她坐在副驾驶位置上，前面摆放着摇摆花，她一直看着一直看着，那花在那里动着，可是如果突然就消失了，这怎么像真实呢？怎么不让人质疑是幻觉呢。心肌梗死，就是一根重要的血管突然被堵住了。她那天在阳台晒被子，拍打灰尘的时候，不小心拍死了一只小昆虫，大约是从花上爬上去的，就在她不经意那么一拍那只褐色的不知名的昆虫就一命呜呼了。当时她还耻笑那只可怜无辜的小东西，可是人的生命怎么也这么脆弱？如梦幻一样不可相信。她知道此刻的翁太太巴不得睡着，然后醒来一切都是一场梦。可是怎么是梦呢，那个人实实在在地躺在她身边，鼻子眼睛，耳朵，都是她所熟悉的，毛发和汗液的味道。可是他已经永远不在了，失去了呼吸和心跳，失去了和她记忆相连的一切，就是那个唯一让人感觉真实的躯体，也要在火化场化为灰烬。想到这里，阎喜突然问，明天翁太太会去火葬场吗？正浩闷了半天，说，应该不会吧，她受不了那个。日光暗下来，薄暮一寸寸地吞没了行人，汽车，街灯次第亮起来，确实看不真切的。相较外面的灯光，车内是黑暗的，像一截黑炭在火光里流动。两个人都不再说话。

回到家里，两个人在客厅里坐下来。他们就那样呆呆坐着，正浩破例没有去书房，阎喜也没有开电视。有葱丝爆锅和煎鱼的味道传递过来，正是吃饭的时间，两个人都有些无动于衷。正浩将头仰靠在沙发上，双手抱头，他的嘴巴也不由张成了一个洞。阎喜豁然想起翁先生的嘴巴，那个仿佛掉牙了的大洞，仿佛深不见底一般。在阎喜的对面墙上，挂着结婚时翁先生送给他们的一幅画，五牛图。由于久不擦拭，已经落满了灰尘，相框横梁上的灰足以埋葬一只苍蝇。阎喜拿着一块抹布踩上凳子，开始擦拭。翁先生画的牛有毕加索笔下牛的风骨，常被翁太太讥笑为画得像野猪。可是就是这张五牛图据说曾有人出十几万的价。为这件事两个人还私底下吵了一架，翁太太嫌结婚画牛不喜庆，牛都是苦叽叽的，一副劳碌相。人家结婚送画也不过是牡丹，百合，蝙蝠，梅花鹿什么的。翁先生听完，嗤之以鼻：俗气。翁先生特意问阎喜，小阎，你喜不喜欢这幅画。阎喜忙做笑意葱茏状，当然喜欢啊。私底下，阎喜也是想，哎呀，结婚送牛，该如何讲呢，牛可是吃一辈子苦的。她擦拭干净，跳下凳子，想如果不送这幅画的话，老翁一出手就是十几万哪。原来他们策划离婚这件事的时候，并没做到事无巨细，这幅画就疏漏了。可是想起来又怎样，这是老翁送给两个人的画，两个人分开，任何一个人都不应该得到它。

两个人一直枯坐着，墙上钟表滴滴答答的，把八十平方米的房间走得格外空旷。他们最激烈的战争的时候，后来彼此冷漠疏离的时候，也没有这么安静过，阎喜看电视或者看杂志，正浩打红警。从一种热闹退到另一种更具体的热闹里。他们从来没有像现在一样不想逃避，但也不想说话。阎喜低下头看着自己的手，不是特别红润，但是细腻的，光泽的，关节细长，指甲明亮，即使指甲油剥落了也不难看。而翁太太的手，她第一次发现是那么松弛，苍老，罗列在虎口周围的老年斑不像里面长出来的，倒像是外面贴上去的。迟早有一天她的手也会变成这样。她突然觉得毫无意义，原来和周正浩别扭执气毫无意义，像一个身受重伤的人看到别人在较量体力。她站起来，周身疲惫，她想原来愤怒也是需要力气的。后来她去厨房煮了两碗葱油面，自己埋头吃了一碗。吃的时候她才发觉胃已经很饿了。她吃得很慢，吃完后她就到洗漱间洗刷了一番。她没有看周正浩有没有在吃，她只是把碗端到了他面前，说句吃碗面吧。然后她就只洗脸洗脚草草睡了。她的脚放在木盆里，水没过脚趾，温温的，脑子里全是翁先生葬礼的情形。吊唁的人面目模糊，房间里很奇怪的有一种樟脑的味道，也许是烧纸味吧。她脑子里只有翁先生触目的黄脸和翁太太哭不出声的嘶哑啜泣。来回放着小电影，然后她就做梦了，看到了死去的那个没见面的孩子，几乎蹒跚走路了，非常光洁的一个小身体，摇摇摆摆地走着，似乎还像电视广告上的奶粉婴儿一样咯咯笑着，在她前面走着，然后就走入一片云雾深处了。她再也见不到他了。她醒来的时候枕头上一片潮湿，这是她小产后第一次梦到自己的孩子。她似乎还抽泣了一会，腮帮子凉冰冰的。好久没醒这么早了，大床上散放着几本杂志，除了纵横褶皱的蚕丝被，这张红桃木床显得尤为空旷，她就是在这张床上，怀着她的宝宝，怀着她对美好生活的祈望，度过了八个月，那八个月，她仿佛公主，最后又沦为弃儿。她拉开窗帘，时间还早，夜气未退，有汽车穿过薄雾，疾驰而去。胡同里，有早起练剑的老女人背着一把剑，疾速走过，还有些半大孩子睡眼蒙眬地边走边系纽扣，有个孩子手里提着豆汁油条。有个秃顶男人骑着单车贴墙行驶，身形像极了老翁。老翁和她没见过面的孩子一样也不在人世了啊。她清楚记得躺在一盏油灯下的老翁的脸。蜡黄蜡黄的，黄表纸一般。如果不是今早看到这个骑车的秃顶男人，她几乎忘了活着的老翁是什么样子，或者说，她压根觉得死去的老翁和活着的翁先生是两个人。而正浩或许在另一个房间里睡得死熟，他们吵得恨不得对方死去，是多遥远的事情了？

突然，她听到正浩在另一个房间里言语不清地喊老翁。她吃了一下，跑过去，正浩蜷着身子，压着团着的毛毯，坐起来，他睁大混沌的眼睛，似乎看到了什么，脸上充满了不确定的痛苦茫然。

阎喜不明就里，换了一种安抚的腔调问，怎么了？她用的是一种在病房里安抚病人的语气，因为此刻她觉得正浩不怎么正常，她不能按照原来的态度对待他。

正浩很突兀地抓住了阎喜的手："我梦见老翁了，他还是好好的。在文渊路淘文物呢。他穿着灰呢子大衣，倒背着手。我还看到他在看一个鱼纹陶碗，和他原来跟我提过的一模一样！"

他的手非常用力，不像抓着一只手，倒像落水者抓住一根稻草。阎喜分明地感到手背被攥疼了。他比她的病人看上去还要恐惧无助。阎喜柔声说："你做梦了。"

正浩转动身子四下看看，窗帘，衣橱，床头的陶瓷偶人，俄罗斯套娃，穿着蓝碎花褶皱睡衣的阎喜，此刻正用另一只手拍着他的手背。他知道，翁先生是没了。从他的生活里，他的视野里，乃至这个城市里，消失了，永远消失了。不像他原来出游一样，呆个数月半载总要回来。在这个城市里，正浩除了他的父母，和翁先生一家走动的算多的了，最短一周，最长一月他们总要聚一次，有时候是到餐馆里聊天，有时候呢，则到翁先生家里尝尝翁太太烤制的中国式比萨和小甜点。翁先生喜欢吃甜，也乐意和朋友分享，有一次正浩拿着他百般赞美的一个酒酿巧克力点心，犹豫半天放进嘴里，他不但没觉出丝毫令翁先生如痴如醉欲罢不能的美味，反而觉得舌头被甜得发麻，发木，像个木汤匙掉进稠粥里面一样转不动勺柄。阎喜在这点上倒是翁先生的同好，分享了小点心后，翁先生就跟他们谈他的画，翁太太呢，则将翁先生的话题围追堵截，最后扯到最新时尚快报和城市花边绯闻上。翁先生的一批朋友是书法家、画家，还有书画商乃至政界商界一些知名不知名人士，他这个圈子说大不大，大多是爱好文艺的，有过文学艺术发烧症的青春经历；说小也不小，囊括了各个行业部门，几乎能呼风唤雨了，他们大多都有些不大不小的权利，请吃饭请唱歌的机会比比皆是，并且他们都以和翁先生结交为一风雅事。但是和这帮子人在一起，翁先生倒是很少谈画的，虽然他们竭尽所能将话题往画上引，但是往往都被翁先生看似谦虚厚道实则狡猾地引开了。他们会谈论足球、汽车、女人，当然这些也都是让他们血脉贲张的，这是大家的共同爱好，说着说着就容易兴奋而忘了最初的动机。翁先生这样一个人，装糊涂是最容易也是最拿手的了。可是和正浩阎喜在一起，翁先生就毫无防范心理了，他们都不太懂画，也从来没有觊觎过他的画，相反，倒是他送给他们的那副五牛图，明明是他的得意之作，两人还分不出多少好歹来。翁先生越是见惯世面，通晓人情，倒越喜欢和他们闲聊，聊着聊着，也就聊到了他的画上。最初翁太太掺和小两口的嘴头官司，翁先生特别看不惯：新媳妇上了床，媒人靠西墙。人家小日子都过开了，你还瞎掺和什么？可是后来他比谁都乐得掺和，几天不见小两口，就唠叨：那俩孩子最近怎么没来玩啊。他们见面常常是这样的，最开始翁先生同正浩讲时事，翁太太和阎喜交流购物心得，后来就渐渐转成了这样的格局：阎喜在听翁先生讲他的画，翁太太呢，则在跟正浩控诉翁先生的罪状。时间一长，阎喜对翁先生的画可以说出一番子丑寅卯，而正浩对翁先生了解得更彻底，或者说更片面了。在正浩心里，翁先生是这么一个角色，比父亲更平易近人，比画家更通俗入世，比一个好丈夫更多缺点，比一个好朋友更多阅历和经验。翁先生口头禅是：嗨，有什么大不了啊。有一次他跟阎喜说："只要和听翁先生说上一会话，你就会觉得没什么大不了，除了他的画。"正浩很少说这么幽默的话，阎喜回味过来哈哈大笑，使劲摁着他的肩膀捶了半天。

可是翁先生死了。也就是永远不在了。正浩八岁那年，爷爷死了。他问奶奶，我爷爷什么时候睡醒过来？奶奶说，爷爷去了另一个地方了。正浩又问，那什么时候回来？奶奶撩起灰大襟擦擦眼睛，说，你爷爷去了，就不来了，一个人一辈子只能来一回。正浩不相信，一直等着爷爷阔步进门的脚步声，直到他忘了等待这件事，后来他终于知道，死亡是怎么一回事。永远不来了。永远，不来了。后来他听到医生告诉他，孩子死了。他脑海中再次想起这句话，心脏部位一阵揪痛，大家都跟他说要做爸爸了，要做爸爸了，一个新的生命要降临他的家，为了迎接这个新生命，他妈妈专程来照顾阎喜的饮食起居，并天天为这个小生命的降临做种种准备。阎喜呢，照镜子时不再看描眉画眼，而是更多地看她的肚子了，可是就在一瞬间，全家为之忙活的一个小生命化为乌有，医生让他看看他的孩子，那是个俊美婴儿，双眼皮的眼睛紧紧闭着，小拳头紧紧攥着，小嘴巴紧抿着，只看一眼，他就受不了了，跑到走廊深处蹲下了。这是他的孩子，不错，可是他见到的时候他已经死去了，他更多的是为他母亲为阎喜为他们周家的不幸而难过，他不像阎喜经历过怀孕，感同身受的痛苦。而翁先生，是和他们来往密切息息相关，他熟知翁先生作画的动作，熟知他们夫妻二人的拌嘴缘由，熟知翁先生的种种习惯爱好，闭上眼睛，翁先生的言谈举止就像在眼前一般，这些个记忆和躺在菊花丛中，脸比菊花还干还黄的影像打架。翁先生笑起来弯兜兜的嘴和那个老太太一般瘪着的嘴张成的黑洞在打架，正浩受到了严重的刺激。翁先生已经不在了，那个躺在那里的身体，是他褪下的一个壳子而已。生死就在一线间，可是一线两边天差地别。

正浩转动脑袋，最后眼光落到阎喜脸上，她头发没梳，脸上油光闪闪，浮动着一层非常久违的柔情，好久以来，她的眼光都是刀子一样的，嘴巴也是夹枪带棍的，一来二去，两人不是说出了最寒心的话，就是互不搭理。他抽出手，有些后悔和害羞似的，叹口气，是啊，翁先生是死了，真像一场梦一样。说完话，他们不约而同望向窗外，一层雾漫上来，就像从地底下生起一般，将即将大白的拂晓遮盖起来。

一周后，他们又去看望了翁太太。

房间里布置没有更换，只是墙上多了一张放大的照片，是翁先生和翁太太在西子湖畔照的，翁先生穿了格子衬衣，大红毛呢背心，翁太太则着长穗羊毛披肩，穿一件苏格兰裙子，翁太太此刻正披着那件披肩，她给二人泡茶。正浩把茶壶抢过去，给四只茶碗都倒了半杯，是西湖龙井。翁先生爱喝的。翁太太说，你们有空多过来，陪老翁喝茶。她说，这房间还是按原来样子布置的，我担心老翁回来不认得了。

翁太太动作有些迟缓，原来入鬓的长眼睛也下垂了，茶色眼袋显出来了。三个人喝着茶，外面有风，树叶子哗啦哗啦的。“一场秋雨一场凉，俗话真是不错的。”正浩阎喜答应着。

翁太太又说，老翁愿意住到这里，秋天院子里落满杨树子，黄灿灿的，他也不让扫。我只嫌他懒，地上铺满黄树叶子是挺好看的。二人望出去，确实别有一番风味。他们来时还误以为翁太太身体不舒服，没精神打扫呢。她想如果老翁回来，一定会到这所他生前喜欢的老房子里，所以她不动里面的摆设，给老翁泡上他喜欢的龙井茶。

翁太太说，我盼着梦到老翁，可是他不来。有一次，我梦到老翁在水边坐着，我赶过去，老翁在看一个本子，我低下头，认得是他平时记东西用的，可是一个字都看不清……后来我找到了那个本子……

翁太太说着，拉开抽屉，取出了那个黑皮笔记本。上面写着老翁的蝇头小楷，是一些关于作画做人的笔记。其中一节是关于画牛的心得：世间生灵中，牛最倔强，也最温顺。认准之事，脚踏实地；遇不平事，也宽容为怀。有执着心和慈悲怀。画牛形易得，气难求。凡世间男女，身上有牛的习气者，皆属上品，何出此言？所求甚少，一坯干草也能咀嚼出万千滋味；所奉甚多，周身血肉毛皮，无不献出。用牛的心态干事，无不成就，用牛的操守做人，无不圆满。牛眼看事，世间无事不可包容。常听下辈子做牛做马报答你，这句话听着实在，其实虚无，今生把握不住，何谈来生；谨愿世间人常存牛精神……

正浩阎喜方才悟出翁先生送五牛图的苦心。正浩在那里继续翻阅，翁太太和阎喜一边拉话。翁太太说：“老翁走后，我去厨房，倒油时，油壶空了——原来都是老翁将桶装的油给我倒进油壶里。有一次我好不容易睡踏实了，被风吹醒了，门窗开着呢，原来睡觉前都是老翁检查门窗的……老翁走了，可是他哪里都在啊。

“我听到你出事那天赶去医院，正浩那孩子正蹲在病房走廊里哭泣呢，俩人别怄气了。孩子没有了可以再要一个，你们还年轻呐。我那时候天天抱怨老翁，我自己也以为恨他，他走了后，这屋子空荡荡的，我才知道，我那时嫌他整天只有他的画，不肯陪我，老翁后来画得最多的是牛，他一辈子吃苦受累牛筋巴力的，没为自己舒坦过啊，我还只是跟他怄气。可是说这些又有什么用呢，人都走了。

“有一次老翁托梦给我，说他好好的，我醒来，也不觉得是梦。那时正是半夜，人都睡得悄悄地，我就说，老翁，如果真的是你，你就响一下。就响一下。这时候一个木头印章咕咚一声歪在了书桌上。不是风刮的，小阎，如果是风的话，那个贝壳风铃也会响的，我爬起来，拖鞋也没穿，扑到那个图章面前，掉眼泪，小阎啊，你知道一个身边人永远都见不到了是什么滋味吗？”阎喜浑身打个冷战，眼泪也掉下来了，她知道，她当然知道，八个月的孩子，离开了她，她都感到自己生命被带走了一部分。翁先生跟翁太太，他们已经过了二十四年，还有一年就银婚了啊。她又想到正浩，她不止一次想跟他分开，那么她希望他死去吗？不，她要他在这个世界上好好活着。

下楼梯的时候，正浩在头里，阎喜看着他勾着头，向下看着，想象他蹲在走廊里，哭泣的情景，他的头一定也是这么勾着，或者用两只手托着头发。狠狠地压着头，恨不得将所有的不快压回去。就像一切从来没有发生过。可是怎么可能呢，也许正因为这一切，他们才发现内心深处的眷顾吧。失去孩子，正浩背着她偷偷哭泣，是啊，他是孩子的父亲啊。正浩在前面一言不发地走着，他的背宽宽的，但是哭泣的时候也应该和她在病房里看到的那些男人一样肩背伛偻下去吧。她记得一个魁梧的男人在老婆难产时，蹲在洗手间门口，双手抱头，在他周围有几个烟蒂，卫生员上前指责他的时候，他抬起的头，满面泪水，垂着双肩，看上去整个人缩小了一圈。阎喜忽然心头发软，眼睛里又有了酸涩感，下台阶时，路灯坏掉了，又下起小雨来，正浩歪过身子，回头伸手遮挡了一下，他走的地方有一个坑洼。他们让翁太太回房间歇息，雨雾浓密起来，这场雨落在这个城市，落在家家户户房顶，当然也落在那些拥有亲人和失去亲人的人们心上。每场雨都会落下，然后都会蒸腾为云，就像每个人都会来到人间，然后死去，或者在来的路上就已经死去，他们在天国注视着这个尘世，提醒着人们迟早都要离去，都是过客。来早来晚而已，走早走晚罢了。

离开翁太太的家，大约半个小时的路程，阎喜却觉得走了好久。他们上楼，掏钥匙，正浩走在头里，摸黑打开房门，楼道上的感应灯反应迟钝。阎喜跺了一下脚，灯像被惊醒似的，一道光线射进黑暗的房间里，就像一把雪亮的刀切开了混沌。正浩没有急于打开房间里的灯，而是伸出那只没有拿钥匙的手，阎喜把手递过去，他们拉手顺着那道光线进门，随着一声闭门的响声，楼道灯再次被惊醒了，光亮照彻了整个楼道。

晃动的苹果斑

一

他暗中盯了那个女人好久了。其实她原本和他没关系，可她是刘铁栓的老婆。没有关系也有关系了，即使她长得再不好看，她也脱不了干系。

没有男人不喜欢看女人的，但是前提是这个女人得好看，最起码要像个女人的样子。而刘铁栓老婆黑黑的，瘦瘦的，就像被扬在场院里的秕谷子，如果不是托刘铁栓的福，他才懒得看她一眼。这不是他在牢里那会了，整天干那些下三滥活不说，瞅一圈，也没见个女人影，放出来后，他远远看到卖烤地瓜的女人推着粗烟卷子似的泥烤炉，心里打个激灵——女人，软软的，香香的女人，他想女人想得快要发疯了。那时候只要是个女人就成，什么叫饿狠了不挑食？风瑟瑟地吹着，他虽然刚从里面出来，脑子里也知道自己不太正常，赶紧夹紧衣服，像恶狼夹紧尾巴一样窜到嘈嘈杂杂的人间烟火里去了。

这会子当然不是那会子，他有了女人，虽然不是十里八乡的俏娘们，可是一打眼就比刘铁栓的老婆强。到了夏天，他不知道别人家的婆娘会怎样，自己的老婆是每隔几天都要在院子里晒水的，用铁匠王老吉给打的大铁盆盛一大盆，毒花花的日头晒上半日，天抹了黑也还是温热的。老婆就在院墙底下，脱了衣服，用毛巾擦啊擦啊的，黑乎乎的墙上像是抹了一大片光光的白灰。他毛手毛脚地伸手去够那片已经躺倒床上的白的时候，她就软声道，你也去洗洗吧，水还热乎呐。庄稼人哪里这些穷讲究，泥腿子破袜子臭烘烘的还不是一样生娃子，生得只怕比那些细皮嫩肉的城里人还壮实呢！他在城里干工程的时候是见过那些假正经的女人，露胳膊露肚皮的，穿得那么少，不就是为了勾男人吗？你朝着她吹个口哨叫个小娘们吧，她还假惺惺地骂臭流氓。这样的娘们骚着呢，可是老婆青秀就实在得多，她不说撩拨的话，可是她会晒水，女人就是要这样实实在在才是过日子的料。从最开始的抵触，到听到青秀说，你也洗洗吧，那声腔就仿佛一条用脏了浆洗硬了的毛巾，一泡到水里就软软的没有骨架，他听着很受用，受用得不像话。刚结婚那两年他醉在这样的日子里，几乎都忘了大老爷们的志向了，女人这东西说祸水也是不假的，他几乎忘了寻仇了。奶奶的，可仇疙瘩还在那里结着呢，忘了也是一霎霎。

老辈人都说，杀父夺妻是大仇。这样的仇不报，简直不是男人。一想这档子事，他就觉得有根火柴在脚心里刺啦刺啦地划，一下一下地连着心，连着血管子，把他全身的血都要点着了。

他要让刘铁栓生不如死，在西柳寨抬不起头来，一辈子把脸搁在腚沟里。这想法，是一步步成熟起来的，刚开始像一株小嫩芽那样试探地冒出土，然后就一发不可收拾，就像一棵钻天杨一样，壮实得不得了。

他要睡刘铁栓老婆。

他像一只蹲哨的狼那样，去西岭的山坡上瞅那只将要被他吃掉的羊。他要了解那只羊是只绵羊还是山羊，有角还是没角。西柳寨和东柳寨只隔着一条小矮坡，西柳寨的东边人家就要和东柳寨的西边人家就像是邻居一样，比自己村子里的人还要熟悉些，可再熟也是两个村子。这点规矩大家都懂，两村的人，平时走动不多，但一到农忙几乎都能见着，因为两个村子的地也是挨成块的。那时节，地瓜都收到家里去了，几个女人正在结伴勾拉地瓜秧，用小撅头扒拉土里残留的小地瓜。他一眼就看出了那个穿蓝地子碎花褂子的女人就是刘铁栓的老婆，这娘们黑黑瘦瘦的，可是人却十分的麻利，脚底生风一样，猫着腰格格地笑着，就像是挖着了一块金子而不是一个地瓜。他还注意到这个娘们的屁股很小，就像一个干巴枣，只有弯腰的时候才能看见屁股瓣子，一直起身子，那裤子便像挂在两根电线杆上，空荡荡的。庄稼人都知道，大屁股的女人生男娃，而小屁股的女人生女娃，刘铁栓已经有一个女娃，也好，老天开眼，让这娘们再生个女娃，他的男娃大了一样可以睡刘铁栓的女娃，他小时候跟着大人背《愚公移山》，别的他没记住，只记住了一句话——子又生孙，孙又生子，子子孙孙无穷匮也。对，让他睡刘铁栓的老婆，他儿子睡刘铁栓的女儿，子子孙孙，无穷匮也。

他摸清了规律，刘铁栓都是 9 点钟出门，中午 12 点多回来，下午在家做豆腐。他听着刘铁栓敲着豆腐梆子梆梆梆出门了，心里便上窜下跳的，他要睡他老婆，早晚都要睡。

只要一天他的计划还没付诸实施，他就睡不安稳，没有心思跟老婆晒水。他把刘铁栓家里的景况在心里来回地过，过一遍踏实一遍，就像从豆腐水里过豆腐渣，直到只剩下实实在在的豆腐，才放心。可他心里的豆腐还在那里悬着，而刘铁栓这狗东西还照常在四村八巷地卖他的烂豆腐。太阳光光地照在那里，他想了一遍又一遍，还只是在脑子里睡——他要大模大样地进他的家，那时候他老婆或许在院子里剥扁豆，或许在屋里做被子，也许什么也没做，他先去讨杯水，然后趁她端水的空，猛地抱住她，把她扔到床上，就是刘铁栓他爹给他买的那张床上，三下五除二，干了她。然后坐在院子里等刘铁栓回来，或者告诉那娘们，你别以为我是稀罕你这块肉，你告诉刘铁栓，我是东柳寨的王汉强，我睡了他老婆，让他找我算账，然后踢翻凳子，那娘们一定在那里装模作样地哭，他开了个好头了。

刘铁栓没怎么着他，可谁让他有刘昌那样一个爹。

二

6岁的小宝子趴在铁锅沿上，起劲地翘着舌头去舔里面的残留的黑锅巴，咸咸的，香香的，恨不得要把小舌头拉出来。王宝坤在院子里喊，小宝子，走，我和你去找娘。他跑进烧火屋的时候，王宝坤正蹲在天井里，猫着腰，勾着头，用一张草纸卷烟叶子吧嗒吧嗒地吃，他每天都吃，有时夜里他饿醒了，也看到屋子里红红的亮一阵灭一阵，他肚子咕噜咕噜的，仿佛看到娘在那里拿着一根烧火棍子捅炉灰，捅一下亮一下红。他哀哀地羊羔子一样地叫了声娘、娘。王宝坤便用又硬又臭的大脚丫子踹他一脚，嚎什么？你娘早死了!! 然后没好气地拖过油灰被子蒙头死尸一样地睡了。饿，我饿啊!! 小宝子在黑暗中大睁着眼睛，窗户棱子上挂着烧饼大的黄月亮。

他用袖子抹抹嘴角的嘎渣，跟在爹的屁股后面出门了。娘还活着!! 娘一定会给他揣个玉米饼子吃——娘怀里总会有好吃的，有时是一把榆钱子，有时是几粒嚼起来嘎巴嘎巴响的炒豆子，有时是小酸枣，只要看到娘就不饿了。他跟在爹的屁股后，高兴得一打窜一打窜的，一边走，一边掳路边的狗尾巴草粒子，摁一把到嘴里，喉咙里毛茸茸痒痒得像爬了一只毛毛虫。

他们从东柳寨沟沟坎坎的路上走着，穿过巷子，老槐树底下有些女人在那里纳鞋底，还有几个胡子拉碴的老汉在墙旮旯拉呱，拿着只剩下筋络的蒲扇呼呼地扇着，灰褂子的两扇开襟耷拉在腿弯子里，肚皮也像牛脖子底下的皮肉一样松松地垂挂着，他们一看到王宝坤领着儿子像狗尾巴草上拴着的蚂蚱那样松垮垮地走着，摇蒲扇的节奏更慢了，其中一个秃顶的老人，眼珠子从低着的脑袋上起劲地送出去，就像一只老狗看到了一只热骨头。“这娃命苦啊!”那几个女人更是挪着腚下的小板凳极力让彼此的耳朵和嘴巴贴近一些，小宝子看到了那个奶着娃的女人，一个比他更小的小孩正在那个探头听话音的女人怀里扑棱着头去寻那从他嘴里拽出去的奶头——他起劲地飞舞着小手，揪住奶头，然后梗抬着脖子往小嘴里送。女人的衣襟高高地撩着，花花的一片白——白面一样，白馍馍一样。小宝子腿迈不动了，嘴里的涎水淌到嘴角了。他拿一根黑指头续到嘴里，又咬又漱，使劲地咽唾沫——他自己都听到了，咕噜一声，就像有谁往大沟里扔了一大块石头，王宝坤恶狠狠地回过头来推搡他，王八羔子，还不快走。便有女人在那里窃窃地笑，“爹成了王八，儿子不是王八羔子是什么？”“苦了这娃了。”

鬼撵着一样到了沟坡下的西柳寨，那是一条用指指戳戳的手指头和飞舞的唾沫星子交织成的路。他好奇地四处瞅着，头顶上跟着一群黑嗡嗡的乌蝇子，黄昏里弥漫着一股说不清楚的阴郁气息。王宝坤用铁笆篱一样的手拖着他麻秆一样的细手脖，跌跌撞撞地走，一颗脑瓜子就像荡悠在瓜秧下的一个烂倭瓜，小宝子的细手脖子被攥得又冷又湿。然后王宝坤的脚步慢下来，不像去和他找娘，倒像是硬着头皮去鬼场送葬。他一步一拖地，本来就瘦的脸歪扭得像出了瓜的地瓜沟。他像做贼一样在一个陌生的门口张张望望，然后被打折腿一样抱头蹲了下来。

大门上的对联已撕把得像几绺红红白白的布条子，王宝坤一把捧住小宝的脑袋，“小宝子，你娘就在里面，你起劲地叫。叫啊。”

“娘，娘！”小宝子声音怯怯的。

“大点声啊，你娘听到了就给回家给咱烙饼吃。”

小宝子舔了一下嘴唇，哨子一样叫开了。涨红了脖子，小驴驹子一样地叫开了。

哐啷一声，屋门开了，一个平头红脸膛的汉子走出来：“王宝坤你在这里叫什么丧？”

王宝坤哭不是哭笑不是笑地哈腰对那男人说：“以前的事，过了就算了，咱也不计较了，你让孩他娘回家，咱各过各的吧。娃可怜啊。”

男人仰着头，把眼珠子的光从眼皮底下露出来，轻巧地笑着：“也别说王宝坤你没出息，连个娘们都挂不住，好，你知道你婆娘说什么吗？跟你过十年也不如跟我过一天，我这是行善啊，这娘们跟你亏大发了，给你留下个带把的，也对得起你祖宗了……”

王宝坤的地瓜沟脸憋得比茄子还紫，“刘昌，咱老辈里无怨无仇，你就放了翠华吧……”

刘昌从鼻子里哼一声：“我说你这人糊涂就糊涂在这里——是我不放她吗？她压根就不想跟你回去，跟我吃香的喝辣的，跟你喝西北风啊……也好，你求我一句，我就让她跟你爷俩走……”

王宝坤膝盖一软，抱住刘昌的腿，浑身打哆嗦，他的膝盖还没着地，刘昌一把拦住了他，嘻笑道：“这样的大礼我可受不起，要不这样，刚才你儿子在外面叫唤的时候，翠华正给我舔脚丫子呢，我就好这一口，还有一只没舔完呢？要不，让你儿子给我舔舔……”

王宝坤几乎是跪在地上托起了他的脚，扒下他趿着的黑布鞋，闭着眼睛，像一只病狗一样一五一十地舔起了刘昌光着的臭脚丫子。

后来翠华果真从屋里出来了，她穿着一件他们爷俩从来没见过的花褂子，浑身香喷喷的，她远远地站在那里，嘴唇哆嗦像着了蜡烛油：“王宝坤，你就当我死了。儿子给你，我欠你的下辈子还吧。”娘走进刘昌的屋里去了，不像他原来的娘了，他从没看过那样窝囊那么下三滥的爹。看热闹的人还不肯散去，在周围布成乌压压的一片。王宝坤扶着儿子的肩膀，从地上爬起来，一句话也不说。他哆嗦着掉魂似的往回走，天擦黑了，小宝子看到爹的脸上挂着两道沟沟坎坎的亮东西，一闪一闪的。

当天夜里王宝坤就用扎裤腰的那条皱巴巴的布带子把自己挂到了屋梁上，他的肥裤腰则胡乱地缠掖到裤子里保持了最后的尊严。

那年小宝子 6 岁。他蹲在爹的脚丫子前号啕大哭，村子里的人都跟着抹眼泪，那时他哭，是肚子里饿，爹许诺他的饼又没影了，可六岁也已经什么都记得了。取学名的时候，他的大爷说，男人总要强梁一些，别再像他爹那样没出息，于是他就叫王汉强了。

三

杂种。王八羔子。兔崽子。从小到大，他就是个瘪种，因为他娘是个荡妇，让浪子刘昌给勾引跑了，他爹是个埋汰货。挨骂的时候，他还不上口，就扑上去咬人家，有次给那个高他一头的孩子把头皮都咬掉了一块。他大娘气得哀哀地骂他随他娘，是个惹事的货，大爷则说，这孩子气性大，老二的仇就有指望报了。

十几年了，除了报仇，他就没想别的。

一想到报仇，他就觉得浑身的血流得又快又急，他拳头攥得嘎巴嘎巴的，到处寻找刘昌的踪影。自从王宝坤死后，刘昌和翠华那个娼妇就不见了踪影。躲得了初一，躲得了十五吗？

几乎所有的人都知道他在找刘昌，所以他每到一个地方，总会有人有意无意地说起刘昌。刘昌是个流氓，当年刘昌在镇子上开的录像厅，到某个时候就会放女人脱衣服的电影，一放那种带色的电影，大家的脖子都伸得跟吃撑了的鸭子似的，电影声音很小，倒是咽唾沫的声音此起彼伏，真是一时盛况啊。电影上的女人啊，白得霜雪似的，滑得跟香皂似的，笑起来跟妖精似的，电影放完了许多毛头小子还坐在那里起不了身。刘昌打得一手好牌，扑克到了他手上就像那些鬼迷心窍的女人一样特别听他的话，他赢得钱总是比输得多，据说当年他骑着那辆大轮凤凰自行车就是赢来的钱买的——他在前头骑着，镇子上那些浪女人在后面拦着他的腰，要多伤风败俗有多伤风败俗。刘昌的爹拿指头戳这不肖子的脑门，被他一头拱了个趔趄，“老东西，我现在不吃你他娘的奶了，少管闲事多吃碗干饭吧，你还指着我给你送葬呢。”刘昌天天给镇子的理发闺女上启蒙课，最后把那闺女启蒙到他自家的床上去了，那时他老婆刚生了孩子不到三个月，老婆说了他一句：“你还让我有脸见人吗？”他劈手一巴掌，抬腿一脚，“去你娘的！跟我说脸面，要不是老子，你还在山沟叉子里喝西北风呢！”那娘们烈性，当时就跑到西屋里喝了一瓶敌敌畏，刘昌提了裤子从正房里出来，听到儿子哇哇得哭得瘆人，刚要去扇“那不知好歹的女人”几个耳光子，却闻到了一股呛鼻的敌敌畏的甜香。他疯狗一样在院子里寻找，在西屋的柴火窝里找到了老婆，孩子在屋里没有人腔地哭，那可怜的娘们鼓胀的乳房还往外淌着奶水……刘昌老实了几个月，最后竟然和东柳寨最老实的娘们翠华搞到了一起。

刘昌是个流氓，坏得不可救药，每个上了年纪的人提起来都直摇头，“祖祖辈辈老实的刘家，怎么出了这么个畜生？”年轻人则满怀向往，刘昌是个有本事的流氓，又狡猾又聪明，他像会巫术魔法，只要他看好了哪个俊娘们，那是没得跑。女人说到刘昌，一句“臭流氓”，又害怕又向往，那意味可就多了，刘昌这狗东西会勾人的魂呢！恁是怎样精灵的女人到了刘昌那里怎么就五迷三道的掉了魂犯了昏呢？任是全家唾骂老爹要打断她的腿也要往刘昌那里跑呢？

他想刘昌，甚至比想他爹还想得厉害。就像一只狼想一只难以对付的羊。一想起来，干别的事情就没胃口了。

这个伤天理的老东西，自己不知道是不是他的对手呢！可是他毕竟年轻，刘昌再厉害，也是个老杂种了。他掰得自己指头嘎巴嘎巴响，刘昌就像个小人一样在他的手心里被捏得粉碎。

四

他找了三年，没有人知道刘昌去了哪里。

找不到刘昌，不是还有他儿子刘铁栓吗？父债子还，这是古往今来的常理。

谁让他摊上了刘昌这样一个爹呢，他有王宝坤那样一个爹就活该从小吃人家的唾沫星子，刘铁栓有刘昌那么一个爹，就该他老婆要让人家睡，不但要睡还要让东西寨子全知道。

一边往西柳寨走，他一边愤愤地，为防万一，他在腰里别了一把短刀。

天井里静悄悄的，绳子上晾着做豆腐的布袋。鸡冠花夹竹桃花红红地开着，太阳底下有豆腥气和鸡粪味，热腾腾的，他的心有些跳，呼达呼达地像揣了只下蛋的母鸡，太阳很毒，他后脖颈上的肉晒得发烫，他在天井里站了一会子，然后猛地一把推开了屋门。那娘们吃了一惊，然后端出一副笑脸来，“买豆腐吧?”他嗯了一声，用眼角打量屋里，铺了大花床单的床就在窗户底下，床头上是一张财神送元宝的画子。

牢他都坐过，还有什么不敢做的?他不等女人有更多问话，便将女人拦腰一抱扔到床上，要是女人喊的话，他会摸出腰里的刀子也说不定。在牢里有个杀人犯就是又恨又怕的当儿才起了杀心的。为报这个仇，他等了十几年了，女人没有叫喊，死力地顶着他胳膊上的劲，咬着牙同他撕扯，后来气急败坏地躺在床上打挣，黑黑的脸挣得通红，再厉害你能挣过一个力壮的男人吗?

看她怒目瞪着自己的时候，他也觉得有些不忍，可是谁叫她是刘铁栓的老婆呢?

后来，他呼呼地喘着气，发觉手有些抖，这娘们还真有几分力气呢！他擦擦胳膊上被抓破的地方，火辣辣的，钻心地畅快。他把手掌上沾染的粉红血水在褂子上蹭了蹭，系上裤腰带。刘昌这老杂种，我睡了你儿媳妇了！奶奶的，都来看看吧。

女人坐起来，拿细长眼睛瞪着他：“我认识你，你是东柳寨的。”他打了一个愣，在心里骂，你去告我啊！老子坐过牢了，不怕再坐一回的，放出来，连你闺女一块祸害了。女人不等他接话，说：“我知道你和刘家有仇。我不会告诉铁栓的，你快走吧。”

他一下子懵在那里。

你快走啊!! 女人在那里喊。嗓子都直了。

天井里，太阳荒荒的，几只鸡在地上的瓦罐里啄残留的饭渣，静静的，听得到墙上的老挂钟嘎达嘎达地走。他摸不着头脑。不是他想的那个样子。他有女人，他不缺女人。他也不是个流氓。他睡刘铁栓老婆不是为睡她呀，他压根没往她身上想多少，她那么黑，那么瘦，压根就不像个生了娃的女人。刘铁栓是刘昌的儿子，而她是刘铁栓的老婆。而这当儿，她不哭不喊，还不打算和刘铁栓说，这算什么事啊?! 他以前光想着报仇，光想着刘昌这个老杂种和他儿子刘铁栓这个狗杂种，压根没想想这个女人是什么人，这东柳寨西柳寨的女人嫁了男人不都一个样吗？都是“家里的”。女人就是女人，还用多想吗？难道这娘们是个狗不咬屎棒戳的淫妇？她眼里却分明喷火一样看着他——他脑子转不过筋来。

你还不走啊?! 女人厉声喊着，把床头一个镜框扔下来，哐啷哐啷一阵塑料和玻璃的破碎声。他犹豫着跳脚走到门口。

外面日头更毒，街上压根没什么人。如果有人看见他从刘铁栓家出来，他怎么说？说“我睡了刘铁栓的女人了”？

这算个什么事啊?!

五

他几乎是连跑带逃回到家里的，青秀正在门口照这样子给儿子做虎头鞋。他怕什么呢？坐牢他都不怕，死都不怕，还怕一个女人不成？他回屋躺到床上蒙上被子，胸膛里像塞了一团棉花，他去报仇了，最起码是给他的仇开了一个头了，接下去这个仇将报得越来越痛快。可他娘的全不是那回事。那个仇疙瘩还在他身上结着呢，镶实地压在他身上。越来越沉。越来越沉。

他要喘不动气了——

儿子小强拿了一把水枪在院子里滋水玩，水枪打不出水来了，找青秀，青秀一挥手把他往旁边支：“你爹懂。”小强拿枪跑进屋里，见爹在床上蒙被睡觉，便掀被子问爹水枪为什么不出水了。王汉强揭被子呼地坐起来，小强惊了一吓，手一晃，竟歪打正着地将水滋出来，正滋到王汉强的脸上，他咆哮着大吼一声——你不长眼啊你，你活够了？劈头一巴掌，小强张开嘴巴，没命地哭起来，号丧一样。他越听越上火。青秀听到屋里的动静，放下鞋帮子，看男人脸上青筋暴出已走了样子，忙把小强拖出去。“又让你爹生气。”小强哭得直打嗝，青秀从裤袋里掏出几块钱，让他到小卖部里去买他喜欢的变形小车，然后走进屋里："什么事情，值得你这样哈哼孩子?！都吓破胆了！"

他再次掀开被子，冷不丁地跳下床来，趿上鞋，哐当把门一摔，出门去了。

"中了邪了！"青秀嘟囔一句，继续做她的虎头鞋。

他走出门，也没有地方可去，就走向村南的那片庄稼地。一走出村子，他就小跑起来，仿佛有虎狼在后面撵着，他越跑越快，身体绷紧，使劲地往前挣着，脚底下仿佛没有什么阻碍。正是七月，庄稼地里的玉米叶子支棱着，像一把把刀剑，红彤彤地亮着杀人的锋芒，他多想杀一个人啊！痛痛快快地宰掉他的狗头，如果他此刻在他身边的话。原来他恨，整天在被窝子里咬着牙跟自己说报仇，东柳寨的人都知道他有仇在身，他生下来就注定他有仇了，他大爷大娘帮他奶奶拉扯大他一半子为气，一半子为仇，娘跑了，爹死了，家灭了，这样的仇不是仇，天下还有什么仇啊？可是自他长大后，他就没见过刘昌那条老狗。后来他到了牢里，有个杀人犯，是用刀子一下一下捅了女人三十七刀，最后人死了他还在那里歇斯底里地捅，就因为女人不想跟他好了。他蜷在地上，嘿嘿冷笑着——奶奶的，你不知道有多痛快！王汉强听着，脚掌底的血直顺着腿根子往上冒，在心里跟着喊叫痛快。杀人犯眼睛里跳跃着鲜红的火苗，跳了一阵子，呼地熄了。眼珠子上蒙了一层灰。一个戴眼镜的人诡异笑着，你这样倒是便宜她了。还搭上你自己一条命。杀人犯说，头掉了不碗大的疤吗？眼镜耻笑他，你家里现在不是变着法子找人证明你是精神病吗？我看你还是蛮想活。杀人犯不再说话。眼镜就说，这样倒是痛快了，却不合算。兄弟，有比你更绝的，我原来认识一个人，定了亲登了记，结婚前一天那女人突然不干了。这人倒是没舍得先杀她，杀了她爹娘兄弟侄子外甥的，一共十来口人，单留这女的活着，然后点上炸药当着女人的面炸死了自己。这女人，死了倒舒服了，生不如死啊。古时候有个酷刑叫凌迟，凌迟就是要在身上 3357 刀，每十刀一歇，剐得肉大指甲片大小，一条一缕，一刀不能多，一刀不能少，刮一刀，人就嚎一声。最后一刀下去，受刑人才死了。这才叫绝呢。听得人浑身起鸡皮疙瘩，一阵阵发冷，都说长见识了。不坐牢，那叫什么见世面？以前他受过的指脊梁骨骂王八鳖孙子，不过是小指甲盖，他刚来的时候，就是这个眼镜，不知从什么角落里掏索出几瓣大蒜，逼他嚼，只能嚼，不能咽，你不嚼吧，有人在一边拿裤腰带抽你，还有人蹲在一边看你的喉咙是不是动，如果咽下去了，那更是狠命地抽。那个辣啊，眼腔子都辣鼓了，耳门都辣得嗡嗡直响，他直想把头撞到墙上去。牢都坐过了，他怕他个奶奶的。他是要把刘昌的血脉给毁掉，刘昌祖宗的脸给丢掉，可是那个女人，竟然不跟人一样，他一口气跑到玉米地尽头，胳膊手上划了一条条的红道道，然后他就看到他爹王宝坤的坟了，趴在那里，像个小馒头，周围长满了旺盛的野茅草，像大地伸出来一张毛茸茸的绿嘴巴就要吞掉那个黄馒头。

他一下子瘫软在地上，用手指抠了两把土，狠命往自己头上捶：爹啊，爹啊！

一到秋忙庄户人就个个成了老虎似的，从老虎一样的秋燥里往家里抢粮食。大地慵懒地伸展着四肢，像一个刚刚产后的女人那样疲惫和涣散。还有一种不动声色的平静，是心里有底的一种外在延伸。有些荒是踏踏实实的荒，而有些荒是囤里没粮的荒，这当儿，大地裙带松散，醉眼迷离，松软空荡，饱满的玉米已经被运回家，玉米秸子散乱地倒在地头，这空，这荒，就有些心里有底不在乎的劲儿，孕育的活儿它已经干完了，将庄稼和果实捧出来了，剩下的就是农民的事儿了。它要伸个懒腰，预备好好睡一觉了。青秀在地头将玉米秸子理顺了，将一些残留的小玉米捎回家，做晚饭去了。西天红彤彤的，土地上的一切也都变成沉沉的古铜色，王汉强弯腰将地里的玉米根棚子用撅头耪出来，他向背后扬起撅头，然后划个弧线将撅头耪进地里，他每抡一下锄头都狠狠的，像是要用力气把什么狠狠地攮进地里，又像是要把什么给狠狠地耪出来。上了年纪的人，都指给身边干活耍滑不卖力的人指着看——这才是庄户人的把式。

很快那些牢牢抓在地里的玉米根就横七竖八地躺在地上，还带出了一大坨土块。地上是一行行的大坑，黑黝黝的，将土地深处的秘密掀露出来。王汉强拄着撅，汗滋滋地往外流，他大口喘着气，那时天色已经擦黑了，大多数人已经收拾妥当回家了。突然他听到背后有人说："王汉强，我找你有事。"他回头，是刘铁栓的女人。说完这一句，她就拿脚轻轻走了。

六

他扛着撅头，不由自主地跟着她。

他不知道这个邪气的女人要跟她说什么。好奇心却像一头牛一样越来越结实地牵着他，天色更暗了，女人轻飘飘地，像一个鬼影子，隔着有二十几步的距离，影影绰绰的，他没来由地有些怕。

在那片老烟屋前，女人停下来了。他走得近了，却没有靠前。

女人说："你不是要报仇吗？我知道我公公在哪里。"

他一步走上前："在哪？"虽然天黑，女人已经看到他眼里刺刺冒着的火花。

女人顿了顿，用手抿了抿鬓角的头发："我可以告诉你，但有一个条件。"

他在黑暗中盯着女人的眼睛，像一条鱼的鳞闪闪烁烁，他不知道这娘们到底想干什么，但是只要让他找到刘昌，他什么不能答应？"你说。"他的声音不像是从嘴里发出来的，倒像是从地底下钻出来。闷闷地轰响。

"我要怀上你的儿子。"女人声音虽低，但那话分明是理直气壮，非要那么着不可的。

西天似乎还打了一个模棱两可的闪，他立在那里，仿佛吃了一肚子蚂蚁。心里毛茸茸的。

"你要是答应了，明天夜里我在这里等你。"女人又像一条细瘦的黑鱼一样游进了无边的黑暗里。走时还拍了拍他的胳膊，拿黑眼睛意味深长地盯他。这宗买卖她料定他不能不做。

她莫不是和他男人做好了套要让他往里钻吧？不像，如果她要和他硬，那天她早喊起来了。真那样，他也不怕。正好可以和刘铁栓拼个你死我活。他有儿子。他怕啥。这娘们要是想跟他胡来，他一个男人也不折本，睡了他儿媳妇，再让刘家给他养儿子，这仇不报也报了。

东柳寨和西柳寨原来是一个大队，共用一排烘烟的大窑屋。这窑屋是老青砖和土积块盖的，单干后，烟叶渐渐少有人种了，年久失修，有一半倒塌在那里。原来西柳寨有个光棍汉在里面住着，后来光棍死了，就等于一片废屋了。远远望去就像一道山梁，也是个避风遮雨偷人的好所在。

王汉强吃罢晚饭，在屋子里来来回回地走了几个圈，青秀搂着儿子睡了。他去了烘烟屋，照样在腰里别了一把短刀。

他从来不知道女人可以是那个样子。

在老婆青秀之前，他是没有接触过女人的，他的娘早就"死"了，他跟着奶奶大娘，她们都是核桃脸布袋奶，和老了的牛没什么两样。后来他长胡子了，不只是胡子长，还有许多见不得人的想法也在夜里长，可他不知道实实在在的女人是什么样子。当然他也见过那些生养了的女人撩起前襟，若无其事地给怀抱里的孩子喂奶，那样白花花的一片白，他用眼梢子扫一眼，就觉得人家看见了，慌得低下头。那也是个秋天，他在外面游逛，除了游逛他找不到更有意思的事情做，他一边游逛，一边打听刘昌的下落。他没有人管，没有事干，说不上媳妇，全要怪刘昌，刘昌这老东西，要是让他遇上就一刀子让他见了阎王。电视上那些报仇的人都是这么干的。所以他的眼神老是贼溜溜的，因为他老是幻想，在某个见不得人的角落里，他会遇到刘昌，正在行见不得人之事，因为众所周知，刘昌是个流氓嘛。突然他就听到一阵窸窸窣窣的声音，还有玉米被齐根折断的声音，女人哆哆嗦嗦的声音，和他平日听到那些经了事的汉子说的那些下流事一个动静。他的心擂鼓一样地跳，血往头发梢上冲，放慢了脚步，想要把自己藏起来，然后看个清楚。却听到女人嗯嗯声中冒出一声尖锐的"臭流氓"，他头更大了，猫腰循声看过去，两个男人正按着一个女人，那女人披散着头发，嘴巴被手捂住了，却还极力摇头挣扎，她的上衣已经被掀了上去，露出一片耀眼的白。青秆的玉米有好几棵已经被蹬倒，他跳过去一脚踢在一个人的后脑勺上，从腰里摸出那把短刀，朝着那仍在那里搞流氓的兔崽子一刀子下去，“耍流氓……”他也不知道连踢带捅地来了多少下子，跑到老远他还起劲地追，一个人的肠子都淌到地上了。他不知道哪里来的狠力气。就想捅死两个臭流氓。

后来那个肠子流到地上的人，送到医院里没有抢救过来。血滴答滴答地淌了一路。他到了牢里，只恨杀掉的那个人不是刘昌。他不后悔。他出狱后，他是想上黑道上走的，那个被他看到花花一片白的女人，一直等着他，执意跟了他。他以为女人都是青秀这个样子，羞答答的，恨不得要将自己的脸蒙起来，有了儿子后，她又怀孕过一回的，正是收麦的节气，流掉后她躺了几天就下地割麦子了，从那得了腰疼病。不想那个了。熄了灯，他的手要摸到她身上去，她一边拍着儿子，一边打落他的手“老没正经的。”他从牢里出来已经 35 岁了，现在是有些老了。可是刘铁栓的女人怎么就这么疯呢。她抱着他的头，像个老猎人一样把他驯成了一匹听话的野马。老辈人劝年轻人找老婆不要只看貌相，“长得俊中吃还是中喝？拉了灯还不一个样？”哪里就一样了呢，怎么叫一样呢。说刘铁栓的女人和青秀一个样，不知情的以为是抬举了刘铁栓的女人，她长得瘦，长得黑，一瘦一黑，就是跌了姿色了，可是她哪里能跟青秀一样呢，打死青秀，青秀也学不来她的样儿啊。青秀是一块白面，在案板上任你揉成什么样子都成，而她是一块黑煤，要烧着你，烫着你，也让你烧起来，烧成一场大火，死了也心甘情愿啊。

后来，他就理直气壮地把战场搬到了刘铁栓的床上。

七

青秀发现，王汉强脾气越来越好了，不再羊羔风一样朝着他和儿子使脾气了。往猪栏里添土的时候，打扫院子的时候，有时还哼着歌。上个月去赶集，竟然给她买了一条淡紫色的纱巾。男人就和孩子一样，他起劲闹着的时候，你越是管他越来劲，你把他撂一旁，他还会来接就你。当初她嫁给王汉强是因为他心眼好，为人义气，能拔刀救一个陌生女娃的男人就是坏又能坏到哪里去呢？可是她越过她越觉得王汉强有些怪，脾气暴就不用说了，哪个男人能没性子呢。怪在哪里，她又说不准，一门心思反对她嫁给王汉强的姐姐一次偷偷问她，这男人待她怎样。青秀正在绣鞋垫，就拿针蓖了一下黑油油的头发，顿了半天，支吾了一句，还好，就是脾气暴，有时候还怪邪乎的。怎么好呢？青秀举了个例子，王汉强知道青秀爱吃水果，在给人家送碗柜时，顺路从果园里买了一兜苹果，青秀放到盆子里洗的时候，发现有个苹果上面有一个指甲盖大小的斑，就随口说了一句，瞧，这个烂苹果。谁知王汉强一把夺过去，当时青秀有些怕，以为他要发脾气，庄稼人吃水果是奢侈的，除非是自家种的。他要是骂一句“你看你烧包的！要饭还嫌凉来！”，也在情理之中。可是王汉强却拿着那个有斑的苹果，稍微端详了一会，就迅速用咬了一口，那个指甲大的斑点被新鲜的牙齿咬痕取代了，只听到牙齿切苹果的声音，清脆得不像是嘴里发出来的，然后那只烂苹果就不见了。青秀甚至怀疑他把果核也吃掉了。要知道平时王汉强吃罢了饭，除了抽烟，所有水果零嘴是一概不碰的。可是竟然为了她吃掉了一只苹果！一只有斑的烂苹果！青秀的姐姐待了一会，她想不到像王汉强这样一个粗鲁的杀人犯（当初她反对青秀和他的婚事，就一直叫他杀人犯）竟是如此的心细疼人。这大大地出乎她的意料，她甚至没有想到怎么对答。青秀接着说，王汉强脾气暴，打孩子摔东西也是常有的事，但从没动她一根指头；至于怎么个邪乎法，不要说说给别人，连青秀自己都纳闷得紧。忙秋掰玉米的时候，青秀从刺拉拉的玉米棵子钻出来喘口气的功夫，看到王汉强正在地头上拿一块石头下劲地磕一条花花白白的东西，几乎要磕进地里去了，他还在那里咬着牙棱下狠劲地磕。青秀凑前一看，是一条指头粗的白绫子蛇。如果不仔细看已经看不出是蛇样子了，王汉强眼珠子骨突着，用比他做木匠活还认真的样儿跟那条早已死去的小蛇不共戴天。他的脸上是一种青秀完全陌生的杀气腾腾的神情，这样子，青秀也是见过的。家里养了只黄狗，原来拴着的，来个人叫个不住，担心咬了人，就松了锁链。春苗醒的当儿，这条叫虎子的母狗不肯在家老实待着，硬关在家里吧，就围着墙打窜。开门出去，原来外面有几条大狗在叫唤呢。用庄户人的话说是要配好事。这架势，村人都见多了，成全它们就是了。过了一些日子，王汉强干完木匠活出门透气，又看见邻村的那条黑狗趴在虎子背上在墙根干那下流事。更可气的是那毛色顺滑的彪悍黑狗一边做丑事一边用黄玻璃球眼珠子瞄着他，奶奶的，简直就是挑衅了。王汉强盯了这无耻之徒几秒钟，就大步回家拿了一根竹扁担，他的动作麻利得吓人，当那根扁担闪电冰雹一样落到黑狗的脊背上的时候，黑狗才明白过来，后来那瘆人的惨叫声传遍了村子，隔墙的小六儿正拿着一块甜糕吃着，听那声音一哆嗦就扑到奶奶怀里，老太婆将孙子搂在怀里，挤眼缩肩躲避着那穿门而过的哀叫声，突然摸到一手水，原来小六子吓尿了裤子，连聋了多年的剃头匠老冯头也颤巍巍地出来看情形。后来七八个人伙着青秀在那里劝阻，王汉强才不得已收住手，他蹲下来，拿扁担的手还微微发抖，像跑了远路的骡马那样沸沸地喘着粗气，眼睛里的凶火烧得很猛。青秀远远看着，只觉得膝盖发软脚心里发凉，浑身的劲头提不起来，王汉强疯了吗?！就像招了邪，不是她熟悉的那个每到夜里往她身上蹭的有一股子木渣子刨花味道的男人了。那黑狗已经蜷缩在土窝里，浑身抖颤不能挪窝，只听得让人心里发麻脚底发软的低声哀号，估计浑身的皮肉早已离了骨头。而那根扁担也打断了，过了一夜后，王汉强右胳膊酸得抬不起来，让青秀给他贴了一贴止疼膏药。青秀没好气，可这还不算完，那黑狗第二天就呜呼了，下体那让它丧命的物件还不能复原，黑狗主人寻到门上，酒气熏天一副索命的架势，青秀只得赔笑沏茶倒水，最后到里屋取了五十元钱，那黄脸麻子男人才骂骂咧咧地走了。

这些个时候的王汉强是邪乎的，但是毕竟没惹大麻烦。自青秀嫁给他，到孩子能打酱油了，他也就邪乎过这两回。老人们都说是中了邪，要烧香上供拜神仙。青秀就着手割了肉炸了鸡蒸了鱼，买了各色新鲜水果点心，还有烧纸黄表纸管香，烦请神婆子三婶给上了供，烧了香，拜了泰山老母、土地等，许了愿，又还了愿。最后将一只红冠子公鸡，一只带鳞鲤鱼，一碗两大块四棱子熏肉，给三婶收拾到她的碟笼里，烦请她再去供奉神仙。钱花了不少，暗暗心疼了几天，青秀的心就实落了，有各路神仙保佑着，以后日子就太平了。

八

西柳寨成了一坛子扣着的枣花蜜，王汉强像黑瞎子一样拿不开脚，即使在家，耳边也响着那女人翠生生的声。“人家有名字呢，你叫来我听听。”她拿脚趾刮着他的胸膛，她不仅有名字，还蛮好听的，叫月娇。可是他倒叫不出，她催得紧了，他就再使出一身的蛮力。这样想着，拿刨子刨木头的时候，他也抿着嘴角在眼睛里笑眯眯的。他仿佛又是那个天天想女人揣摩女人的半大小子，浑身有用不完的劲，屁大的事情都觉得有意思。

他看着这个女人，越来越觉得青秀和儿子离得他远。这个女人是想要长在他身上的，这才是男人啊，她跟你使小性子，让你惯着她，她又把你当孩子看，恨不得要把她会做的饭都做给他尝一遍。青秀对儿子不也就这个样子吗？自从有了儿子，她的心就全在儿子身上了。月娇将下巴抵在他头发上，用胳膊圈着他的时候，多像一个娘啊。娘。他想起了他的娘。突然心底就打个寒战，一颗软得要化，要四下流淌的心，一下子硬起来。刘昌这老杂种睡了他的娘，他也在这里睡他儿子的老婆呢。他斜眼瞅着月娇，眼神里的笑都变得冷冷的。

当初月娇找他，是想要借他的种使呢。“我知道刘家欠你的，可是你不要伤了铁栓，当年我是带身子嫁过来的，他待我却从没差过……他爹作的恶，已经报了个现得现了……你不要再去伤他……我要给他养个儿子让他抬头做人……”刘铁栓这东西原来是个中看不中用的镴枪头，不用说生儿子，连种子都歉收得紧呢。这也是报应，老子作了孽报在儿子身上，让刘家绝了后不说，还要给王家养儿子。做了王八还要谢恩呢。

刘铁栓这两年做豆腐赚了点钱，原来掉毛狗皮一样的土坯墙换成了水泥白灰的，他走出门口犹觉得意犹未尽，仿佛吃了顿饱饭非要打个嗝出来，或者吃了鸡肉非要在人前剔出几丝鸡肉筋来，要不比没吃还难受。于是重新解开裤腰带，将一泡憋了多时的尿撒在刘铁栓的墙上，他晃晃悠悠地端着家伙，撒成了一个“王”字，歪歪扭扭的，可怎么歪也是三横一竖，甚至比他的手写的还要好，他想继续“写”下去，可是最后淋漓了几滴，就没“墨”了，那多了的一撇挂在“王”字的下面，远远地望去，像是一个倾斜的“玉”，是“王八”写了三分之二，还是“王汉强”写了一半呢？村子里常有这样的字：xxx，我×你娘。xxx 他娘当然看不见，但 xxx 是不答应的，xxx 三个字给涂抹成了一团黑，下面改换了新的主人 yyy。yyy 当然也不答应，在东西柳寨没有比这更恶毒，更不能让人容忍的侮辱了。他把自己的名字用更重的黑色盖掉，然后重新写上 xxx，为明确意图，还给 xxx 和“我×你娘”之间画上一个粗大的箭头。如此几番，谁的娘都好好的，就是这面墙遭了殃，乌涂涂的，天色一黑看着就像个吓人的大黑窟窿。王汉强只恨自己这当儿尿出的不是墨汁子，要不有多畅快。如果尿出的是强酸或子弹就更过瘾了，刘铁栓一辈子都擦不掉。

可是两个人一到了一起，仇啊恨啊的全成了浑身的劲和汗。那次，月娇半是怨半含酸地跟他说：“青秀是个有福的人。”他不想说青秀，就含糊答应，月娇越发委屈，语腔里都是哭的调了，“我这辈子死了下地狱油锅煎剥皮抽筋都甘愿，下辈子我也要做你的老婆……”他的心一抽一抽的，只恨不能把她团作一团，团成一汪水，含在眼里，长在嘴里，嵌在骨头缝里，淌在浑身的腔腔沟沟里。

月娇说，当初想借你的种子用用来着，不想你这个人却是这么……坏！哎，你怎么这么坏，一点都不随你爹，别是刘昌的种吧。

他一愣，脑门上仿佛着了一记，闷声说，别胡说八道。月娇越发格格地笑，那笑仿佛一只猫爪，搓揉到他的小肚子凉了来，热了去。

他越发地躲着说青秀，怕她听了身热心寒，也躲着说刘铁栓，刘昌，怕自己说了心硬身子软。这个女人是实实在在地疼着他，心心念念地想着他的。他是个粗人，男女间的事儿经得也不多，却似乎有神助般心里亮堂明白，不点自通，或许是老天看他吃的苦太多，而开眼让他受活吧。月娇知道他容易头疼脑热，便用红布缝了一个拇指肚大的荷包，填上些薄荷，艾叶什么的，拴在他的裤腰上，如果青秀问起来，只说在外面向神婆子买的。从来没有人这么疼过他，奶奶老糊涂了，大娘心里只有她自己的几个孩子，守着人的时候待自己还热乎些。他从来都是个惹人嫌的货，有了儿子后，儿子又夺了青秀对他的疼。那疼是浮皮层上的，不是说青秀不好，而是青秀心里压根没有多少疼，月娇这娘们，就像前世欠自己的，对他好得简直过分。简直不像话。仿佛他是个三岁的孩子。

那天月娇躺在他怀里，用指头捏他胳膊上的老鼠肉，咬着牙又恨又得意地说："该死的，我好像有了，过了十来天了还没来红……"

"真的?!"他脊背发硬，挺直坐起来。

月娇虽然黑，皮肤却是紧绷绷的，这会儿皮下更像是汪着层水，她眼里的笑要淌出来，"你真是个好把式。"她两个指头肚对在一起，变成了一个坚忍不拔的小嘴唇，他胳膊上的疼是钻心的，心里的畅快是入骨的。

九

东西柳寨前是一条河，原来宽宽的河床裸露出一半，只剩中间裙带宽的一缕子水，拐拐弯弯地汇成一个大潭。东西柳寨的娘们经常在这里洗衣服，河滩边便多了一块块磨得滑溜溜的石板，太阳一晒，河水的彩纹映在上面，那些圆些的石头，全成了一块块花花绿绿的彩蛋。柳树冒芽了，东西柳寨的女人端着铁盆木盆到河边洗衣服，衣服在石板上搓着，嘴也闲不着。谁家刚娶了新媳妇，那媳妇娘家陪送了多少嫁妆，谁家的猪卖了多少钱，还有谁家的小子到了城里给爹娘买了什么时兴的保健品，简直就是个村事发布会。水流哗哗的，大姑娘小媳妇笑声嘎嘎的，河面上悠然剔着翎毛的鸭子惊得扑棱棱跳着脚飞远了。萝卜白菜捂久了要烂根，咸菜疙瘩捂久了也要长毛，何况这些大娘们小媳妇，在家里严严实实地捂了一个冬天，棉袄棉裤的，村东不见村西的，天一放暖，走出门怎么不发疯啊。这笑声又甜又滑，像是加了糖打了蜡，拔丝地瓜一样又甜又脆又滑又劲道，还透着一股子隔年的地气。有鸡鸭的地方，粪多，有女人的地方笑多，王汉强在下游河边挖树墩头，看到这群鸡鸭一样聒噪的娘们，摇头笑了笑，抡起铁镐干他的活计了。“青秀，你这条纱巾蛮时髦的？蛮贵吧？!”问话的是东柳寨的一个婶子。

青秀一边拧一条蓝裤子，一边埋怨：“可不是，十几块呢。男人哪里会买东西，买着买着就买贵了。”

“小强爹给你买的？! 咦，王汉强看起来粗茬茬的，待老婆倒是蛮细详的……”婶子啧啧赞着。

另一个身躯肿胖的女人接过话头：“你瞧她三婶越老越犯糊涂了，不细详人家怎么把青秀扁平肚子给种成儿子了……你又没试试……”

那婶子笑骂：“一说就下道，老没正经的……不过你别说，青秀嫁过来脸上皮也嫩了脸色也红了……还是东柳寨的水土养人还是王汉强这粗汉子养人？”

青秀拿衣服往水里一甩，溅起一大片水花：“越说还越上劲了，我倒是不怕，让没出嫁的小妮子脸往哪里搁……”脸倒是先红了。

刘铁栓老婆也在这里洗衣服，这条河本来就不只是东柳寨的。她闷声搓着那些溅了豆腐浆的衣服，远远地打量着青秀，王汉强名正言顺、可以每天一块出门每晚一块上床的女人。虽然王汉强说她不如她好，可照样给她买十几块钱一条的纱巾，照样把给人家做木工活的钱讨回来交到这个女人的手里。这个女人和自己一样奔四十的女人了，可还是细细白白的，一看就是个不用操心的有福人，自己巴巴结结，起早贪黑的，还是白搭，还是瞎子点灯白费蜡，不是自己的，永远都不是自己的。她也怀上了他的儿子，可是又有什么用，在人前自己连句话也不能跟他说。她的命凭什么就这么苦？

她在水里漂着衣服，手头一松，那件黄地绿花褂子和粉红团花秋裤就滑到水里。她还没吱声，一个小妮子就大喊："月娇嫂子，你的衣服!!"

在下游挖树坑的那个人显然也听到了。

她早看到他了，弯腰在那里挖坑，先是把外面的灰夹克脱了，秋衣脱了，现在只剩下那件蓝背心，后背也被汗塌透了。

她站起来，衣服被水冲得跌跌撞撞，像一大拢水草随水飘荡。王汉强回身跳到河边，拿起他的铁锨往水里一够一截，她的花褂子和红秋裤便藤萝一样缠在他的铁锨把上了。他自然认得她的衣服，迟疑了一下，捞上来，拧两把，水淋淋地提着往上走开了。她放下盆子，一撒手跑了下去，说是跑，却慢悠悠地仿佛春风走在柳枝上。后面有娘们说"你看刘铁栓家的浪的——见个男人就走不稳了。"她咬牙笑着，装作什么也没听见。男人往上走，她往下迎，男人看清了她，她也看到了男人黑红带汗的脸。男人手里给她递着衣服，眼睛里却给她递着让她后退的脸色，她不管，慢慢接过来，衣服在手里湿答答的，她却想用手给他擦擦额头的汗，他用眼神严厉地喝止了她。她松开他递衣服的手，也是湿答答的，对着站了一会子，她便回来了。坐回原地继续洗她的衣服，每搓一下，心里便颤一下，她看到那个叫青秀的女人隔着衣服和人远远地瞪着她。她不看她，使劲地搓手里的衣服。

十

刚和月娇到一起的时候，他听着那刘铁栓卖豆腐的梆子声别提多带劲，一嘴的牙在肚子里咬牙切齿，老天有眼啊。我睡了刘铁栓的老婆了，不但睡了，还让她给他养儿子呢，奶奶的。后来他就不愿意听到豆腐梆子声了，刘铁栓灰溜溜地驮着他的豆腐筐出门，压根他就是一块提不起来的豆腐呢，如果他让刘铁栓舔他的脚丫子，说不定他也会趴下来呢。月娇说，刘铁栓是个可怜的人，吃奶的时候亲娘就喝药死了，刘昌这个爹又没个当爹的样法，除了搞女人不会做别的，他长得倒是俊相，却从来不想女人。刘铁栓像他那窝囊的爹，他分明就是刘昌那个坏流氓，月娇也说他骨头缝里都是男人的坏，坏得像大烟颗子那样让人离不了身，自己怎么要像那个流氓呢。如果不是刘铁栓窝囊到这个地步，他哪里能这么坏?！他的娘难道当初也和月娇这么疯得不顾命?！月娇把他的手放在自己的肚皮上，“你摸摸儿子，在里面又踢又蹬的……”是他的儿子不假，生出来倒要姓刘的，到时候也是会被人骂作杂种，等刘铁栓死了，却是要理所当然地为他披麻戴孝的。

月娇忘了当初的话了，她攥着他的指头，仿佛怕是他是一捧水一不小心就从指头缝里溜走一样，“纸里包不住火，我不要给刘家生儿子了。我们跑吧，跑到一个都不认识我们的地方去，你会木匠，我会织毛衣，不信老天要饿死我们。”

他一惊，抽出被月娇枕着的胳膊，月娇不觉得，更紧地攥住他的手，他热乎乎的大手似乎短了一截，掌心里的茧子也变得冰凉。月娇眼里四溅的火光蒙了一层雾，她像是跟他说又像是跟自己说：“是啊。你还有一个儿子的，怎么会跟我跑呢。”

王汉强在河边挖着树墩头，他使劲地抡着铁镐，那架势仿佛不是要挖出树墩，而是要把自己锲进树墩里，他干起活来，常常要出这样的猛力。干完了，又累又乏，心里倒是舒坦了。他挖了半天，身上的臭汗出得差不多了，感觉自己像一个压瘪了的皮球，巴不得把这田野里的气都喘进肚子里。突然他听到一群孩子喊着：“去看疯汉了。”“哪里的疯汉?”“刘芳的爷爷呗。”

他凛然一惊，刘芳是月娇的女儿，那么说就是刘昌了?！刘昌这老东西回来了?！

他扔下铁镐跟着那群孩子往西柳寨跑。早些年听说刘昌和王汉强的娘翠华在城里开了个什么铺子，东西柳寨的人不稀罕联系他们，他们更没回来过，像刘昌这么一个聪明人在城里也不是个省油的灯吧?混得越大，流氓得越厉害。王汉强只当他娘死了。后来在城里干工的人说她真死了，王汉强心里一横，索性更当她早死了。

刘昌早不是早年那个风流倜傥招惹闺女小媳妇的样子了，他也就六十郎当岁吧，已老得不像样子。灰白的头发破布条子一样糊在黑乎乎的头顶上，他的脸像是堆脏抹布一样团揉在一起。像一条掉进下水道的老狗一样，又脏又恶心。他手里攥着一张泛了黄的照片，满满的黑指头印子。王汉强一把夺过来，是他的娘，他“早死了”的娘年轻时的黑白照片，他只看了一眼，一把把那相片撕碎了。刘昌像个小孩子似的歇斯底里地哭起来，鼻涕眼泪淌得满脸都是。像个傻子那样哀恸地大哭着，比他死了娘还厉害。这样一条老狗，杀了他要污了自己的手呢。他还以为他在外面混大发了呢。他简直就是个老鼻涕虫。

村西的二愣去年回家过年，穿了件簇新的羽绒服，给老少爷们点烟的时候尖着指头，一副混大了的架势，当场就把青秀馋坏了。青秀就撺对王汉强也到城里试试运气，二愣子是种地庄稼荒，喂羊羊不长的主，竟也“揣回了一兜钱”。王汉强哼了一声，干什么部门经理，你听他瞎忽悠，庄户人去城里讨饭吃，有又赚钱又轻省的活儿等着你?！干建筑，收破烂，修鞋，上门送水，穿着脏鞋人家还不让进门！不是出死力就是些下三滥活。城里他又不是没呆过，大冷天的端着快餐杯用热水泡馍馍，蹲在脚手架上，平时勒紧了腰带，为的不就是回到乡里乡亲面前将脖颈抬高，锤硬了后腰弄出一副风光样?！城里人一个个精得，能让你个泥腿子轻易将他们的钱装进裤腰里？可是刘昌不一样，刘昌有什么想干干不成的事?！刘昌在他的念想里躺了十多年，一开始是个流氓，后来像个强盗，最后似乎变成金刚之身，只有他伤别人，别人伤不了他，可现得现刘昌竟然混得这个熊样，老成一摊撅不起来的烂鼻涕。他的拳头攥得嘎巴嘎巴响，最后又慢慢伸开了，可是不行，他觉得浑身不得劲。就像下力气去耪地却闪了膀子。

青秀从集上回来已经快晌午了。她把自行车停在天井里，一样一样地往外拿买回来的东西，蔬菜瓜果，床单布头，还买了一个黄色塑料篮，“盛馒头的。”最后拿一件绿格子半袖衬衣往身上一比，“看，怎么样?”王汉强刚打好了一个碗柜，浑身乏力，坐在卷曲的原白刨木花里抽烟，他眼皮抬了抬，没好气地说：“难看死了。”青秀荡漾开的笑立即冻住了，她从鼻子里哼一声：“我穿是难看，脸再黑些穿着就顺眼了。”话里意思很明显了，他烦躁道：“又让我看，又不让说，你什么意思?!”青秀撇了嘴叠那件绿格子衬衣：“我什么意思，打量我不知道啊，拿我当傻子啊……要找也找个比我好看的呀……”王汉强没等她再说出什么实质性的内容，从地上爬起来，上前呼地甩给她几个耳刮子，“你胡说什么，闲着没事，净嚼蛆!”青秀瞪大眼睛看着他，把买回来的东西扬到地上，大声地哭嚎起来。他看着自己的手，五根指头扎煞着，仿佛不是长在他身上一样，他打了自己的女人了。

十一

月娇说，我离不开你了。她的胳膊像牵牛藤一样缠绕上来，又凉又软，趴在他脖子上，就像草窝里蜿蜒的蛇。

烟屋四周静悄悄的，夜深了，天变成了个透明的青蓝玻璃罩子，离得人很近，仿佛一抬头就能碰到脸。

他重重地叹口气。白天的时候，他背着他的木匠家伙从村子里走，槐树底下一大帮子人在那里聊天喝茶。他们在谈论电视上播的一个案件，男人老婆被人调戏了，他拿雷管炸了那人全家。“真是够狠毒啊，关他孩子什么事啊。一个死了，一个炸瘫了，倒了血霉了……”“你懂什么，男人啊，就是不能做王八，死了也是条汉子。”

月娇把脸贴在他胸膛上：“这个家我不想呆了。我们跑了吧，在东西柳寨早晚被唾沫也淹死了。你说话啊，汉强。一天我也不想跟他过了……老辈里的仇都过去了，我们好好过自己日子吧，我们走得远远的，不信谁不给我们生路，我们的儿子就让他从小有自己的爹……”当年她的娘也是这么不顾脸面地要跟刘昌吧，既然这样他的仇是给谁报的?!给他自己吗？如果他不寻死报仇，现在不也过得好好的。可是不报仇，他还是个男人吗?!如今他的儿子在刘铁栓老婆的肚子里，生下来就是一个杂种，长大了也会给刘铁栓报仇。他的仇报来报去，还是要报在自己身上？他自己算什么？不就是一头种猪吗？他从来没想过这么多的事，想来想去想不出个名堂，最后他的头就像爆裂了一样。

青秀和儿子回娘家已经十多天了，这个家难道破了不成？他不懂事的时候就没了娘，月娇不逼他的时候，就像一个疼他的娘，此刻月娇摇晃着他的肩膀，也让他想到了那个让他的爹戴了绿帽子让他自小吃唾沫星子的娘——他看着眼前这个女人，这个看上去老实骨子里风骚的女人，都是这个女人，不但让他的仇没有报成，反而让他陷于不仁不义的境地，女人，全没好东西。要不是因为他的娘不守妇道，他爹也不用被绿帽子压死了，要不是因为青秀自己也坐不了牢。女人全没有个好东西，而这个女人，如果自己说要杀了她男人的话，她也巴不得。世上最毒妇人心，他娘当年也是这么不顾命地要跟刘昌，王家刘家的男人都毁在了女人身上。他冷冷地看着在那里絮叨的月娇，仿佛在看一块预备打成桌子或椅子的木条，看着看着，突然，他的手像摸到刨子一样有了力量。这力量隐藏得那么深，一下子唤醒后有些不由自主，乃至他的手有些抖，好在他始终是一个好把式的木匠。

他缓缓地抚摸着女人光滑的脸颊，一下一下，像是抚摸一件打磨好的木器家具，抚摸里闪现刨子和木头交映的光芒。眼睛，鼻子，嘴巴，最后他的手，滑落到女人光滑的脖颈上。他看到了他扁着裤腰挂在房梁上的爹，她的娘香喷喷的和刘昌那只老狗鬼混在一起，廉耻都不要了，就像他面前的这个女人，压根就是一个骚货。他脚底的血脉一丝丝鼓上来，到了胸膛那里就揪拧成一个咕嘟咕嘟的喷泉，这股子热乎乎的喷泉一直向上鼓，一直顶到他的手指头肚上，又麻又胀，他两只铁笆篱一样的粗手终于绕过女人的脖颈扣在了一起——那一瞬间，月亮光似乎特别明，月娇嘴角边的黑痣一直在抖，他的手仿佛变成了一个春天的枝桠，一朵苹果花或者一只苹果奋力地从紧攥的枝桠里鼓了出来，而那颗跳荡的黑痣就是花或者苹果上的黑斑点。那斑点越晃越大，他自己曾经吃过那样一个带斑的苹果。

后记：青秀伏在床上哭，后悔自己听了闲人嚼舌头，要是自己不赌气回娘家也不至于把王汉强逼上绝路。姐姐说，杀人犯就是杀人犯，改不了的狠毒，你哭什么，幸亏他没杀你娘俩就烧了高香了。东西柳寨像煮沸了水的锅，做饭的婆娘出门拿柴禾遇上了也要咬耳根，男老爷们在烟茶的一端一递中说些王家刘家老辈少辈的事。王汉强大娘对男人说，养大了他，谁想养了一只狼！让我们怎么再出门?！男人声腔高起来：闭上你的臭嘴吧！他也到不了人脸前去了，闷着头吃了一会子烟。小强从外面回家问青秀："政治权利是个什么东西?!"青秀听不懂，儿子说："人家都说爹的政治权利让人夺去了，一辈子要不回来了。"青秀抱着儿子哭成一团。

棋王在黍山岛

明天启程怎么样？在得到陈果的肯定回答后，小武就开始收拾行李了。陈果在图书馆上班，整天没多少正事。

他们大体确定了棋王现在的位置。黍山，又叫黍山岛，坐落在离城区五百多里路的海边。为寻访棋王这件事，他们已经忙活了快两个月了。事情是这样的，这几年，甭管什么事儿，只要和文化沾了边，就兴盛起来了。根雕文化、剪纸文化、酒文化、吃文化……象棋协会就是趁着这股文化春风冒出来了。潍州市象棋爱好者众多，到了春夏，林荫道上，河滩边，还有那小吃摊前，总会窝着几个人头，走近了一看，是在下棋呢！脱漆的木棋盘，楚河汉界已模糊不清，可有什么妨碍，那博弈的人心里清楚着呢。原来下棋的人都是散的，下得好的，圈子内也都有名有姓，谁如果想比量比量，打个电话，或者找人传个话，一盘棋也就摆上了。象棋协会之所以成立起来，还有一个重要关联：陈果在市里象棋比赛获得亚军，捧回了一个大奖杯和两千元钱，回城后文联还专门组织象棋爱好者开了一个碰头会。几个老棋手老话重提说起老棋王庄翰元。庄翰元，这个名字陈果听过不止一回的，他没见过，印象中是一个长髯飘飘的近乎仙人的老者，传说他棋艺出神入化，打遍南北无敌手，他下棋看似轻飘不着痕迹，其实功底非常扎实，常常能在败局一定时，轻松一着，反败为胜。可是大多人只知其名未见其人，因为他已经在黍山隐居，不问世事。可是如今潍州象棋事业的兴盛发展是多么需要一个棋王出来指点江山啊。在大伙的推荐下陈果作为象棋爱好者代表出面，当地日报也参与了这次寻访棋王的策划行动。记者小武和图书馆的陈果开始了对棋王原来工作生活圈子相关人员的采访。请神先摸神脾气嘛。

棋王庄翰元今年大约有六十七、八岁。他原来是京剧团的，从小在戏班子长大，跟老艺人学戏也学棋，后来，文化大革命京剧团改编为红色戏团，多唱样板戏，他的传统京戏生涯画上了句号，但他的棋艺却随着岁月流逝水涨船高日臻完美，据说相隔二百多里路的一个老棋迷，在听说庄翰元的棋艺后，背上干粮专程来跟他决一胜负。那时庄翰元大约三十八、九岁，可是棋风已经相当沉稳，流畅，挪动棋子轻拿轻放，手指舒展如兰花盛开，落子犹如轻功中脚尖点水，不经意中已穿过千山万壑。他气息足，心力定，很少像那些年轻气盛的棋手那样心浮气躁，对待吃子、胜着迫不及待，换句话说，棋盘阵势一摆，他就尽显大将风度，与他的戏子身份和三十几岁的年龄很不相称。让大他近四十岁的老棋迷心服口服，据说那老人家回家后从此不再下棋了。

关于棋王庄翰元的传说，在潍州象棋圈里几乎每个人都能说上一大箩筐。有人说他在八十年代政治事件中和一些叛逆人物牵扯不清，为躲避历史清算，也有人说他是为情所困，看破红尘，当然传说最多的当然还是他的棋艺。棋王的棋艺一日日在人们脑海中出神入化，越是这样，请棋王出山的必要越是迫在眉睫。还有人说，棋王归隐之际带走了一个铁箱子，其中就有一本秘不外传的先人棋谱。记者小武、陈果等一干象棋爱好者座谈讨论了几次，喝了几壶铁观音，吃了一地瓜子皮，意见基本统一起来。在这之前，早有许多人出于这样那样的原因请他回城，一次也没有成功。所以既然要请他出山，就把基础工作做到家。不能空空跑去一趟，人家不出来，那多没面子。如果棋王出山，带出的不只是棋谱棋艺，更是一种当前文化的潮流信息：很有些百花齐放百家争鸣，周公吐哺天下归一的味道。日报记者小武很好地捕捉到了这个信息，他打算对寻访庄翰元做一个专题报道，这个想法和陈果一说，两人一拍即合，他是这样对陈果说的，棋艺要再上一步，争夺下届象棋比赛冠军，拜访庄翰元是势在必行。陈果转转黑眼珠，攥着拳捶打着膝盖上的另一只摊开的手，点点头咬紧了嘴唇。小武没有告诉他，这个专题如果策划好了可以报奖，获奖了他晋职称可以加分。

唯一遗憾的是庄翰元当时的一些同事不在人世了。和庄翰元下过棋的一些人除了能略微描述他当年传奇棋功的，其他就是又聋又哑，想想也是，庄翰元当年年轻艺高，和他过手的大多是些棋龄比他长的人，这些人能活着并且还健康的就非常稀少了。好在记者的社会资源是丰富的，小武不费多少工夫就找到了原来京剧团的一个杂役，人称赵师傅。赵师傅人胖胖的，后颈肉厚墩墩的，很像赵本山小品里形容的伙夫，小武找到他的时候，他正拎着鸟笼子在小公园里听一些京剧爱好者在那里吹拉弹唱，下巴打着拍子，眼神迷迷瞪瞪的。

小武递给他一支烟，他瞅了一眼，软包中华，拿起来放到鼻子下面闻了闻，很是陶醉了半刻，然后有些不舍地递给小武。"高血脂血压高，嗓子也不利索，享受不了了。"

等小武说清楚来历后，他眯眯眼，上眼皮和下眼袋几乎要合在一起了，似乎他必须要关上视觉频道，然后才能进入记忆的通道。他叹了一口气，"翰元这个人那，性子太耿了些，认准的事，九头牛拉不回。"

正是八九点钟，公园半月湖上的雾还没散去，被水冲淡，牛乳一样漾着白。远处的京胡伴唱，咿咿呀呀的，是些隔年的调子，笼子里的八哥上下跳跃着。陈果和小武各含着一根烟，听赵师傅讲：

"那个时候，庄翰元大约三十几岁，小伙子人长得精神。他每天收拾得干干净净，一早先到院子里打几个翻滚，然后沏上一壶茶，悠悠地喝几口。他功夫好，唱腔老道，既能当小生，又能串武生，就是脾气暴。他是吃过亏的。"

陈果伸长了脖子，他很想知道一个传奇棋王在棋外是个什么样的角色。

"是的，他吃过亏。你想想他这样的人不吃亏什么样的人吃亏呢？"文革"中，所有老戏都停下了，唱样板戏。全国都一样。文化馆在样板戏基础上自创了一个戏，叫什么来着，名字我也不记得了。

有一句唱词：红彤彤的太阳照西山。他就是不愿唱，说照西山，是什么意思，说明快要落山了，狗屁不通。这个唱词是原来的宣传部副部长写的，人家还很得意的一句词。他说要么改词，要么罢唱……

“大家都劝他，不就一句词吗？唱好了是大家的，唱坏了也不怪他。为这事，馆长还专门拿了十斤粮票到他家劝他，摊上一般人说几句软和话，也就过去了。他倔劲上来了。粮票也不收，唱词也不要改。你想他能不吃亏吗？

“我记得老清楚的，就在红太阳电影院前，那是一片空场，主席台在正冲电影院门口，是用六十四张课桌搭成。正中悬挂着毛主席的巨幅画像，两旁插着16面彩旗。主席像上头扯着一条标语：将无产阶级文化大革命进行到底！台前的横幅上写着：打倒死不改悔的当权派、走资派、反动派！庄翰元是第一个剧团里第一个挨批斗的，他歪戴着小丑帽子，胸前划了大红叉，被整得那个惨啊，后来他双手被捆在身后，从批斗台上跌了下来，一个有功夫的人啊，跌得鼻青脸肿。他的罪名很多，紧抓封建思想流毒不放，顽固唱旧戏抗新戏，变相捣毁社会主义新风气，乱搞男女关系，含沙射影反党罪行，每一条都够他受的。有一次下半夜，我听到门口像老鼠一样窸窸窣窣的，打开门，是翰元。他浑身哆嗦，已经走不成溜，‘赵师傅，求您给我弄点安眠药，我睡不着。明天还要深挖资产阶级思想根源，斗私批修，我怕撑不住了……’我大闺女在医院上班，可是我哪里敢给他弄安眠药呢。他那个精神头儿，一不小心寻了短见，可就不好交代了。后来他还真是寻了一次短见，把自己吊到了房梁上，被人发现放了下来。那时他已经交代了十多条罪行，没有人比他的反思写得更认真，他反思得越多，牵扯的人就越多，哎，那些事啊，现在想来是荒唐，听起来像讲古一样，那时候可都是货真价实的。依我说，庄翰元那时能留条命，就不错了。

“哎呀，今儿来听戏的，提那些事干什么呢，堵得慌。

“说他下棋啊，他下得可真好，这小子聪明着呢。他不急于吃子，不慌不忙的，一点一点就把对方摘把干净了。有时候和他下的人还觉得赚了大便宜呢，一不留神，被他断了去路。他这人唱戏唱得好，下棋也机灵，就是不大会看风头，不会调龙画虎那一套，就是行事不开窍。得，不说了，再说就多了，你们回吧，我要听戏了。”

看上去既像四十几岁，又像五十几岁的庄文生，原在石油机械厂上班，现在奇石市场卖石头。他有些不耐烦，在他的身边是一摊菊花石、太湖石、草花石，形态奇异地立在上了红漆的木头基座上。他拿砂纸打磨着其中一块有瑕疵的水晶石，他上下打量着小武和陈果，当确认他们不是来买他石头的，他就懒得说话了。

陈果着急道：“庄老爷子的棋艺那么精湛，待在深山里真是可惜了……”

“这和我有什么关系啊……”

“他是你老爹啊。”

“我没有这么个老爹……我生出来后就没有爹……”

忘了交代一下，庄翰元娶了两个老婆，第一个就是庄文生的娘，姓任，已作古。任姓女人是庄翰元的发妻，据说是个话语不多的女人，但是庄翰元和他离婚的时候，却撕破了脸，闹得不可开交。那时庄文生五六岁，也已经想事了。庄翰元每天很晚回家，很少和妻儿说话，儿子不小心打碎一个茶碗，就咆哮半天。庄文生依然记得他跟在娘身后去问爹要钱的情形。他一甩袖子“钱！钱！钱！我是拉钱的?!”庄翰元执意要离婚的时候，庄文生已经快十岁了，他看到他的娘一边纳着鞋垫子，一边堵在文化馆门口。要等庄翰元和那个搞破鞋的女人回来。在这之前，她先到庄翰元的领导那里哭诉了半天，鼻涕眼泪淌湿了半边衣裳，庄翰元的领导看这母子可怜，拿出十元钱塞给她，劝慰道：“年轻人犯糊涂常有的事，我要好好批评他……”她回去十天半月不见庄翰元人影，即使回去，也是给他一个脊背。她不信这个邪，带着儿子到了文化馆，果然见自己男人揽着个花枝招展的女人往里走。那时已经中午了，文化馆的人除了一个看大门的，都下班了。她浑身发冷，用手攥了攥儿子的指头，咽了口唾沫，看着那个抢夺了他男人的狐狸精。那个女人眉眼紧凑的，嘴唇涂了色，笑声咯咯的，拽着她男人的胳膊。一看她们母子，就止了声。“姓庄的，你这样对得起我们娘俩吗？”她本来要扑上去撕那个女人的，可是看着那个女人没有一丝惧色，她自己竟先心虚了，气恨交加，一下子哭出来。庄翰元不看她，女人娇声道：“翰元，你儿子长得像个女娃呢。”然后撇下他们自己一个人到院子里去了。庄翰元看着挡在他面前的女人，披头散发，嘴唇干裂，怒视他的眼睛里既有恨意又有恐惧，她身后儿子，瞪着小麻雀一样的眼睛盯着他，贼溜溜的。小男孩看到了他眼睛里的厌烦和腻歪，越发畏缩了。后来他的脚就从他娘俩身边跨过去了。当然再后来，她也找到了那个姓黄的女人。她可怜巴巴地看着她，求她把庄翰元还给他，小黄大大方方地看着她，听她说完，回过身，递给庄文生一个大大的红苹果。庄文生抬起眼睛看看他娘，苹果散发出来的巨大香味把他俘虏了，他抱住苹果不肯再松手。小黄说，大姐，翰元说过你们之间没有爱情。爱情？她没读过多少书，不知道男女之间的爱情是什么东西，这个东西难道比过日子还重要吗？她不信这个。当初翰元和她相好也不是她逼的，她那时花朵一样，追她的人不下十个，如果不是看庄翰元模样好，会唱戏，她也不会跟了他。跟了他，火啊，热啊的，也是过了一阵子，要不，哪来的孩子？小黄那同情的眼光把她打败了，她说，如果翰元同意，我就和他分手，还给你。后来，庄文生的娘去求庄翰元，抱着他的腿，求他看在他给他生了一个儿子的份上，别离婚，她可以容忍那个女人，只要他别扔下她娘俩，庄文生记得，庄翰元那双穿着千层底布鞋的脚一下子踢开了她。婚就那样离了，她喝了一瓶敌敌畏，到医院抢救过来，脖子上气管切开留下一大明疤，那个年月离婚的人少了去了，庄文生走在路上，有人就对他指指戳戳：瞧，那个寡妇的儿子。一个女人被男人休了简直没法活。庄文生最深刻的印象，就是深夜醒来，娘双手抱脸地哭。压抑地抽抽搭搭的，不像地面上的声音。

下棋？他那是闲的。正儿八经的人，哪里有整天拿下棋当活干的？庄文生一听小武提起庄翰元的棋艺便生气，他对庄翰元的仇恨就像一把凿子那么深刻，足以在石头上凿出花纹。

陈果转过身去摩挲那块菊花石的纹理，黑白底子上白色的花瓣肆意伸展。

庄文生说庄翰元除了下棋唱戏外，人极懒，他只记得娘每天早起做好饭，庄翰元迟迟不起床，催三四遍才懒懒起身。连根柴禾都没劈过，倒了油瓶也不扶。从来不知道米面多少钱一斤。可他在外面又愣讲究，请客要讲排场，穿衣服要看料子和手工，据说专门到陈记老字号裁缝店里做。他娘糊火柴盒攒起来的钱，也全叫他挥霍了。就是这样，他抛弃了她，她还忘不了他。她娘临死之前嘱咐他去看看庄翰元。他用旅行包背了一包干菜去了，他一路走一路骂，离开县城后，他翻过一座山，又趟过两条河，到了黍山。在一座木头搭就的小篷屋里，他看到了胡子满面的庄翰元。一身灰旧衣服已经不辨纹理，他磕磕鞋子里的沙子泥巴，将一包自制干菜扔给他，庄翰元，任吉花已经被你熬死了，你知道吗？满面胡子的人非常迟钝地看了看他，似乎朝他伸了一下手，他骂一句，一个老货！然后掉头走掉了。

他不知道为什么而去，就是为他娘的那句话，还是为了告诉他他原来的老婆已经死掉了。庄文生说不上为什么，但他觉得一路走，眼泪一路哗哗淌下来。现在对着小武，他还是说，提他干什么？那个老货！

其实不只是庄文生，好多人都去找过他或者看过他，但是庄翰元执意不回。有人说他是因为政治问题避世，有人说他是为情所苦，看破红尘，第二任妻子黄莉也去看过他，他非常无情地赶走了她。后来不管是老上级还是同事朋友，乃至和黄莉所生的孩子都去过，他不为所动，冷冰冰完全一副不通人情的样子。也有人想办法弄了一辆拖拉机拉他上车，连推带搡连捆带绑把他弄回家，过不上几天，他又偷偷溜掉了。那黍山并不十分高，也有丈把远的平地，他种上了一些红薯之类的杂粮，有人给他送去了一口锅，山下不远就是海，有一种蒲扇鱼，身子胖，肉肥美。

又找到原来一个诗人，叫余作槐。是庄翰元的故交。他还在写诗，那些情诗让小武和陈果看了都面皮发烫。他们是在老茶馆见的面。中间，有人给余作槐打手机，他接起来，宝贝，我在这里忙着，有朋友，到时我给你电话，宝贝，来，亲一个，他对着手机发出“啵”的一声。手机挂了。他歉意一笑：我的小蜜蜂。小武和陈果相视一笑，说不上是什么感觉。像余作槐这个年龄还在写诗的少，还在写情诗的就更少了。更为稀奇的是余作槐对他的小情人丝毫不掩饰，相反他还非常得意，见人就想分享他的甜蜜。他拿出他写的一组情诗，读给二人听：一朵花甘愿被爱情蛰晕……小蜜蜂的一个下午……我被春天蛰中……

陈果正在谈恋爱，可是女方希望他先有个住处再确定婚事。他想现代的女孩子太现实了，一个个不见兔子不撒鹰，房子动不动就几十万，是他一个小工薪族说拿就拿出来的吗？女友嫌他不浪漫，他看着余作槐的诗歌，满面绯红，结结巴巴地说，余老，真佩服您的激情，老当益壮……余作槐听到这里，摇头晃脑，很是激动，男人，要不断强化激情。然后才能创作出有激情的作品。爱情是灵感的源泉……

陈果不以为然，现在这个世道，金钱才是爱情的源泉呢！

好不容易将话题转到庄翰元身上，他啧啧叹了一句，可惜了他一身才华啊。他是和庄翰元下棋结识的，但是只和他的二脚猫功夫下过一次，庄翰元就不肯再下了。好说歹说，庄翰元和他下过不超过五盘棋。他下棋，对那些棋艺不高的人来讲，真是快刀斩乱麻，不等看清形势，一盘棋已经被杀得片甲不留。而棋艺高的人，则真是棋逢对手将遇良才，你来我往，起伏跌宕，趣味无穷，时间是静止的，万物停止呼吸，但那一盘厮杀真是烟云浩荡战马嘶鸣于无声处听惊雷。“庄翰元下棋有个怪癖必须要摸摸中指，要在这个当口，杀他的子容易。我棋臭，可就是看准了他这个癖好，还赢了他一回。”说到这里余作槐呷了一口茶，感慨万千，仿佛岁月浮云正从茶馆的上空漂浮而过，云头翻滚，景象旖旎，可是胜和负都作了往事。谁人看得见？小武和陈果对看一眼。

他们喝的普洱茶见了白，余作槐兴致还很高。他说庄翰元悟性极高，学起东西来，如有神助。他们一块到茂镇去赶集，遇上算命的，闲聊一会。听算命先生天干地支地讲了一通，回来后庄翰元竟也能手拿把掐地算个子丑寅卯。后来他知道，那就是算命先生所说的梅花易数法。一样听着玩，余作槐想起了两句诗：为芸芸众生算计未来，他被岁月算计了一生……而庄翰元在玩笑间竟将梅花易数法学了去，并且推论时间万物无非一个数。一生二，二生三，三生万物……人生如此，年岁在长，身边人在多，然后剩下的日子在少，身边人也零散……下棋也是数的聚和散，聚者赢，散着输……说到这里，有些深奥了，似乎不是陈果和小武想要的东西，但是他们都沉默着，也不知听懂了多少。余作槐又说，庄翰元酒量大，喝酒爽快，喜欢约三五朋友酣聚，不醉不散。那个时候真是好，人又年轻，思想也单纯，八十年代初期嘛，诗社就是在那时结起来的。喝酒，作诗，到白毛岭上看桃花，人人都是意气风发的……

小武插嘴道，庄翰元也是诗社成员吗？

不，他不是。可他比诗人还诗人呢。许多点子都是他想出来的。夜里租了郊区老乡家的毛驴拉着排子车，到村野里，对，就是那个叫李子行的地方，看梨花，他选的日子，三月十四，月亮欲圆未圆。我们一行七人，梨花开得正好，在月光下那个美，真是惊心动魄。梨花的白加上月光的透，那种美真的不像人间。去的时候大家都喝了酒，一路上乘着排子车大呼小叫的。可看那月光下的梨花，一个个都目瞪口呆的，没有谁能写出一首诗。真是人间胜景难下笔。花瓣灼灼闪着月光，褐色的树枝仿佛都是通透的，那个时候真是傻了。庄翰元唱了一句：如花美眷，似水流年，如裂帛玉碎之声。是啊，这么多年我还记得呢。不是诗社的人，但是诗社有活动都拽上他。还有一个原因，他特别招女人，女人一见他很快就有些疯魔，都说我是情种，其实庄翰元才是真正的情种，男人吸引女人有三种方式，一种是用财物相赠，现在那些送楼房啊，送玫瑰啊，也就是包二奶之流的，都是此类；再一种，男人智慧情趣吸引女人；再一种，也就是最高境界了，男人自有一种说不出的魔力，引得女人想办法来接近他。庄翰元就是后者。我是心服口服，那是性灵之美，相比之下，这棋艺又算什么呢？

陈果不由羞惭起来，他和女友谈了一年半恋爱了，他连第一种境界也达不到，连吸引女人的财物基础也不具备。他很想知道庄翰元的爱情魔力到底是怎么一回事。他为了能早日抱得美人归，几乎都想去抢劫了。原来女友很反感他下象棋，觉得他不务正业，同龄的工作收人不高的男孩子都想办法找个第二职业挣钱，网上兼职当策划的，雇人开出租的，还有做药品代理的，只有他靠着一个清水单位不思进取。他原来在网上下象棋，挣了大约两万多元金币，可那是虚无的，最终只能换得了一个圣诞老人的帽子当纪念品。他喜欢象棋，一下棋时他就感到自己穿越千年岁月成了一个调兵遣将的王，在那个世界里，他是豪放的，智勇双全的，也是稳操胜券的，大多时候，这让他很自信，可是棋盘一收起来。他就从王的云端跌下来了，是一个他无能为力的嘈杂世界，同龄的男孩子有车有房，他每月只能拿着不到两千元的工资，捉襟见肘。可是市里象棋比赛一举行，局面一下子改变了，不但帮他挣得了两千元的奖金。县里的领导还一同去和他领了奖，并鼓励他好好下，争取下次比赛拿冠军。冠军奖金一万元。他从来没想到利用自己深爱的象棋挣钱，可是意外地挣到了钱，他一点也不排斥，谁又不喜欢钱呢，这钱恰好说明了他的实力。更让他想不到的是他心向往之的棋王居然在男女感情方面也出类拔萃，真是人中之杰啊。如果说原来想见到棋王是因为他学艺心切，夺冠心切，功利心更胜一筹的话，现在棋王在他心目中更加丰满了。这简直代表了一种成功的人生。可是如此意得志满，为什么会逃离红尘呢？

小武抬腕看了一下表，他看到了陈果脸上的贪恋之色。对余作槐的描述他是一种姑妄听之的态度，他采访过很多人，当初也是有一信一，有五信十。但是事后的种种可疑之处让他明白，当事人所叙述情景只是他眼中心中的情景，与事实真相的差距不是一般的大。但是每一个不亲历的事物都需要有当事人的陈述才能渐渐浮出水面，所以采访的人越多，真相越为接近真实。他又为余作槐添了一次茶水。余作槐精力非常旺盛，他的陈述和茶壶里的普洱一样，历经滚泡，滋味犹在。陈果想，这样的陈述一定已经在他的脑海中累积或者说重复很多年了，他不吐不快，而有时候一个恭敬的耳朵就是最好的敬意。对陈述者来说我们日常太压制陈述了，沉默是金，说话是银，滔滔不绝是废铜烂铁，在这种祖传论调下，许多内心的话语被强硬地覆盖起来，一遇合适的时机，便如水决堤，浩不可挡。他的采访过程常常是这样，最开始被采访者扭扭捏捏，不肯打开话题，要他千方百计引导，才渐渐放松下来；而当话题一旦打开，也就同泄洪差不多了。他的耳朵已经习惯了倾听。余作槐还说了许多当时街头巷尾传为话题的故事，当然他说的和社会上流传的大不一样。那些不管是局势大事，还是风流韵事，现在在陈果和小武听来已经不算什么事了。或许连余作槐自己也不当它什么事了，因为他自己是个与时代和形势契合得相当好的人，现在时髦的事儿，他一个也没落下。可是那是他年轻时发生的事儿，他总是要说说的，那个南河滩枪毙的贩卖假酒的人，那个贼喊捉贼监守自盗偷了博物馆镇馆之宝青铜牛的人，还有和他和庄翰元同时代的那些人，男的，女的，那时候他们正当年，虽已成家立业，但是踌躇满志，他们容颜都和苹果一样，穿过喇叭裤，戴过鸭舌帽，还提着录音机听邓丽君的歌——那时可是靡靡之音啊。可是他们都老的老了，死的死了，走的走了……

后来陈果问他，愿不愿意一块去找庄翰元回来？

喝着茶的他顿了一下，放下茶杯，拿一块软缎丝绸擦了擦嘴，最近我还帮个出版社看几本诗集呢。人家那边催着要。

县里有个大规模招商引资的活动，小武调去帮忙了。陈果正好闲下来，小武和他草草商议了一下，先把去拜访棋王的诸多事宜步骤写一写。做好去就要请回庄翰元的打算，当然也要有空手而回的思想准备。陈果拿出棋盘，摆好，他想，棋王住处再简陋，一定也摆着一盘棋的，他想他们要下盘棋，据说棋王不喜欢那种十分光鲜的棋盘，相反倒喜欢那种半旧不起眼的棋盘。他想象他们在一个荒山上厮杀的情景，正在这时手机响了起来。“水木清华楼盘开始降价促销了，你到底还打算不打算结婚？”陈果问，“那首付要多少啊？”“你自己去问，陈果，订婚人家女孩子该有的项链、耳环我都没有，你只用一个戒指就打发了我！我自己有工资，可以一块和你还房债，但是首付的事你不要也把我拖进去……别得寸进尺啊你……”女友连珠炮般地说完，不等陈果搭腔就扣了电话。钱，钱，钱，陈果巴不得自己每一局棋都能赢得钱，每走一颗子都是钱。他知道如此铜臭，会糟蹋了他的棋，可是有什么办法呢？他撂下棋谱站起来，浑身焦躁，窗外小公园南面的老房子用粗红笔写了大大的“拆”字，一栋栋高楼竖起来了，每到下班的时候大大小小的私家车头咬着尾，尾追着头，把本来就不宽的马路堵得严严实实的。他感到一阵胸闷。突兀地想，庄翰元如果在这个纷扰的城市会是什么样子，是活得如鱼得水还是彷徨四顾，总之怎么样也不会像他这么窝憋。

等了三天才等到了小武有空，用小武自己的话说，做新闻的，是每天都把眼珠子放到头顶，耳朵长在鼻尖上，要求嗅觉比猎犬还灵，眼观六路耳听八方比孙大圣能耐还大。他每天睁开眼，就是找线索，没新闻的时候心急，有新闻的时候身急，恨不得三头六臂。有时候小武想，这世界那里有那么多的新闻，“太阳底下并无新事”嘛，可是你还真不用担心，总会有新闻出现。大众需要新闻大众需要话题，一切被需要的都会应运而出，所以他的每天都是新的，因为每天都接触不同的人和事。小武和陈果见到老项时，都有些吃惊，他躺在床上，手扶拐棍，唇上的灰白胡子翘翘的，他并不让他们坐下。老项的老伴给他们端上一盘冬枣，小蜜橘，便出去了。一提到庄翰元，老项喘起粗气来，拿拐棍戳得地面梆梆响。“别跟我提那个杂碎！”这让陈果和小武目瞪口呆，在此之前，小武曾经断言：庄翰元一定是个有些怪癖的人，可是因为他的退隐，众人都有些避嫌，只拣好听的说，多少有些贩卖自己善良宽容之嫌。可是没想到项老，一个瘫痪在床八年多的老人，却对庄翰元毫不嘴软。项老撩起头顶为数不多的灰白头发，让他俩看他头顶上那道月牙形的疤，“这都是托那个杂碎的福。”他嘟嘟囔囔：“我心脏不好，提到这档子事就憋气。”小武看他哆嗦的嘴唇发紫，有些不安地瞅了瞅陈果，两人都有些打退堂鼓的意思。陈果看了小武一眼，试试探探站起来，还没站直呢，就听项老拐棍咚咚敲着地面，喘着气：“趁我还喘动气，我非要把那些陈年芝麻谷子翻出来不可，让世人知道庄翰元多么忘恩负义不成东西……”

项老是声音拉风箱一样，拉得急促到时候，陈果和小武的气也给吊到喉咙上，拉得缓了，又憋得像背过气去一样，俩人也跟着胸闷。这是小武见过的最激烈的快意恩仇，说一阵子，项老嘴唇就不由自主地哆嗦一阵，慌得陈果立马给他端过一杯茶水。“那时候我一句一句教他啊，自己的孩子我也没那么上心过……可是如果没有我，凭他自己能唱红?！门儿也没有！……”“一日为师终身为父，可是后来他……他打着趁子骂我是戏霸，这偌大的城里，成桶的浆糊糊将墙上糊得满满的……别人骂我我不计较，骂我的人多了，我项立天不在乎……那些造反派扭着我的脖子往后拉，胳膊别两边……奶奶的，头上还给我戴了个三十斤的锅盔……后来顶不住，锅盔掉了，一个革命小将拾起来就砸到我头上……”项老鼓眼睛里的水泡涌了上来，他拿哆嗦的手抹了一把，眼神露出一些恐怖来，接着他又恨恨地戳戳地面，“别人我不恨，就恨庄翰元！”小武低头似乎是微笑了一下，他不看项老，疑惑不定地说：“项老，据我所知，庄翰元似乎没有整你的意思……他自己也是被整的，他原来成分不好……”

“他的成分……哼，如果不是我帮忙，他家成分怎么也算个破落地主……他想唱戏我知道，我也巴不得他成了大角，可是他不能为了自己把我往屎坑里摁呀！人家拿他当枪把子呢，他就拿我敲！可是和我划清界限他日子就好过了吗？哼！”

“他没有来看过您老人家吗?！”

“他敢来，看我不一拐棍砸烂他的脑袋！”

“事情都过去这么多年了，那个年代……哎，您不想再见见他吗?”

“见他？你还是让我多活两天吧。人心隔肚皮啊，我项立天自认识人有术，却还是犯了糊涂啊，不经事不知道人心啊，人心里的坏一撒开来就像放出了狼狗啊。见人就咬哪！刚开始他跟我学戏的时候，伺候得可是周到，茶水不冷不热递上，没人能比他掌握住火候。我嗓子上火他拿了粮票去换鸭梨……”项老陷进回忆里，脸上被一种柔情的光笼罩，眼睛不那么鼓突，嘴巴也往回收着，整个人看上去安静祥和。可是这柔情只持续了几秒钟，他面目再度狰狞起来，“要不是这个王八蛋，我也不会被整那么惨，我知道那个大字报是别人让他写的！可是他心里没有那些坏水能写出来？庄翰元就是一个反动派！一个政治投机者！一个彻头彻尾的混蛋！他这样的人还是什么棋王？我呸！下棋心要正，心歪了还下个什么劲?”不等项老骂完，一连串的咳嗽涌了上来，把更为狠毒的话堵在了后面。

小武和陈果好不容易等他平复下来，陈果出去到门外喊来他的老伴，两人正欲走掉，听项老爬挣扎着爬起来，他另一只手臂已经不听使唤，可是还是徒劳地挥舞了一下，耷拉到身子一边，他清了清喉咙，有些犹豫地问："你们真的要去找他？那么说，他还活着？"

老伴剜他一眼，"不是恨人家恨得牙痒痒吗？死活碍着咱什么了？"

项老咽了口唾沫，扭头不再说话。

老伴送他们二人出来，说，"你俩别往心里去，他这人就这样。过去的事了，老是颠来倒去的，比我还絮叨……"

走到民主路上，街心花园里几个和项老差不多年龄的老头在那里闲聊，有个瘦巴巴的老头干脆坐着打起了盹。陈果挠挠头皮："庄翰元也是一个老人了，是不是也会这个样子?!"

小武抬头看了看天，路边的国槐几乎要将蓝天遮挡住了。他还是那么一笑，有些挖苦的意思在里面："庄翰元那是一代棋王啊。怎么能和他们一样呢。我们的寻访工作已经做了一大半了啊，寻访棋王的消息一登，千家万户都等着看呢，即使别人不看，庄家的儿女后代也在盯着呢。咱可不能让人看了笑话。"

陈果忙答应："那是自然，我还等着拿大奖呢。"

他们启程那天是十月二十四，阴历九月初六。日历上写着宜婚娶，宜出行。黄道吉日。他们拿着一张手绘地图，带着一些吃食，原本小武想开车来着，陈果提出了异议。去黍山的路能开车的不过是刚启程的二百多里，到了那些小山路，车丢在哪里？后来他们决定做大巴去，到离黍山最近的一个镇子，棠棣镇下车。然后寻求当地老乡的帮助，租一辆摩托车，实在无法过车的路段就步行。原来那些来访者就是那么干的。他们面色凝重，几乎都有些悲壮了。大巴走到一半的时候，陈果开始兴奋起来。他问：你觉得棋王会跟我我们回去吗？小武耷拉着眼皮几乎要睡着了，他说，天知道。应该差不多吧。人都说了，人越老越容易想家，想亲人，他毕竟还有些亲人在世的。也许他原来并不是不想回，说不定等他想回的时候没人去叫他了，他多少有些磨不开面子。陈果有些惊讶小武的逆向思维，刚才他听到小武接了一个电话。他大声说："凭什么我就要让一让，不是看工作吗？这些年我做牛做马出力还少吗？优秀名额我捞着几个了?！以后直接标价卖算了！"一车人都扭着脖子看他，小武重重的扣了手机。陈果看了他一眼，他恨恨地骂："干活的时候都惦记着我，到了有好处的时候，要我让一让，什么人啊，我干活的时候他们干什么去了？那时候怎么不把资格亮出来?！阎王不嫌鬼瘦，几个优秀名额也不放过！"陈果没说什么，他一直觉得小武神通广大，他穿的鄂尔多斯羊绒衫都是做广告的商家送的，三教九流没有他不认识的人。哪里像自己整天闷在一堆旧图书里和一帮子老头混在一起，快要发霉了。除了几个同学几个棋友，在这个城市他没有几个认识的人，首付十万，不用说凑不齐，就是借，他也找不到几个有能力借给他又肯借给他的人，有时候他真想找个地方躲起来。正是秋忙季节，车窗外一片的田野里一片忙碌的狼藉，农民正将一些玉米秸子装上车，还有些晚熟的玉米孤零零地树在空旷的土地上。收割后的土地上保留着一行行玉米茬，打开车窗，空气中是有腥甜的气息。如果自己是一个农民，春来播种，秋来收割，日出而作日落而息，只要能干就不愁没饭吃。不用像城市里的人那样要削尖了脑袋往上爬，然后才能出有车入有房，否则就活得窝囊憋屈不像个男人。女友在医院上班，收入比他高，给他买过羽绒服，皮鞋，风衣之类，他除了给她送过几件绒毛熊之类的礼物外，还真没给人家花多少钱。不用女友说自己没用，他自己也觉得窝囊，每个月不到两千元钱，还要吃喝拉撒人情世事，攒钱成家买房……他觉得自己对棋王的避世多少有些共鸣了。棋王并非一个绝世高人，而是一个在现实生活中挣扎搏斗累了的普通男人吧？但是就凭他是棋王，再普通也值得他和小武千里迢迢来探寻。

小武点了一根烟，被前面的女乘客抗议，熄灭了。在这颠簸的大巴里他有些躁狂，突兀地问，陈果，你说这象棋中三十六计几乎都有了，怎么独独缺个美人计呢？陈果挠了挠后头，这点他还真没想到呢。他说，战场上哪里有美人啊。美人都在大后方呢。再说这些将啊，相啊，仕啊，卒啊的，不也是为美人而战吗？说到这里他想到了自己为了象棋，当然还有房子，更因为背后有一个可能会成为他女人的不算美的美人，一路颠簸地来取真经。说到家不还是美人再起作用吗？小武不相信似的看了看陈果，看上去不大言语的陈果这么语出惊人，真是让他刮目相看。

车窗外是千篇一律的小镇，和千篇一律的田野。他们前面的两个女人也不再聒噪男人和孩子，有个老头竟然打起了呼噜，小武的睡意也上来了，哈欠一个接着一个。等他醒过来的时候，已经到了棠棣镇。棠棣镇是个非常偏僻的小镇，从地图上看离黍山大约有近二百里路。这二百里路和来时路可大不一样，除了当地村民下田修的一条可以过拖拉机摩托车的土路外，其他全是山路。棠棣镇就像蹲在山底的一个小脸盆一样，平地是非常局限的，往外伸展的全是丘陵和山地。气息清凉，有狗在空落落地吠叫。几年前，庄翰元的第二个妻子，黄莉，就是在这里下车，搭乘了一辆农用车，和儿子徒步到了黍山岛。可是庄翰元不为所动，收下了娘俩带来的方便面，桃酥，和香肠，便挥挥手让他们走了。他在黍山下搭了一个木棚，还开垦了一块地种地瓜，她去的时候，一些红老鼠一样的地瓜正摊在小茅棚外的空地上，她还看到旁边有一只死去的麻雀和肥胖的老鼠。边上是一堆篝火熄灭的灰烬，滚着一根烧得半糊的树枝，上面还残留着枝叶。她已经来过第二次了，这一次更让她难以承受。后来她跟小武和陈果说："你们不知道，翰元是多么讲究的一个人啊，有次他们去国营饭店吃水饺，就是他爱吃的三鲜馅的，吃着吃着，吃出了一根头发，还有半根笤帚苗，翰元当场就吐了。看上去脏的东西他从来不吃，宁愿饿着也不吃，城东头的五香臭豆腐，我原来就喜欢吃那个，吃起来没个够。可翰元从来不吃不说，只要我一吃臭豆腐，他就咽不下饭。没办法，我也就不再吃了。"当时她跟庄翰元说，翰元，你这人不人鬼不鬼的过的是什么日子吗？我们回去吧。庄翰元听着她的话，就像听着风声一样，他就是那样无动于衷地像是听又像是不听，或许他只是执着于听本身，而对听的内容忽略不计了。他看着不远处的大海，海浪翻卷如荷叶边，当然也像没看。后来他就视若无人的到他的床——一堆石头和几块木板一堆茅草堆就的一个平台——充其量算一个草窝，躺下了。后来小武和陈果去的时候，黄莉说起来还是掉眼泪。黄莉六十多岁了，但是皮肤很好，一笑一颦举手投足间依稀可见当年风流。黄莉说，庄翰元是她见过的最好的男人。她披着一个桃红色的流苏披肩，从里房里取出一个大影集。翻开来，那些老照片都发黄了，不过人物都是年轻俏丽的，黄莉当年的相貌不输于现在的当红明星。而庄翰元眉目间有英气，二人真是非常相配。陈果看得兴致勃勃，“黄阿姨，您不当明星可惜了。”黄莉脸上浮上一层少女特有的红晕，她笑吟吟的，“是啊，我想我们从今往后不见面也好，想着的都是年轻时候的样儿。”“您恨他吗？他自己一个人跑那么远。”

“也恨，也不恨。”黄莉眼皮一低，有些光波迅疾地闪过了。她叹口气，“他这个人让人恨不起来。”她回忆庄翰元如何教她下棋吃子，如何给她唱戏听，他一直藏着一身戏服，粉蓝稠绣金鹤，水袖雪白，当空一舞，他在寂静的夜里轻声唤她一声，娘子。两人都有些天上人间之感。为了和她在一起，他把家传的首饰还有他原来在戏班子里的一些积蓄都给了那个女人，她怀了孕，他不让他碰凉水，连她来例假，都是他给她洗内衣裤的。有人说我狐狸精勾引了他，他离了婚，也被人骂了八辈祖宗。有几个男人能做到这一点啊，你看现在的小年轻，火啊热啊的，过了新鲜劲有几个肯正儿八经过日子。翰元告诉她，他愿意把生命的全部折作和她耳鬓厮磨的十年，二十年，真让他说中了。那些糖一样的日子，很快就过去了。后来半夜醒来，见他一个人抱着腿坐在床上发呆。再后来他从文化馆下来，和一个原来的朋友合伙做玻璃生意，也发了些财，也招了些事，事儿要是不顺了，真是喝凉水也塞牙啊，你当拿回的是钞票呢，说不准就是灾祸。回头想想好日子还真是那一二十年。

小武端详着一张庄翰元的戏装照问：黄阿姨，庄老师当初想走的时候您没预感吗？

黄莉又是叹口气，黄昏的余光照着她已经有些下垂的眼皮，眼睫毛还是长的，就是稀疏了。她说，那时谁想到呢，他说过一些他走后如何如何的话，我也没往心上去。倒是后来想起来，不知道他已经打算了多久了，他是个心很深的人，不轻易将想头露在外面。

他棋下得好，很少有人赢他，大家叫他都叫他“棋王棋王”的，棋王的名号也就叫起来了，我知道翰元做什么都像一回事的，很为他高兴，可是翰元不这么看，他说，活着这么累，下棋找个乐子，一下棋，那领导啊，地位啊，柴米油盐啊，乱七八糟扯不断理还乱的社会关系啊，就全忘了。可是要在这棋上也弄个王啊的什么出来，还能有平安日子吗？哪个做了王的舒服过了？他当初是唱霸王唱红了，这项羽要不是早称了王，也不会败那么惨。我说，人家那是真王，你一个闲来下棋的王怕什么?！找他来比试的人多了，有时候我还要做好饭，那时候我还真烦他下棋了。我原来有个小姊妹，他男人在粮食局当个头头，两家人常聚聚，后来就是因为下棋，不联系了。翰元这人不会作假，只要下起棋来，就六亲不认。没人下过他不假，认识的人也都得罪光了。

陈果不敢想象庄翰元一个人在荒山野岭吃烤老鼠肉的情景，既然两个人感情那么好，黄老太为什么不去海边陪着他，最起码俩人也有个照应啊，那应该是神仙眷侣般的佳话，哪怕他们穿得比乞丐还破烂。黄莉似乎看出了他的心思，看了一眼墙上的老钟表，说：“要不是儿女这一摊子事，我也去黍山算了。人说少年夫妻老来伴，他一个人跑那么远，孤苦伶仃的，这是上了哪门子邪呢。时间不早了，我要去接小孙子了。你们先坐坐。”黄老太说着就蹒跚着起身，大概是坐的时间过久了，她打了个趔趄，抱歉地对二人说，“我有风湿，坐久了腿硬，半天才舒坦开。”她扶着沙发背，半弓着腰，一点一点起来，陈果想去扶她一把，她摆摆手，手上覆盖着老年斑。他们发现，黄莉真是一个十足的老太太了，如果不是亲眼所见，谁也想象不到她年轻时的美貌——她看上去和任何一个大街上的老太太没有区别。

两人等她站好了，和她告辞。黄莉说：“我在家给你们念佛保佑你们平安，如果你俩能请回他来，阿姨给你们俩烧香念佛，给你们祈福。”

俩人这才注意到客厅东北角上安着一个小佛龛，供着观音菩萨像，小茶几上摆着香炉时令水果，还有几支黄色月季花。

俩人按黄莉说的，到附近村子，应该叫白茅村，住了一宿，租了一辆摩托车。一早就起程。骑车的是一名中年人，一个精瘦的矮个子。只管把摩托开得飞快，两旁树木山岭闪电一样飞过去，两人挨挤在后座上，小武的半个屁股悬空着，使劲逮着陈果的腰带。从远处望过来，活像三人踏着两个风火轮。“到了。”摩托车刹住后，他们看到了不远处横亘着的一座山。过不去了，这就是路的终点了。再过一座山，就是黍山。中年人话比金子还值钱，说完就飞步上车，一眨眼工夫，来时路腾起一阵灰土烟尘，跑远了。

他们各自背着一个不轻的包裹。里面装满了点心，牛奶，蜡烛，矿泉水，纸巾等一应俱全的必需用品，还有录音笔等。俩人穿着的运动鞋派上了用场，走出校门后，好多年不锻炼身体了，从最低缓处攀登，手脚并用，还是有些心慌气短。歇息的当儿，小武大口喘着气跟陈果说，等你当了棋王，也一定隐居起来，折腾一下别人。陈果哈哈大笑。

接近中午时分他们翻过了这座当地村民称作狮子山的山峰，两个人已经又累又饿，拿出宝贵的食品资源，吃了两包方便面，喝了一瓶矿泉水。据村民介绍，翻过这座山，就是黍山了。在山顶，他们已经看到了黍山，比这座山要矮，远望大海如蓝水晶，在太阳下散发着支离破碎的光芒。黍山植被比这座狮子山要茂密一些，一些柿子树在山沟里挂着果，红彤彤的，这边山里人家几乎家家都做柿饼。

陈果问，武哥，你觉得庄翰元为什么隐居起来？是超脱了，还是压根不适应社会？

小武眯起眼瞅着眼前的一棵栗子树，说，都可能吧，不适应就要超脱，否则还怎么活呢。

如果我是棋王，就一定把市里的象棋活动搞起来。

你还没做棋王呢，现在还有人不服你呢，都觉得你是偶然捡了个好事呢。

陈果脸红了红。他下象棋本意不是为着拿什么冠军的，可是不拿冠军，一个小年轻，整天迷在象棋里是个什么事？拿了冠军就名正言顺了。为地区争光了啊。成了一项事业了。成了事业那下棋忘我的心就没了。那下棋也不再是下着玩了。

他来之前和女友告别，出乎他的意料，女友十分支持他。并且还为他购买了捎带的必需品。如果他只下着玩，能这样吗？

等他们走到黍山边，日头已经偏斜，他们看到了那个茅草屋，孤零零地待在山腰下。陈果擦把汗，说，我怎么怪紧张的。小武笑了笑，抬脚便走。

地上没有红薯，也没有死老鼠和麻雀，屋子里有一股刺鼻的腥臭味。几乎要呛倒人。走进去。一个衣衫褴褛的汉子背对着门口而卧，一条不辨颜色的毯子窝在床头，地上一只歪着的鱼篓，角落里堆满了纸壳子和几个泥污的矿泉水塑料瓶子。还有一些脏兮兮的方便袋乱七八糟的堆在一起，一柄锄头，一双烂掉了后跟的布鞋，一只不辨形状的铝盒子。这就是主人全部的家当了。两个人面面相觑，他们不敢相信昔日辉煌一时的棋王竟是如此的情态，和他们在大桥墩下见的乞丐又有什么两样呢？黄莉所说的那个见三鲜饺子里的头发丝就呕吐的人就躺在这腥臭的茅草屋里，睡得香甜吗？他们呆呆地站立着，为自己是所行感到尴尬难耐。他们付出了多精力，采访了那么多人，爬了那么长时间的山，几乎耗费光了自己的体力，等待自己的就是这么一副不堪的景象，并且他们极力搜索，没有看到一点一滴和象棋有关的东西。

他们站也不是，出也不是，就在这时床上的人起来了。

他显然受了一吓，打个哈欠后迅速地爬起来了。面色黧黑，估计已经有几个年月不洗了，估计用手扳一下，可以剥下一个完整的人脸型的灰壳子。“你们来做啥？”口音也几乎是山里人惯用的，一边说着一边慌慌地将床头的一窝黑乎乎的东西藏到里面去，手不用说，也是黑的。

陈果完全不知道怎么办，小武要镇定一些，“我们是来找您的。”

小武想坐下来，只找到一块青砖，但是他顾不得了，一屁股坐下去了。老人看上去呆呆的，有些心虚害怕，像个做了亏心事的孩子一样蜷缩在那里。小武从背后拖过沉甸甸的旅行包，拿出几块面包方便面和香肠递给他："这都是给您带来的，您吃一点。"他试探着伸出手，哄孩子一样地说，老人看了看并无什么危险，一把夺过一块面包，狼吞虎咽起来。吃得直打噎。小武把水递给他，喝完水，他紧紧把矿泉水瓶子抱在怀里。

难道他精神受到刺激了，或者常年与世人隔绝已经疯了吗？

"您一个人在这里不觉得苦吗？"

老人不说话。

"跟我们回去吧，现在大家都想让你回去。"

老人狐疑地看看他，猛地伸了一下脖颈——他被噎到了。

外面风有些海腥气了，绕过山谷，发出尖利的呼哨，风吹过又是一阵难堪的静寂。

半晌老人才说："他们不让我回去。"

这和他们听到的太大相径庭了，没有一个人不说庄翰元执意不回的，小武回头看了陈果一样，陈果蹲在地上，睁大了眼睛。

"他们是谁？！"

"祥国，六子，还有海亮，他们嫌我吃多了粮食。"

都是一些陌生的名字，或许是他的孩子的小名？！

"这些年，他们没来找过您吗？！"

"没来啊，连个鬼也没来一个。我瞅得眼都酸了，没见到一个。他们巴不得我死了才好。"如果不是他在撒谎，就是采访过的人合伙骗他们。他们以为一步步接近了庄翰元隐居的真相，却越走越远了。有时候方向错了，走得越多离事实越远。

陈果一言不发，如果这是他心仪已久的棋王，他真想一头撞死算了。

小武的兴趣倒是给提起来了，他想在庄翰元和他采访的人之间一定有人在说谎。他靠近了事物本身，难道离真相还远吗？他采访过很多人很多事，他发现每一个真相都被包裹得严严实实，人似乎有种本能，要加一些额外的伪饰把自己隐藏起来。这是人本身的需要还是这个社会的需要？庄翰元此时已经不是一个社会人了，按理说更没有撒谎的必要了。他似乎忘记了疲惫，"您一个人在这里不觉得寂寞吗？"

"闷得慌，连个鬼影也不见。"

"那您是不是也自己下棋？"

"下棋？俺不会下棋。庄稼人不学那个。"

小武一下子站起来，"您不是庄翰元吗？"

"你说的是哪个？俺没见过。"

陈果也站起来："这里不是黍山吗？"

"是鼠山，你好好看看，这山不就像个老鼠吗？"

俩人同时扭头去看，从破败的茅草缝隙里，他们只看到山的一溜土黄色脊子。

"那还有个黍山吗？黍子的黍，在这附近。"

"有，再往南走就是，又叫馒头山，这两个山，一个老鼠山，一个黍山，老鼠在那里吃黍子，越吃越穷，乡亲才过不有（富）。"

他们到达黍山的时候，太阳已经被山头遮住半边脸了，海已经离得很近。那种特有的腥甜味道也越来越浓，空气里似乎有挥发的盐。一座山看着近，走起来就远了，这也是那些探访者不可能一次又一次来的原因。陈果是庆幸的，他想棋王再落魄再归隐也不至于像个乞丐，终归有王者之风嘛。小武呢，则懊丧不已，怨恨自己没有先问问人家的名字。谁想到这么近的两座山上竟然隐居着两个人，更巧的是这两座山的发音一模一样。他们今晚一定得留宿在这山上了，如果顺利还可，如果不顺遇上个把野兽，小命也丢了。刚才他还偷偷打开了录音笔。

那座茅屋不比鼠山的那个好到哪里去。他们想棋王在做什么呢？他黑暗潮湿的小屋里一定摆着一盘棋。长期的隐居生活让棋王黑且瘦，但他绝对不会像那个老人一样一脸的泥灰壳子。他总应该有些仙风道骨的，即使黑瘦也器宇轩昂，年轻时那么风流倜傥的一个人，棋王再老，王者的风范还是应该有的。陈果想自己应该如何说，才能既谦虚又得体，既表达了对棋王的敬仰，又显示出自己非庸俗无知之流。如果棋王能跟他们回去，像小武所说的，一定会是令整个城市轰动的头条新闻，全市的象棋事业也会因此而兴盛起来。小武的这条新闻可以冲击年度新闻奖。陈果的夺冠之路也就一步步变得既有可能，甚至就在眼前了。棋王一出山，那在象棋界可是所向披靡啊，这几年棋王在深山不问世事，内在定力一定非常了得。这象棋从很大程度上就是心的力量的决斗，它要求有很强的内功，然后才能化刚为柔，于浑然不觉处将对方杀得心服口服。一个棋盘上的王一定也是强大的内心的君王。他想，好事真是多磨。

他们走近了茅草屋，小武想，这次一定要开门见山地先问问姓名，万一再有第三位隐居者。第三座发音相同的山，比如薯山什么的。那真是哭笑不得。他们推开了栅栏门，用玉米秸子扎成的，屋里空无一人。床铺和黄莉说得如出一辙。床头一个搪瓷缸子。一个简陋的小桌，漆掉干净了，还有一个纸箱。几个空酒瓶。床上被褥摊着，仿佛主人刚睡了一个回笼觉离开没一会。还有一个传说中的小箱子，可是不是铁的，而是木头的，没有锁。屋内既不干净，也不脏，连味道也没大有，和外面空气的味道几乎一致。一个罐头瓶子里放着几只鱼干，已经发黑，估计一点水分也不剩了。他们在屋里小心地打量着。这是棋王的住处，因为在那个覆盖了一层尘土的木头箱子上刻着一个楚河汉界的对弈棋盘。陈果是惊喜的。只是棋子在哪里呢，难道在箱子里锁着？陈果说，我们等一会儿。或许是他到山上采野果去了。他在这里要自力更生的，连地都要自己种的。庄翰元不应该过这样的生活的。他应该属于城市。在那里繁华烟火处指点江山。

我们在外面等等。小武坐到外面，点上一根烟。木屋，确切地说是一个树枝搭建的帐篷，已经有些歪斜，一根木桩的底端已经有些朽烂，似乎有倒塌下来的危险。屋前一块石板上晾着一双草鞋，被太阳晒乏了。棋王穿着这双鞋在午后山上床单大小的空地上种过红薯，和玉米。这是收获的季节，但是屋子附近没有棋王收获的庄稼痕迹。走下屋前的脚印磨出的错落的土台阶，有一层楼梯的距离。在这个位置搭建房屋是安全的，可以夏季洪灾，房屋后面一道有鸿沟，大约是在先天地势的基础上又做了开辟。棋王就是棋王，搭建一座木屋也有智慧显现。

小武一只眼睛在烟雾中张开，回头看看正在磕鞋上泥巴的陈果，你说，黄莉来时，棋王不动心吗？他们可是自由恋爱啊。他想不出棋王是如何拒绝一个哭哭啼啼的女人的。他们包里还装着一双黄莉带来的千层底布鞋。那是她专门到村子里老乡家买的，棋王喜欢穿这个，不咬脚，舒服。

陈果歪着头，或许他在自由恋爱中尝到了苦头呢。谁知道呢。棋王自己不说，谁也是瞎猜。或许他活得很累，也或许是苦行自残，如果我是棋王我不会这么干的。

如果棋王出山，他们筹谋着要成立一家棋社，有企业挂名赞助，定期举办象棋赛，报纸可以以擂台赛的方式刊登棋人赛事，连续几场下来，气氛也就起来了。这是三赢的事情。如果有那么一天，陈果的象棋就不再是下着玩玩了。

俩人有一句没一句的闲扯着，有些壮志未酬，有些意犹未尽，太阳西斜了，还不见棋王露面。小武站起身左右瞅瞅，觉得不太对劲，这个时辰，棋王即使到山上去，也该回来了。他们把包往屋里一放，决定到山上去看看。说不定能迎着棋王。

他们一边往山上爬一边四处逡巡，没有发现一个人影。暮色渐合，他们不敢再往深处走。下山时，凉意袭来，俩人不禁裹紧了衣服。难道棋王消失了，或者压根没在这里存在过?！俩人都感到不可思议，但是四周没有一个可以询问交流的人，如果再走到鼠山那里天就会大黑了。回到那间小屋，他们相对坐着，拿出方便面面包香肠之类吃了一通。只一会功夫，天就黑了。所幸他们捎带齐全，睡袋，蜡烛，手电。床板很窄，两个人躺在上面实在局促，可是将近一天的跋涉让他们浑身疲惫，山风刮起呼哨，有轰鸣的声音，不知道是松涛还是远传的波涛，他们困倦而不甘心地拥挤着很快就睡着了。

整整一夜棋王没有回来，也许他已经离开这个破茅棚有些时日了。可是他既然离开为什么不带走他的家当？两个人浑身酸疼，站起身来活动筋骨，这山里水边的日出真是无比华美，比他们在课本上学到的电视上看到的都要辉煌灿烂，可是两人都提不起情绪。清晨的清凉有些透骨，俩人缩着肩，走下土台阶，远望海面上如铺叠了了层层金箔。他们这次拜访就是这样一个结局？棋王人哪里去了，似乎因为他们的寻访，必须要给大家一个交代。这责任重了，这纯粹是他们自己找的一个包袱。陈果耷拉着头，他夜里梦见了女友，将戒指甩到了他脸上，然后哭着跑开了。醒来后心情无比惆怅。他们闷着头走着，每个人心里都在打鼓，这算什么事啊。棋王难道是出了什么事？活不见人死不见尸的，问题是大家都在期待着他出山呢，城里几乎每个人都知道他们在寻找棋王，翘首以待一个结果。在远远的海平面上他们看到了一个小筏子，随着金箔的闪动而一晃一晃。是棋王扎的筏子吗？他的屋子外面有一个鱼叉，他曾经一度到海上叉鱼，当然不只是叉鱼，漂流也是有可能的。他们几乎用冲刺的速度跑到海边，沙滩上零散着碎贝壳和一些玻璃瓶的碎渣，淤积的沙子里埋着方便袋，一只破斗笠，顶已经烂光，还有一些鱼尸。都腐臭了，气息冲鼻。刚醒来的海是沉静的，但经过一夜的酣眠腥气格外重。这里离市中心不过五百多里路，可是因为道路不通，空无一人。他们甚至质疑，自己是起了怎样的心来这里的，如今怎么看怎么荒唐。沙滩上留下两行拖沓疲惫的脚印，走在前面的陈果说，你看那是什么？小武跑过去，一只泡烂的鞋子，边沿已经磨损得不成样子，底子也污了，但是可以看出黑鞋帮，白鞋底，已经被沙子掩埋了半截，那正是千层底的布鞋。棋王穿的鞋子！小筏子渐渐近了，空无一人，是树枝捆绑在一起的一个简陋筏子，估计出自棋王之手。也许某一日棋王外出叉鱼或者漂流，落水遇难了？陈果心里打了一个雷，他去看小武，小武正出神地看着更前面的某个东西，他显然已经看到了，但是不肯或者不能说出来。他后退了一步。陈果跟上来，你看到了什么，他顺着小武惊恐的眼神看过去——

他看到了一截白骨。

不知道是手臂还是小腿，一段骨头的形状显而易见另一端已经碎了——露着尖尖的骨茬。

陈果大着胆子走上去。是一截骨头。千真万确的骨头。

难道是棋王的？大家都在追忆他的似水流年，那些纷争纠葛恩怨往事的时候，他已经葬身海底了？在他们来之前，心目中的棋王已经非常丰满，活色生香，几乎要跟他们说些什么的样子，他们各自的心中都有了一个近在眼前的棋王。他的棋艺，他的脾气，性情，每个人嘴里的庄翰元都是不同的，但正是这不同，还原了回忆，或者说埋葬了回忆。他从隐居的偏远之地走出来，张口要说些什么的架势，陈果甚至梦见了庄翰元和他在一个凉亭之上，摆开了棋盘，对弈，他眼看就要赢了，庄翰元微微一笑，轻执棋子，安然一放，胜败顷刻间换位易主。他睁大了眼睛去看棋盘上的布局走势，只可惜眼见一片大雾白茫茫。

他们克服了恐惧在白骨旁蹲下来，经过海水的冲刷和日光的照射，这一节骨头似乎有了硬度和光泽，在清晨泛着幽幽的光。就像一块石头经过风吹日晒土埋变成了一块玉。陈果艰难地咽了一口唾沫，如果他没有判断错的话，他们面对的应该是庄翰元的一小部分。他的灵魂曾经在这一节骨头上依附过。一代棋王风云激荡的年华曾经在上面停留过。可是此刻，这块骨头和那些被海水卷上来的碎贝壳，干枯的海星，甚至那些臭鱼烂虾，并没有太大的不同。他感到呼吸困难，腿有些发软，这时候捂着胸膛说，我有些受不住了，我……头……头晕，我感到自己……自己好……像不在了。陈果一副晕船晕水的状态，说话都不大利落了。可是小武听懂了，他看到眼前的大海波涛涌动，一浪赶着一浪，前赴后继的，它已经涌动了几百年，几千年，甚至是几万年了，当然它还在涌动，和时间一样无休无止，阔达得无边无际，这一刻，小武已经忘却了优秀名额被挤掉的痛苦，不只是这个，许多许多让他辗转反侧痛不欲生的事情都不在了。是的，都不在了。

醉花阴

一

推土机的大铲壁推向何兴奎房屋的时候，那个号称已经屹立了二百年的老房子转瞬化作齑粉状，青黑的碎砖头落雨一般砸起滚滚灰尘。围观的人捂着口鼻躲远了，宋汝成没看到那个一跳一丈高，誓与老屋共存亡的粗壮何家女人。刘大头望着他挤眼，在胸前竖拇指，他扭嘴轻笑。

三天前推土机开到小坪村的砖瓦房前，头上裹着绿围巾的何家女人横跨着椅子仿佛骑着一头木驴，紧抱着门框，大义凛然地说，谁要先拆这屋，先让推土机从我身上压过去!! 还真把自己想成刘胡兰了。刘大头从鼻子哼笑，宋汝成没吱声，扭头回了指挥部。不到半个小时，何家在一中高三优秀班的儿子就被打发回家了。这些人，不走最后一着，就不肯下马低头。

他喜欢上了推土机那种摧枯拉朽的颠覆快感，一家伙下去，陈的、烂的，旧的，统统灭掉。推土机那只钢铁手，就像他自己身上的一部分一样，咵！一声，庞然大物立马倒掉，多过瘾！旧的不去，新的不来。当然更大程度地说明了他的工作能力。还有什么事比拆迁更能说明干部的工作能力呢？

每次拆迁顺利启动后，他们都会在川和居庆贺一下，川和居的无辣不欢很适合那种畅快淋漓的完成感。回家的时候，儿子当当已经睡了，趴在绒线毯里，蜷着的手里还攥他的图画板，他小心地将他的手拖出来，放平。刚要俯身吻他一口，想到嘴里的辣味和酒气，就罢了。图画板上，一条弯弯的蓝色河流，还有一些绿头发蓝头发红头发的树，几只笨重的母鸡一样的小鸟栖息在上面。他拿到客厅里，给唐慧看，你看他画的是什么？唐慧扭头看一眼，说，是楼下的小公园。他从头再看，真还像那么一回事，右下角还有题款，胖胖的几个大字：我的乐园。他还想再说点什么，唐慧已转头，屏幕上是头戴大宫花的清宫女人在穿梭，又是《甄嬛传》。

他和唐慧之间当前处于一种薄冰期。太热络了吧，说明内心真的有鬼。太不主动了吧，又等于变相承认和陈佳楠有了一腿。这种度的把握不比拆迁容易多少。

堪称情感专家的彭帅，一听他提起和老婆闺蜜的事情声音就兴奋高八度。大学时代，他们私下交流过那些秘不示人的欲望，偷偷去看《蜜桃成熟时》，彼此搀扶着才能站起来。做过娱乐记者的他对花边八卦有着超乎寻常的敏锐兴奋度，一提起这些事，还是十年前的德行。

“你小子能耐啊，窝边草味道如何？”彭帅在那边惊呼起来。

“这哪儿跟哪儿呢，我都烦死了……”

“我说兄弟，饱汉子不知饿汉子饥啊，男女关系可是世界上最美妙的关系啊。”彭帅一面在手机那端发出食指大动的声音。

男女关系？最美妙的关系？他和陈佳楠的关系，算得上男女关系吗？

刚开始他觉得他们之间不过一小麻烦，后来这小麻烦越长越大，原子分裂一样，成倍裂变，最后怪兽一般屹立在他的婚姻城堡中，一副任凭风吹雨打去它自岿然不动的架势。如果从他十年的婚姻历程中找出一根贯穿其中的主线，那么一个被多次引用的词就会非常娴熟地跳出来：男女关系。当然唐慧已经将它减少为两人都心知肚明的“关系。”下面就是两人围绕这个关系的车轮式吵架的一轮：

“你和她那个了吗?”

“哪个了?”

“你装什么装！没那个你还用藏着掖着?”

“你无聊不无聊!!”

“你才无聊呢！兔子不吃窝边草，连老婆的人都不放过!”唐慧愤愤不平地把锅盖摔到一边，开始拿丝瓜瓤一下一下狠狠刷洗碗壁，仿佛她刷的不是他们吃饭用的碗，而是宋汝成肮脏的罪恶。

有时候宋汝成说，你这样不觉得侮辱自己吗?

唐慧用白眼珠瞥他，冷冷道，你是觉得侮辱了她吧?!“她”字她说得着重又轻飘，被刻意强调的轻薄让他周身如被阴风吹过，簌簌泛起一层小疙瘩。

宋汝成指着天花板发过一次誓，如果我和她有什么的话，天打五雷轰！唐慧嗤之以鼻，一看就心虚得不行！发誓?!谈恋爱时你也没发过誓吧?!

最不靠谱一次，宋汝成说，这样好不好，你要是过够了，咱就离！唐慧懒懒地看着他，哼，为了她吗?

这样无数个回合之后，宋汝成也不确定自己和陈佳楠到底有没有事，他们旷日持久地热烈争论他和陈佳楠的关系，以致他遇到陈佳楠时会有一种心虚之感，仿佛他在她背后暗暗做了什么见不得人的手脚。陈佳楠越是热辣地跟他打招呼，或者上来搂搂他的肩膀，他越是心慌气短。似乎几天不提陈佳楠，他们就没有话题可以深入交谈，如此一来，他觉得陈佳楠不止在他的客厅里，厨房里，逼仄狭小带霉味的书房里，更在他长两米宽一米八的床第之上。他经常觉得陈佳楠就那样一言不发地站在他们房顶穹隆上，俯视着他们的二十四式或者三十六式。

这就是宋汝成和陈佳楠的关系。你说没有，它还真有，你说有，那有什么?两个人不由自主地想：鬼才知道。

据宋汝成的逻辑，这件事发展到这个地步，他只做错了一点，就是当初陈佳楠做妇科手术时给他打了一个电话，他去看望没有约上唐慧，而被唐慧知道了。他为什么不约唐慧同去呢?唐慧说，她是我们的媒人，病了我们一块去看也是应该的，你不通知我，自己静悄悄地去了，难道不是心里有鬼吗？

宋汝成说，我就怕你想这想那的。

那我问你时你为什么还撒谎呢？

那是三月的一个周末，宋汝成接到陈佳楠电话，“汝成……”宋汝成觉得声音不对，陈佳楠是个爽快的人，说话都是白牙咬开心果，又明亮又鲜脆。他贴耳朵仔细一听，是抽泣声，忙捂紧了话筒贴耳边问：“佳楠你怎么了?!”

“呜呜，我……疼……”

“你在哪里？”

“人民医院……十一楼。”

那时唐慧带儿子去锦绣坊取唐装，宋汝成飞速买了火龙果果篮，一束鲜花，他拿出手机犹豫了一下。她正好没空。

病房里，陈佳楠脸黄黄的，偎在被子里，“卵巢囊肿破裂，捡了一条命……给唐慧电话，也没接……我……想家了……”佳楠是东北人，孤身一人在这个城市，跟一个房地产大佬六七年，刚开始扶正的风头一阵阵刮，大佬为她在锣鼓湾张罗一套二百平房子，后来渐渐偃旗息鼓，许诺她去周游欧洲也不了了之，只肯带她去东南亚逛逛，现在手术竟连个人影都没见。宋汝成站在床边，看着她肿着眼泡，泪痕沾睫，嘴唇干白，露出一半深深的锁骨窝，突然心生无限爱怜，鬼使神差般坐下，搂住了佳楠蓝病号服里扁扁的肩膀。后来他给她切火龙果，喂到她嘴里。旁边病床一个陪护的中年女人说，看这小两口多甜蜜。宋汝成刚要说话，佳楠抬头看了他一眼，两人目光相接，似乎望到心里去一样。世界凝滞几秒。佳楠没有辩解，低头垂眉张嘴，宋汝成也不好说什么，只是继续把火龙果一勺一勺喂到她口中。

一路上宋汝成眼前闪现着陈佳楠那双幽怨又飘忽的眼睛，他们从来没有这么近这么深的凝望过。此刻这双眼睛在方向盘上，在前视玻璃上，在他握方向盘的手上，在他可以看得到的无数汽车顶部的天空上，白云一样飘荡太阳一样含笑……他发现他和佳楠之间从来没有当回事过的默契，是如此熨帖，或许一直都这样，只是他没注意。唐慧已回家，在卧室里哼唱《传奇》：“想你时你在天边，想你时你在眼前”，听到他声音后，“死鬼，来看看这件衣服怎么样”。死鬼是他们房事时才用的称呼。他惴惴地走进卧室，床上摆放着一件藕荷色的对襟唐装，胸前一枝紫罗兰和湖蓝色绣成的缠枝莲，盘扣是宝蓝色，袖口领口和衣边压了细细粉蓝衬边。“怎么样？”

“呃，很好。”

“是不是有点像戏服？太艳了点吗？”

“嗯……不，很雅致……”

“你怎么了，有点不对劲。”

“没事，肚子不太舒服，可能是早上吃的热地瓜没消化……当当呢？”

“和对门小甜到楼下小公园玩去了。”

看来唐慧不知道，也就是说，是佳楠单独给他打的电话。她为什么没和唐慧说呢？也就是说，这个手术她不想让唐慧知道。当然也许当前她只是需要一个男人的怀抱和肩膀。

他认识唐慧和陈佳楠几乎同步，那时陈佳楠在佳木苑做售楼小姐，他跟几个哥们去捧场做“楼托”，唐慧在另一帮托友之列，都是陈佳楠的人脉。后来一起吃饭，唱歌，一来二去的，陈佳楠就说我看你们俩人挺般配的，不如就把好事做了吧。一帮人跟着起哄，事，也就慢慢成了。

后来每当两人吵架提起陈佳楠过后，宋汝成都会在黑暗里点上一支烟，想这事的来龙去脉，他想拽着这些针头线脑，一点一点捋出一根相对清晰的线路。他不想听那些屁专家和过来人的裹脚布理论：好煞的夫妻不到头，夫妻吵架不记仇，床头吵架床尾和。既然是一件事，不是两件事三件事，麻线里捋刺球，总有捋顺的时候。

二

李德清回老家做拆迁说服工作了，办公室难得清净下来。

稽查科说忙不忙说闲不闲，忙的时候屁滚尿流加班，闲的时候观测太阳全天在窗棂的移行路线。被借调帮忙原来是宋汝成工作的家常便饭，到文明办参与“文明城市你我他”活动，或者临时成立的“旅游年”办公室，或者到某片区拆迁办参与城中村拆迁等等。一是他年轻资历浅缺乏历练，二是他人勤腿快嘴严也坐得住。许多被调去帮忙的人，经常两头哄瞒，屁股不等坐热，新业务不等熟悉，就窜得不见人影。因为受欢迎，宋汝成的被借调次数大大增多，纪委的临时专案组、信访局的信访资料登记汇编、旅游局的旅游区文明服务监管稽查组、文明城市的巡逻组，一年年下来，他竟然成了一名经验丰富的老同志，特别是他参与的拆迁工作，以点子多下手快而被多次嘉奖。他的称呼也从小宋、宋汝成、主持工作的宋副主任，过渡到名符其实有红头文件为证的宋主任。但是似乎不再见上升的迹象，同时提拔来的，都安排到重要岗位去了，而他还在稽查科混天日。唐慧看到陈佳楠用的 LV 包的那种眼神，比和他吵一架都让他难受，都已经奔四了，他的房贷还在那里每月张口吞食他微薄工资的将近三分之一。退居二线的老丈人跟他说，要出人头地，第一，要行人所不能行之事；第二就是不要让别人抓得住把柄，走官场，男女关系是大忌。老丈人说得每句话都言简意赅，形同真理，可以拿个小本本记录下来，他点头称是。但是事到如今，似乎除了拆迁时他能拉下脸狠下心外，也没地方让他显出过人才能。

他在原地不动，下面的人，也窝了一肚子意见，但是有什么办法，他巴不得自己赶快倒出位置来。言谈举止，稍有轻慢，他就会发火，江西人刘滨还活络些，会看他脸色转圜行事，而李德清纯粹是看人下菜的主，看出他几次排队提拔无望，料其没强硬后台，也无多少根基，眼角嘴边总有些轻慢出来，布置事情，得空还有些讨价还价。行政圈的人除了看级别，就是看潜力，前者一目了然，后者也逐渐让人看不到多少希望。等待些时日，老子混出个样子来，再看你德行！宋汝成多次暗咬龋齿，可是三年一次排在眼前的提拔机遇，还是让别人抢了先。

背运的人，耳根就越发不清净，因为你没实力让人心服，当然堵不住别人叨叽的嘴。李德清在办公室里接了一个电话，不等有人问他便搓手嬉笑道“今晚要开荤了”。原来是朋友约他一家过去共度周末，朋友曾经在西餐厅做过大厨。说起朋友的厨艺，他不住啧啧赞叹，细长眼睛放出自得的光来，好似他的朋友分明是天下做西餐最地道的那一个。这时李德清话锋一转，问，“你说，我去带点什么礼物好呢？带瓶酒吧，差的拿不出手，显得太没层次了，带瓶红酒吧，要几百块，也够出去吃一顿了，不合算。那带什么呢……”宋汝成揶揄他，你直接去得了，你这样的身份去就是给人家面子嘛。他摇摇头，那不行，咱还是体面人嘛……

李德清来回踱步合计，叨叨叽叽，仿佛要做一个事关十三亿人安危的重大决定那般谨慎周全，先是一个苍蝇最后变成了十万八千个在宋汝成脑袋里嗡嗡飞翔，呈螺旋状上升放大，他分明又掉进唐慧昨晚数落他的套路里。受够了。他呆呆地瞅着电脑屏幕，灵魂从端坐桌前的沉重皮囊里跳将出来，化身至尊宝，一把揪住这聒噪苍蝇的衣领，扯出了他的肠子，绕着他的脖子缠了一圈又一圈，最后狠狠勒住，用力一拉，哗！整个世界清净了！

这个办法很管用，起码让宋汝成获得了暂时的清净，这是在和唐慧耳鬓厮磨中得来的实践真知。说不出婚姻这个东西有多么怪异，它在十年的时间把唐慧变成了一个唠叨的长舌妇。到底是十年前唐慧成功地隐藏了她的本性，还是十年的婚姻把她变成现在这个样子？

李德清让他厌烦的远非抠门和叨叽，他还喜欢提一个词，就是关系，也就是男女关系。比如打字员小周和司机马胖子的关系，小周嘴角左下方有一颗小黑痣，这样的女孩子都是贪吃的。只要马胖子出发回来，小周的脸色红润眼神活络，小黑痣非常浮浪地抖动。他们俩要是没别的就出奇了，并且李德清有一次在泰丰酒楼见小周猫一样从包厢里闪出来，不到十分钟马胖子又晃动着一身肥肉踮出来，后来他们却分头离开这家相对偏僻的酒店。有问题，绝对有问题。小周是学经济的，二十七八岁，圆脸配着一头毛茸茸的自来卷，走起路来腰肢就像没长骨头，男人的眼睛都被她扭得就如鸡蛋打散了黄。言谈举止却是淡淡的，说起话来，就像面发过了一样酸软无力爱答不理。宋汝成没多喜欢她，当然也谈不上烦她，有次她拎着她的爱玛电动车电池过来，气喘喘地说："宋主任，车子一点电都没有了，麻烦在你们这里充一下。"宋汝成犹豫了一下，单位里有规定，不得私自用电饭锅做饭、用电热器取暖、给电动车充电，他也多次在科室里强调过，不要揩单位油。那丝犹豫没躲过小周的眼睛，她又补充了一句："一下下就好，就可以骑回家充了。"他们科室在一楼，总不能让人家一个女孩子提着四块电池到四楼打印室去充吧，何况就一下下。他说，充吧。小周嘴角黑痣一翘，"谢谢宋主任。"那声"宋主任"尾声悠长用李德清的话说就是又甜又糯，绕梁三日让宋主任魂不守舍。他抬头，果然李德清非常暧昧地看了他一眼，嘴角浮起一个暗笑，装作什么也没看到把脸藏到电脑屏幕后面去了。

李德清老家所在的仙桥镇正在大力展开城镇化建设，建广场公园，这下子不止能搬到楼房里去，还能拿到大约三至五万元的补偿费，这对他来说不啻是一笔横财。如果他不是机关工作人员的话，估计也会成为一个万分难缠的钉子户。以他的经验，每一个钉子户都有一个冥顽不化的大脑和一颗蛇吞象的心。没有了李德清的办公室一下子显出了空旷，宋汝成站起来伸个懒腰，感觉到一阵脱皮去壳的舒畅。他甚至听到了久坐的身体发出了咔吧咔吧的声响。他好久没看到小周了，堆拢起脑汁想了一圈，也没想起需要打印的东西。就在他百无聊赖的时候，电脑屏幕右下角弹出了一条新闻：重庆官员雷政富十二秒不雅视频曝光。

很香艳了。一种久违的感觉升起来，他突然周身热燥，很想站起来，说点什么。自从网络反腐以来，落水的官员越来越多，什么烟草局长的艳情日记，县委书记的"群芳宴"，还有那不靠谱的另类收藏，乱世奇葩多啊，但是都百闻不如一见，现在又出来一个直击现场的十二秒。他想说点什么，欲从座位上站起来，又觉不妥，端起杯子润润发干的嘴唇，轻描淡写地说，网上爆出雷政富视频了。刘滨哦了一声，便再无动静。他坐不住了，百爪挠心，欲罢不能，李德清这家伙怎么还不回来？

李德清对男女关系有着超常的兴趣。在闲聊时他讲过许多荤段子，和他讲西餐大厨同学的厨艺一样活色生香，有时候他的老二竟然会在桌下蠢蠢欲动起来，但是李德清很快又会讲到狗男女的悲惨下场，让他后腰以上阵阵发冷。他讲到一纪检部门风月高手白天正襟危坐，晚上醉卧花荫好不快活，有一次钓到一个不解风情的小女子，最初这小女子坚决不干，到后来尝到死去活来的好处，竟甩不掉了。一次高手正在办公室义正词严地跟同事们讲党性觉悟，这小女子寻上门来了。软绵绵地倚着门框，柔声喊他的名字，他大惊，故作镇定地打起官腔：请问你有什么事？大家以为是哪个民女慕名来诉冤。只听这女子浑身拿捏不到一块，扶着门框沿，眼神酸饧，娇滴滴道：我又不想活了。

当然还有那个轰动全城的绯闻。某副局喜欢跳舞，与女舞伴擦出火花，暗地里做起野鸳鸯。纸里如何包得住火，风声渐渐传到女舞伴男人耳朵里。一日两人刚刚并做一处，早伺机候在门外的男人拿刀进屋，捉了现形。大刀砍向奸夫大腿，顿时血流如注，他来不及穿戴齐整夺门而逃。男人挣脱淫妇箍住他腰身的胳膊，举刀顺楼梯直追。一路流血几里地，中间幸有路人拦下怒火不熄红眼暴突的男人，该副局仓皇逃离夺命所，不下几日，羞恨离世，全家老少皆以为羞，丧事都未准备齐整，草草掩埋了事。好不寒碜凄凉。

如此之类，不胜枚举。这样的淫邪故事基本上都和三言两拍一个路数，先是挑逗起情欲，然后又弄出道义理学，因果报应现身说法，让你引以为戒，有则改之无则加勉。每听到最后，他的老丈人就黑着脸坐到他眼前了，让他眼观鼻鼻观心，放下邪念，想些家国道义。男女关系可不是小事情。万恶淫为首。

他小时候见到游街：前呼后拥的一群人，押着一个脖子上挂破鞋的女人，有人朝着她扔石头土坷垃，有人则挥舞手臂大喊“打倒破鞋！”“乱搞破鞋！天理难容！”人们脸上挂着罕见的杀猪过年般的狂热激情。宋汝成只觉得那个女人被乱石和唾沫袭击得非常可怜。非常纳闷到底怎么搞破鞋，导致了这么严重悲惨的后果。他回头仰脸问一脸肃穆的父亲，爹，什么叫搞破鞋？父亲一惊，拿手掌轻劈他脑门，小孩子别胡掺和！这时身边一个略大的剃茶壶盖头的男孩子，朝他伸过头来，迅疾以手遮嘴附耳小声道：“就是乱搞男女关系！”男女关系是什么东西？他听不懂。男孩子向他做了一个右手食指伸进左手拳头中的动作，便不再理他，径直蹲下身，深吸气，然后引颈，闭嘴，鼓腮，爆破式吐出一大口唾沫，却没有抵达目的地，因为人们押着女人走到前面去了。他摇头惋惜着，快步追赶到前面去了。头顶上的黑云镶了金边，隆隆的雷声从老梧桐树底下传来，女人们没有回家收衣服的意思。

男女关系原是要挂脏兮兮的破鞋，游街，还要被扔石头，吐口水。每当他想起男女关系这个词，那个游街的披头散发的女人就到他跟前来了。顶着满头土，挂着一身浓痰和口水，可怜巴巴的，冤死鬼一样地看着他。后来他成年，渐渐知道爱情，懂得了食色男女，觉得和这阴气森森的男女关系是八竿子打不着的事。某某与某某保持不正当男女关系，那就是偷情了？那么偷情就没有爱情吗？如何界定有爱情和没爱情的偷情？偷情是不道德的，那么相爱相念却不偷情道德吗？

三

陈凤英到县委门口打地铺了。

哪个陈凤英？

就是槐杨街片区何兴奎他老婆。

不是都拆了吗？

不到半个小时，宋汝成就接到了拆迁办副主任电话。

一群人围在县委大院门口，几个保安在旁边拦截张望。何兴奎扯着一个白色横幅，上面用黑墨水写着：强拆房屋，天理何在？陈凤英坐在一床她用废旧纸箱板、被子床单打好的地铺上，还带了盒饭。看来要长居久住。他还记得喝过她家一碗热粥，槐杨街片区拆迁那阵子，他几乎每天都往她家跑一趟。何兴奎说，这个房子，我出租两间北屋两间偏房，一年啥也不干也有吃的了，我搬到楼房里去，喝水水贵，又不能烧柴烧煤，还要交物业费，你让我喝西北风啊?!

老何，你一家不拆，这搬出去的怎么弄？你说？

其他的我不管，这条件，我这里行不通。

那你说，你想要怎么样?!

除了楼房，一套门面房，50万元的补偿款。其他免谈！何兴奎剔着下巴痦子上的长毛，每一句话都像扔石头。

想得挺周全。如果槐杨街片区的每个人都这样想，那你一辈子就老在这条臭街上得了。宋汝成点点头，跑路了。连续三天，何兴奎都是一句话，答应条件，立马就搬，其他免谈！然后伸出三根黑乎乎的手指。

在所有和何兴奎沾亲带故的人说服工作无效后，他再次冒雨到了何家，院子里湿漉漉的，进门地上也湿了澡盆大的一片，何兴奎正哧溜哧溜地喝粥，看到他冒雨来，他很同情宽容地歪嘴一笑，你瞧瞧，这大雨的天！又劳你跑一趟。

陈凤英也笑了，好好在家和老婆孩子待着多好！来，喝碗粥，热乎热乎肠子。说着舀了一碗糊油面疙瘩粥递给宋汝成，香喷喷的，味道挺厚道。他也就喝了，还赞了一句，味道真不错。

何兴奎说，你也甭跑了，瞎子点灯白费蜡。我看赔多少你也说了不算。

那是，我要说了算，我就给你了。

何兴奎就嬉笑起来，细眼睛被肿眼皮包裹得密不透风。这才像句人话嘛。

第二天，何兴奎相邻的五家陆续被强拆，其中曾经和他最铁的老王家，只是象征性地挥舞双手，说你们这是干吗，干吗？

起先在门口坐着挖耳朵的何兴奎坐不住了，要去揪王福坤衣服，王福坤被假意推搡着一溜小跑不见人影了。何兴奎跑到挖掘机前大骂，“王福坤，我×你八辈祖宗，你个叛徒汉奸龟儿子！”他呸呸朝王福坤已经倒塌了一半的家，吐了一大串唾沫，从此坚定不移地做了槐杨街唯一的一个钉子户。

他罩满红血丝的白眼珠盯着宋汝成，右手食指指着自己的胸膛，想让我搬，先从我这里压过去!!

他死心塌地。与槐杨街的所有街坊都成了仇人。

不过他家里总会状况不断，不是莫名其妙地水管被人挖断，就是电线断路了，已经是一片废墟的黑漆漆的槐杨街上飘荡的陈凤英凄厉地哭骂：头顶长疮脚底下淌脓烂了肠子!！八辈子不得好死的畜生!！

这回，她看到宋汝成，蓬乱头发下的两只鼓眼睛怒瞪他一眼，将头别到一边。

"大嫂，好好回家过日子吧，搬都搬了，你这样对大人孩子影响都不好。"

她激动大叫，"亏你还说得出口！好孩子让你们给毁了！"

他突然想起拆迁后，何兴奎找他帮忙和儿子何冰看病的事情。当时他还想办法帮他解决了一千多元的医疗费。据陈凤英说，何冰自从拆迁被撵回家后，就开始注意力不集中，睡不着觉，然后成绩急剧下滑，到现在连课都不愿上了，动不动把自己锁在房间里不出来。

所有的事情都和拆迁挂上边了。"那你说，怎么办?"

"我要见县委书记，让他评评这个理，你们也是有孩子的人了。我就要个说法！孩子原来在班上考前几名，现在倒好了，连学都上不成了……"

"孩子既然得病了，先去看病，你在这里解决什么问题?！走，有什么要求先坐下来说……"

"你也不用海吹牛，和你谈顶个屁用！"

"是这个理，县委书记出发了，你要等他估计半月二十天也见不到……走……"一边拉他袖肩。

何兴奎梗着脖子："要不是你强扒了我屋，也到不了今天……"一边半推半就地被他拖到了信访约谈室。

何兴奎提了两个要求，第一方案，给他儿子治好病，让他和原来一样，另加一套门面房，50 万元的补偿款。第二方案，直接给他二百万。光脚的不怕穿鞋的。谁要是忽悠他，有他难看的。

走熟路，踩着屎了。他知道尽着何兴奎闹腾也不会闹腾到哪里去，房子都拆了，他还能怎样？几乎所有义愤填膺的上访户，都从一哭二闹三上吊开始，到最后不过是声嘶力竭，然后余音袅袅地接受了现实。如果槐杨街每个人都像何兴奎这样，那他们就一辈子待在那个烂泥坑了。连续几天他都情绪不振，回家连句话都懒得说，唐慧见他这个架势，越发气不顺，一次晚饭，当当把大半米饭和火腿粒，扒拉到碗外来，站起来去挖盘里的菜，唐慧说，哎呀小祖宗，你看撒的，一边拿毛巾帮他擦胸前的饭粒，你看你，好的不学，吃着碗里扒着盘里的!! 当当嘟着嘴，唐慧说，瞧，还会甩脸子了啊。不是还没当大干部吗？

他把碗重重一放，你这是说什么话？

唐慧把筷子摔下，我是说儿子，你心惊什么？

四

唐慧怀孕期间，宋汝成被一大帮子狐朋狗友拖到 KTV 飙歌到深夜，恰好被唐慧同事碰见，这个同事也是个事儿妈，第二天一见唐慧就直夸宋汝成难得一见的金嗓子。唐慧咬嘴唇不语，回家就去撕宋汝成的衣服领子，宋汝成还是嬉皮笑脸，“别调戏我啊，这两天亚健康精力不济。”抬头一看老婆小脸干黄，满眼满鼻子的鄙视，恨不得把满嘴牙都啐到他脸上。

他退后一步，面色软下来，“小姑奶奶，谁惹你了？”一边伸手去摸那隆起的耕耘成果，“动啥千万别动了胎气，啊?!”

“宋汝成!”唐慧俯身发出一声让人为之胆战的锐叫，“你昨晚不是加班吗？在哪里加了？”

“你听我……”宋汝成试图去揽住她的肩膀，被她胳膊横扫下来，“你送我去医院！我不干了!!”宋汝成单膝跪地服软抱住她的双腿。唐慧呜咽着，最后甩脱他，拎着大包小包到娘家去了。

他没辙了。去丈母娘家接她回来，赔礼道歉没问题，有问题的是唐慧妈妈那讥诮的口吻和眼神，再者有第一次就会有第二次，他必须就此打住。这事又拖延不得，万一唐慧气头上把孩子做了，这事就不好收场了。他在房间里转到第九圈的时候，想到了陈佳楠。

陈佳楠先是请唐慧吃饭，席间唐慧泪水横流控诉宋汝成恶行，她还怀着他孩子他就露出真面目。陈佳楠怒不可遏，掏出电话要痛斥那个丧天良吃了豹子胆的，唐慧一手捂腮拭泪，一面摇头。“宋汝成，你滚哪里去了？唐慧要是有个三长两短的，你这辈子就玩完！你现在到得月楼，立即！马上！”扣了电话陈佳楠还余怒未消，唐慧面色缓和下来。陈佳楠说，“唐慧，你不知道我看你们结婚当儿，多羡慕。”她伸出细白左手，无名指上是一枚卵圆形的鸽子蛋，祖母绿在日光下发散着波波幽绿，“除了求婚，他该做的都做了，可是不管多晚，他都要回他那个家，慧，你不知道，你们锅碗瓢盆柴米油盐的日子，我做梦都想……”两人正说着，宋汝成满头大汗跑进来。陈佳楠立即撤下幽怨之色，正气浮面，“宋汝成，你现在牛大发了啊，我的人你也敢欺负了啊。”宋汝成一迭声地道歉，唐慧扭过头不看他。“那你说说吧，还想过不想过，我跟你说，唐慧这身家样貌的，再找个比你强十万倍的，喝汤似的。不想过了，你早吱声，别耽误人家青春年华。”道歉、发誓，下不为例，这辈子能说的好话肉麻话，宋汝成都厚积薄发地成捆批发了。后来解释当时被同事拖去身不由己情形，实属万般无奈。“人在职场身不由己这道理我们也懂。不过这样的事我侄子不出肚皮不得再有第二次，工作丢了可以再找，唐慧这样的老婆你到哪里再去找？”宋汝成鸡啄米般点头称是。陈佳楠算是搭足了梯子，让唐慧一步一个台阶，宋汝成敛声窥视，见唐慧脸色浮云渐散，小心脏方才惊跳着慢慢放妥当。

后来宋汝成对陈佳楠说，哎呀，你不知道，我连叫你亲姐，亲姑妈姨奶奶的心都有了。

陈佳楠收下他买的安娜苏，拧开盖子，低头浅嗅下，然后闭目迷醉片刻，睁开那双黑漆漆的圆眼珠，呵道，谁是你亲姐，我比你还小半年哪——以后别再拿这种事烦我了啊。

宋汝成看她烫的大卷发黑云头一样堆在肩上，耳垂上的耳钉是云底下透出来的波波金光，闭着眼睛的时候，长睫毛抖动着像要振翅而去的幺蛾子，身上不知道哪个地方也失控地抖了一下，不由暗想那个房产大佬何德何能，让这样的女子甘愿为他暗室藏娇？

以前唐慧也曾在枕上对他说过陈佳楠和房产佬的那些事，宋汝成是不大看得起那些开名车，住豪房的二奶或小三们，不管她们的爱情被形容得多么惊天地动鬼神，宋汝成都很质疑她们跟一个老男人的动机。可是一件事改天地，自此后，宋汝成再看陈佳楠，就很有些不同意味。两人似乎有了一个心领神会的共同私密，这个私密虽然和唐慧有关，可是其中有些关节，也是唐慧所不知的。古话说，一生二，二生三，三生万物，这个生，真是很要命的一件事，比伟大的生儿育女不差神秘玄奥，一回之后，宋汝成唐慧两人再有什么龌龊过节，比如去她家过年还是回他老家，宋汝成都会在抓耳挠腮之际想到陈佳楠，只要陈佳楠有空，宋汝成就会去看看她，顺便问问计取取经。当然事后还都有三人吃饭这一环节，这是必需的，宋汝成知道分寸。

有一年国庆节，宋汝成唐慧去丽江，唐慧看中了一个五彩黑底的苗绣包，喊宋汝成过去长长眼色，的确不错，宋汝成随口道，多买个吧，到时候可以送给陈佳楠一个。

虽然他有时候和陈佳楠单独喝下茶，QQ上私聊则深一些，但话题再跑还是也没跑出中心议题：唐慧以及他们俩人的小日子。宋汝成家在三千里之外的石家庄，一切指望不上，离得近的唐慧妈妈倒是个十分能干的外婆，就是管得太多。当当的吃饭，衣着，一家三口的营养，花钱用度，样样都要操心费事。宋汝成有次说，你妈，人是好人，就是爱管闲事。唐慧立马就火了，我倒不想让我妈管，你家里人指得上吗？这样种种口角上的龌龊，如锅沿边的污垢，衣领袖口上的油渍，攒多了就铺天盖地，如一块补天石压在胸口。可日子还得过下去，他跟陈佳楠诉诉苦，陈佳楠则说，你脑子进水了？女人要哄，不是要讲道理的。人家也不是你妈，干嘛处处要站在你角度考虑问题？是不是？嘴甜一点，腿勤一点，把你在外面的劲头拿出一半来，就可以把老婆哄开心。她开心了，你不就舒坦了吗？本来一条窄路容不下半只脚，让陈佳楠一说立马觉得天地为之一宽，男子汉大丈夫豪情顿生，他告别陈佳楠后乐颠颠跑到超市买唐慧爱吃的猪蹄膀去了。

他甚至一度觉得，他和唐慧关系之所以风起云涌却保持向上态势，陈佳楠功不可没，她既是他的心理咨询师，又是他们俩人的关系黏合剂。人家帮咱家的事，咱家也要想着人家，这么个意思。其时，唐慧攥着包，转过脸看着他，说了一句让两人都心惊肉跳的话：好像这应该是我想着的事。话一出口，两人都愣住了。包买下了，他们的丽江之行也如鲠在喉，成了一趟吐不出咽不下忘不掉提不得的旅程。以前每次出游，唐慧都把两人照片洗出几张，粘贴到他们的照片墙上，这次不了了之。

这样的事说大不大，说小不小，由少及多，渐渐从一根刺变成了一根梁木。

有一次吵架，唐慧说，你是不是什么事都和陈佳楠说？

宋汝成说，我说什么了？我一个大老爷们能和她说什么？

亏你知道自己还是个大老爷们。我们的事，除了我和你没人知道，我不说，她知道，那是谁说的？

不过就是她见到我，问你的情况，我说了下。人家也是关心你。

关心我？是更关心你吧？你是不是连我们床上的事都跟她说？你个不要脸的。

当初吵架丈母娘那里没留下把柄，陈佳楠这里倒埋下了以后烦恼的伏笔。人，出来混迟早要还的，不是让你身出疹，就是让你脚起疮。哪里难受只有自个儿知道。

宋汝成接到陈佳楠电话后，鬼使神差地自己去了医院。事后越想越觉得不对，到底是陈佳楠和唐慧因为他而生了罅隙，还是唐慧故意让陈佳楠考验他？陈佳楠说，给唐慧电话未接，可是唐慧压根就是一副毫不知情的样子。是陈佳楠没打，还是唐慧故作不知？宋汝成想到这个问题的时候，脊背的汗毛立马刺棱棱竖起来了。

有天晚上，他陪儿子走迷宫图，唐慧则在看一个清宫穿越剧，女人之间为了一个男人狗撕猫咬的那一套，唐慧突然说，防火防盗防闺蜜啊。

非常刺耳了。宋汝成不好装聋作哑，从儿子的迷宫书上探出头来问，你说什么？

唐慧话题一转，说，你知道梁朝伟当初的女友是谁吗？

我哪里知道这个。

曾华倩。两人吵架，曾华倩的闺蜜刘嘉玲劝架，一来二去，这闺蜜上位成了正宗的梁太太。没曾华倩什么事了。

宋汝成不由笑道，娱乐圈里哪有什么正经事，不就是今天这个明天那个嘛。

唐慧捻了一粒松子递到嘴里，眉毛一挑，说，对，说得很对，正经人不能干这样的事。你瞧，这个女人傻啦吧唧的，让闺蜜去试探男人，这男人还真当自己是贾宝玉呢。

唐慧的理论是这样的，官商是最容易沾惹出男女问题的，商，陈佳楠的房地产商就是个例子。（俩人关系再好，到了立场问题，就看出不是一个阵营。）官员呢，网上铺天盖地呢，傻子都看得到。宋汝成哭笑不得，我算个屁啊，要权没权，挣得钱还没你多，谁理我啊？我下面就俩人，还是男的，我去潜规则？潜谁啊？

唐慧不由扑哧一笑，当初让他销魂的尖虎牙难得地露出来，难怪你打起自己人主意来了。

宋汝成知道他说的是谁。

他们之间的话题绕来绕去，就是绕不开陈佳楠三个字，形势严峻不容许宋汝成单线联系她了。要是再有个差池，给他浑身贴满嘴巴也说不清楚。可是越是这样，他越是想见到她。他想不管怎样的起因，这两个女人之间的友谊肯定因为他而玩完了。女人之间本来就难有什么真正的友谊。可是两人打起电话来，不知道是唐慧打给陈佳楠，还是陈佳楠打给她，说起衣服、儿子当当的可笑事情，还有一些女人们的私密，唐慧被挠了痒一样地咕咕笑，宋汝成在隔壁也听得到那贴心贴肺恨不得钻到电话筒里的架势。

有时候陈佳楠会拎着那只被唐慧用来数落他的LV包来吃饭，唐慧早早到厨房做上她爱吃的鲅鱼茄子。他坐在那里看着两个女人亲昵地笑，陈佳楠会在附耳跟唐慧悄悄话，一个露齿捂嘴嗤嗤笑，一个则笑得岔了气，一面按肚皮一面喊痛。宋汝成不知道她们笑什么，自己该笑还是不该笑，他搞不懂这两个女人，他和唐慧的吵架时两人在同一个维度，和陈佳楠的倾诉时也毫无障碍，这两个女人之间的交流却是他无法进入的区域，她们彼此之间的那个通道，如果说不是虚拟出来的，一定在另一个他毫不知情的频道。

他以为找到那个让唐慧不满意的结扣，然后解开它，所有问题都解决了。显然事情不是这样的。他越来越糊涂。和陈佳楠在一起的唐慧不是和自己吵架的唐慧，当然陈佳楠既不是听自己倾诉的陈佳楠，也不是和自己有过暧昧交集的陈佳楠。

五

兄弟，这酒可是 XO 啊，不是红星二锅头。刘滨叼着一根烟给李德清倒酒，只差没摁住他杯子了。

李德清还是一仰脖子喝下，我来——付账！

你小子看出有钱来了，对了，补偿了多少？

李德清举起来的胳膊像被斩断一样直挺挺地倒在餐桌上，一只烟灰缸跳了起来，刘滨慌忙捂住。

这小子喝高了。

李德清歪着脑袋，斜着醉眼，伸出右手，五个手指头极力挓挲着，“五——万！”

刘滨说，哎，兄弟，知足吧，可以了。我们老家那边，一个子都没有。

宋汝成吐一口烟雾，说，出去咱是机关干部，啥也不说，关起门来说实在的，一套楼房贴上这个数，够意思了。

李德清收回右手抓自己胸口的衬衣，八间平房啊，两家人住，一套楼房怎么住？你们懂个屁。

刘滨和宋汝成碰了一下杯，各自抿了一口。

李德清突然头一歪倒在左胳膊上，刘滨捅了他一下，然后对宋汝成摇摇头。是有些多了。突然两人听到一声牛一样的闷叫声，刘滨站起来拉李德清，他像一个孩子那样哭泣着：住了半辈子了，推土机一家伙就完蛋了……我出生前就有的老石榴树一家伙全端了……奶奶的，什么都没有了，五万块算个屁啊……

一棵石榴树!! 亏他说得出口，又不是金子做的，看他那个熊样，宋汝成很有些鄙薄。有些人从农村出来，学英语，读大学，然后考公务员进入国家机关，可一辈子都会是个农民。李德清就是这样的人，小农意识深入骨髓。说话做事一点机关工作人员的样法都没有。刘滨送李德清回家，宋汝成站在街角，看游蛇一样的车一个咬着一个发光的尾巴，没入滚滚夜色，巨幅广告牌上金发碧眼明星嘟着流光溢彩的嘴唇，似乎要俯身亲吻每一个晚归人，广场电子屏幕上是刚开发的楼盘立体效果图，园林喷泉大型购物商城健身房一应俱全，每个橱窗和门口都是灯火闪烁的，他从来没发现这城市的夜晚如此盛大。红的，绿的，黄的，七彩的，无数的光点连缀成一片光的汪洋，仿若一个璀璨的艺术殿堂，在排演一部人间悲喜剧。一个人的一座老房子算什么呢？它要阻碍很多人，就得铲除。不破如何立？

他参与城中村拆迁多年，和无数的搬迁户谈判，他们很久以来就在盘算着拆迁，拿着自己脚下一片土地的筹码，强硬、狡猾、蛮横地想要换得更多的利益。无不是如此，他在和他们谈判过程中对他们农民那种又狭隘又刁蛮的做派了如指掌。当然他也掌握了一步步让他们妥协的办法。他们和他并没大的不同，只是他们更懒惰，更不想付出，更想坐享其成而已。许多人就靠着几间房子出租，每个月只等收租子，其余什么都不干。世上哪有那么便宜的事情？

他抬头看天，只看到了巨大的法国梧桐，枝叶蔓延的怀抱里张开街灯，然后才是他要看的夜空，当然，什么都看不到，整个城市就是一个巨大的虚幻的光晕。你无法在光晕里看到光晕之外的事物。这会儿，那件非常诡异的事再次让他心神不定起来。他摸向自己的裤兜，那件小小的紫罗兰色滑软稠布已不在，他已经把它处理掉了，可是那种如同摸到一条蛇的恐惧感依然让他手心出汗。

那是上个周末的事情，他喝多了，突然非常不想回家，想来想去，没有可以去的地方。后来他在一栋楼房前停下来，锣鼓湾丽舍香居 B 座 706，摁响了门铃。只穿一条齐胸紫短裙的陈佳楠看到他大吃一惊，忙跑到卧室里披上了一条驼色羊毛大披肩，他靠着门框，抓着门把手摇摇欲坠，“你怎么了？被人抢劫了？”她去搀扶他，却觉得他像个湿麻袋一样坠沉，他的头垂挂在胸前，陈佳楠闻到了一股扑鼻的花椒和酒精味道。陈佳楠将他扶到沙发上，一半的披肩被他压住滑脱下来，露出半截圆润雪白的膀子。陈佳楠去拖压在他半边身子下的披肩，那个歪在沙发靠背上的湿麻袋却回身紧紧地抱住了她。

陈佳楠猝不及防，但是很快镇定下来。“佳楠，你帮帮我，你帮帮我！”那个铁丝一样箍紧她的怀抱说。

后来的事情，宋汝成就不记得了。他隐约记得一个碎片样的画面，雪白的肌肤上覆盖着三角形的紫藤萝绸缎。白色和紫色竟然可以搭配出得那么惊艳。后来他醒过来，是在自己的大床上。房间里时钟钢铁的脚嘎达嘎达在那里走，卫生间里没关紧的水龙头嗒嗒地滴水，唐慧和当当回娘家了。一片足以将记忆淹没的寂静。

宋汝成只觉得头晕目眩，扶墙站起来，去卫生间小解。就在他呆呆注视着白色便盆内冲出的漩涡，突然腰间一件物件吧嗒掉到地上，他扭头一看，奶白瓷砖上躺着一团紫色的东西。他不明就里，系上腰带，顶着头冒金花的炫目感，俯身捡起来。只看了一眼，就如同头顶打了一个霹雳一般——

是一个紫罗兰色的真丝内裤。他酒意全退，慌忙紧攥在手里，紧张地四面逡巡，家里，每个房间，空无一人。他捏脚走到卧室，闭了门，从里面锁上。把那紫色小三角形的东西从手里松开。老天，这是怎么一回事。他依稀只记得前面的细节，难道他真的去了陈佳楠家，然后和她发生了……他揪着头发，再也想不起更多来。那个碎片一样的紫白相间的画面，难道就是这个？如果不是，那这个东西从哪里来，怎么会在他小解的时候从裤腰里掉出来？

难道是唐慧的？他不记得唐慧有这样的紫色内裤。她喜欢粉红、黑和白。会不会是她新买的？他翻过来倒过去，既看不出像新的，也看不出穿过的痕迹。他要把它处理掉，可是万一是唐慧的呢？

万一不是呢？

唐慧开始怀疑他和陈佳楠的关系，他是非常愤怒的，他辩解，反击，努力想洗清这不白之冤。

唐慧说如果你和陈佳楠单独相处，我不信你没想法，如果有想法，我不信你有可能不付诸实施。

宋汝成问，如果贝克汉姆来到你房间，我不信你不同他天雷勾地火。

唐慧说，即使我想一百个美男，可是我做什么了？

这是她的厉害之处。

宋汝成说，那我呢？我做什么了？

唐慧说问问你自己的心，问问你自己。

那好，问问他自己。他明目张胆开始想和陈佳楠的种种可能了，如果以前还很隐蔽的话，隐蔽得他自己都没发现。他不能不说唐慧有双火眼金睛。何况他们做爱的时候，陈佳楠也站在他们的房顶上。他会想到陈佳楠那一头不染色的黑发，还有非常细腻的瓷白肌肤，抚摸着手感肯定很受用。他甚至开始吃那个房地产大佬的醋，这世道，如果不是他有俩臭钱，凭什么可以在老婆之外还有陈佳楠这样的女人？有时候他闭着眼睛恶毒地把唐慧想成了陈佳楠，当然他也做过那种梦，梦见他和陈佳楠终于有了不可告人的男女关系，两人在不食人间烟火之地做了亚当夏娃，然后黑压压的人群从四面八方围拢来，站在高处，向他们扔砖头石块……他恐惧大叫，醒后，见横着睡的当当脚丫子踢到他头上。

那么说他前面想起的那些片段可能是他的梦，那既然是梦，那梦中的紫色小三角怎么在他身上？

他实在搞不懂问题出在哪里。最后他想了个万全之策，把紫色小三角藏在他大床床身抽屉下隐蔽的空档里。如果是唐慧的，唐慧肯定会寻找它，那就好办了。如果唐慧一直不寻找它，那么说明就是陈佳楠的，自己做下的事，犯下的错，铁证如山。那事情就复杂了。

宋汝成过了寝食难安的一周，不敢更热情，也不敢有丝毫懈怠，他勤勤恳恳买菜，尽量不出去应酬，唐慧看电视的时候，他就去倒杯水，然后在边上陪当当走迷宫。如果问题在唐慧这里，她肯定会抖搂出点蛛丝马迹来。十年了，她应该不是个能藏住事的人。

每到晚上唐慧洗澡，宋汝成就会紧提着一口气，等待洗完澡的她寻找内裤。一周过去了，风平浪静，一切像做了一个梦一样。每当宋汝成从梦中醒来，就会想起那个紫三角，到底是真的在他们的大床下藏着，还是仅仅是他做了一个梦而已，压根就没有那个紫三角，一切都是他庸人自扰自己想出来的。可是他趁着唐慧不在家，趴下，拉出抽屉，它像个幽灵一样，紧缩着躺在那里。

陈佳楠那边也毫无动静。宋汝成瘦了一圈，一天早上，他低头给当当系鞋带的时候，唐慧惊叫了一声，哎呀，你头上怎么这么多白发了?！他就着唐慧拿来的镜子一照，可不是，两鬓几根直撅撅的白发从黑发里醒目的刺将出来。他突然叹了一口气，唐慧撮着手给他拔，他攥住她手腕，你是不是觉得嫁给我后悔了？我没能让你提上 LV 包，到现在也还没还上房贷。原来唐慧说过，我算了一下，还上房贷我就五十多岁了，那时候有钱又怎样？头发白了，腰也粗了，穿什么戴什么也不好看了。

唐慧没有再提陈佳楠，她叹口气，唉，我也就这个命，那种前不着村后不着店的日子，我也过不了。

唐慧走后，宋汝成拉出抽屉，蹲跪着用扫帚拖出了那只紫三角，然后用方便袋包了，揣裤兜里，疾步走向小区拐角处的垃圾箱。

爸爸给我讲个故事吧？

除了小红帽，宋汝成再也想不起什么故事来了。当当就说，那我给你讲我们的乐园故事吧。

好。宋汝成打个哈欠。

当当一下子从积木堆里爬起来，兴致极高地讲他和小甜用牛奶盒给蚂蚁和蜘蛛做的棺材，还铺上了树叶被子，有黄色的被子，有绿色的被子，还有红色的被子，蚂蚁喜欢红被子。

为什么？

因为蚂蚁喜欢爬到红枫树上吃黏胶，黏胶是甜的，我和小甜还尝过呢。

恩。宋汝成开始拿出手机来。

爸爸不许看手机!! 要有礼貌。我跟你说的是最最重要的事情，那个死掉的蜘蛛是一个妈妈，它生了五个蜘蛛孩子，织了三个网。那个网，那么大!! 比车轮还要大! 当当站起来，伸开胳膊，往背后抡了一圈。

他说，恩，不错。那它怎么死了呢?

我和小甜本来要给他用树叶和纸板给他们盖房子，不小心把它的网砸烂了，也把它砸死了。

恩，可怜的小家伙。

我们把它埋在槐树下面了。这样它可以继续看到它的孩子。

手机响了，是彭帅的短信，说他在重庆采访，全城狂欢，并告诉他，人要动，棋要走。

还有，爸爸，我要中午回家吃饭。

为什么?

我要跟红枫树说，多弄些树胶给蚂蚁吃，实在不行，我就把白糖洒在上面。学校里没有这样的乐园，小甜也不在那里吃。

这个，要跟你妈妈说。他已没有心情再去听蚂蚁啊，树啊，乐园啊之类的稀奇古怪又毫无意义的事情。彭帅短信的中所说的人，指的是他前段时间听到的内部消息，陈副书记要调走，也就是说即将空出一个职位。他该如何谋动呢，坐等肯定还是一场空。只能通过拆迁办的途径去找一把手，他要弄一张有价值的名人字画，还得靠彭帅的渠道。

当当看他心不在焉，就说，不如我们猜脑筋急转弯吧。如果猜不中，你就跟妈妈说，让我回家吃饭。

猜中了呢?

猜中了，我就在学校吃饭。

好。

什么样的书没有字，不能看?

天书?

不对。再猜。

图画书。

图画书也是有字的，你瞧。当当把手边的《死了一百万次的猫》拿给他看。是有字。“那是什么书？”

秘书！你输了！！当当张开掉了两颗牙齿的嘴巴，笑得前仰后合。

一个不算，再来一个，如果输了，你就打。宋汝成耍赖。

什么样的果子最好吃？

宋汝成不敢掉以轻心，转动眼珠子想和水果有联系的事情，他们一起看过《西游记》里八戒狼吞虎咽吃人参果，吃过几个八戒还是意犹未尽。

是人参果。

不对！又错了！当当开心地跳起来，告诉你吧，是禁果！！说话要算数！

他脸一红，蹲下身子，摸当当的头问，儿子，你知道什么是禁果吗？

当当愣了一下，拍着胸脯，学着广告中南方人的口吻说，小意思啦，当然知道啦，禁果嘛，就是妈妈禁止我吃的水果嘛，比如肚子疼的时候不让我吃火龙果，不大便的时候不让我吃龙眼，统统都是禁果啦。

的确不错，世间最好吃的果子是禁果，不准干的一定是最有诱惑力的。自从紫三角事情发生后，他就不敢再主动联系陈佳楠了，陈佳楠似乎也很配合地没再出现。他当然不敢没事找事，直到那天唐慧在厨房里剥着紫皮蒜，一边指挥他挤到麻椒叶和菊花芽里，一边说，佳楠和他那位去印度了，现在泰姬陵呢。你觉得他们还有戏吗？是不是回光返照？

宋汝成心里吓一哆嗦，半天没接茬，之前他收到陈佳楠的短信：我快自由了。他来回端详着这五个汉字，每一个字都认识，可是组合起来的意思，却让他捉摸不透。每一种意味都有，在字面意思之外似乎还有不止三四个意思。她发这个短信，给他，是什么意思呢？

紫三角事件后，他强烈地想到了她。如果不是紫三角他还真没想到自己这么渴望她。他还没有这么渴望过一个人的身体过。

唐慧的黑眼珠如一尾鱼从白光光的水底游上来，他呃了一声，故作轻描淡写地说，没事瞎折腾呗。他想要她，但也就仅此而已，这当儿他最怕陈佳楠和那地产商会出什么波折，陈佳楠是避开下尴尬，还是要有什么新举措？她属于那种深藏不露式的，说不定什么时候抛出个撒手锏来。

某天他翻开《聊斋剩稿》，翻到第一百二十八页，看到一则题为《梁生》的故事：读书人梁生进京赶考，途中困顿酣眠芍药丛，有红妆女子近前，拽其衣袖，但闻裂帛之声，原是旧衣撕裂。女子引他入一静室，取蓝丝线为其补缀。尔后携手至后院，入亭携琴抚之，琴声宛转悠扬，夺人心魄。不觉忘其所处。女子于锦簇花丛中下取出埋藏经年陈酿，同饮共眠，其中缱绻缠绵自不细说。别时将一如意信物赠他，飘然而去。梁生出花丛，一手遮日光，一手弹身上泥土，但见手中一支芍药梗，想方才欢好，如梦似幻。袖口却是新蓝缝线，线头上的咬痕还是湿润的。

看完这段文字，宋汝成向后一靠，太阳光透过落地窗扑面打来，如一千只鸽子的翅膀在他眼前扇动，书桌上的虎皮兰叶子无穷铺展，瞬间他眼前铺满了热带雨林般枝叶宽大的景象，这枝叶无穷蔓延，乌云一般堆满了他的视野，他眯细了眼睛，只看得到乌云罅隙底下的点点金光。是陈佳楠金色的耳钉，透出的光芒。他突然将书本一合，往楼下跑去。电梯轰鸣，他听得到自己心脏在胸口锣鼓一样的敲打，而那震响仿佛来自电梯之外。在小区的拐角处，他再一次产生了幻觉，空空荡荡，一个垃圾箱也没有。难道紫三角是自己凭空想出来的？

他上前抓住一个穿黄马甲的保洁员，问，大姐，这里的垃圾箱怎么不见了？

保洁员狐疑地看着他，用一口苏北话说，我来后就没见这里有垃圾箱。

你来多久了？

大约是他脸上的焦躁暴戾之气让她感到了不安，她上下打量了他一圈，拖着扫帚走远了。

晚上洗漱完毕，宋汝成上床，唐慧半倚在床头，脸上覆盖着三个洞孔的白色面膜。她老是嫌自己皮肤不够白，每周要做补水或者美白面膜。多年过去，宋汝成还记得在球场看到她的那种惊动：她正跳起来去接球，彩色头箍束着额前头发，小麦色肌肤被汗水洗得发亮，更亮的是她笑着露出的雪白虎牙。黄昏变得非常耀眼，他整个人呆掉，世界刮了狂风，唯有一个念头轰隆隆在脑海里翻滚，这就是他要找的姑娘——那时他们已经单独吃过几次饭了。小麦色没什么不好，可是这近十年，唐慧几乎把她有限的生命投入进无限的美白战斗中去了。她还用过那种从脸上撕下来的面膜，像《变相怪杰》中那样撕下假面具一样，非常恐怖，唐慧的脸在这张被撕扯下的脸后面痛苦地藕断丝连。有时熄了灯，他的嘴唇会在她腮颊上与那种麻沙沙的苦涩狭路相逢——她用了那种免洗的晚安面膜。但是什么都是可以习惯的，他看着她一双眼睛从白面膜下透出来，觉得再正常不过了，此时唐慧一边扑着面膜促进营养吸收，一边说，哎，车位的钱我交了啊。

唔，好。他答应一声。

他们居住的秀水花园购于八年前，没有车库，有限的地下车位又被地下超市挤兑得和一个过道一样，这几年车辆打着滚地逐年增多，各种通道、角落，甚至小区街心转盘周围都停得乱七八糟。停到靠里的早晨出不去，晚上回来晚了压根没地儿停，有些不管不顾的，就直接塞道上。重新规划建设车位，否则这日子没法过了。

唐慧除下面膜到卫生间洗脸去了。他放好书，准备钻到被子里，手机响了。是一个陌生的重庆号码。

“嗨，没睡吧？是不是和嫂子在忙？”是彭帅，一听就喝了酒。

“正看书呢，顺利吗？”

“你应该来看看，西雅图不眠夜啊。”

在彭帅的描述里，他几乎看到了那万人空巷的盛况：全城人都交头接耳谈论着十二秒，既兴奋又羞赧。出租车司机一提十二秒，声音提高了八度，喇叭也摁得叭叭响。卖菜的大嫂眉飞色舞谈论他腰间白花花的赘肉。十二秒在一瞬间被下载到了千家万户的电脑里，以光的速度在民间传播。以前这个门那个门的，都是远不可及，而这次都是他们耳熟能详的身边人，人证物证俱在，真人版演出正适合展开香艳无边的想象和语言狂欢，似曾相识，又前所未有。几乎每个人的唾沫星子都沾着主人公的名字，一个扫大街的老大爷说，他娃怎么过啊？

“老兄，你常在水边走，千万别湿鞋啊。哈哈——”彭帅在那边笑得有些忘形，小眼睛估计也笑没了。

“你才常在水边走呢。忙完过来喝一杯吧，我有好酒。”

“不行了，这个没完，刚才又派下任务来了。”

扣了电话，他先是在床上烙饼一样翻来翻去，兴奋得有些躺不住，也很想加入到某个狂欢的人群，释放一下。后来耳边传来唐慧睡眠中的鼻息，一声一声越来越重，夜深了，寂静得不像话。窗帘透过来的光，足以让他看清每个物件的轮廓，壁灯，墙上的婚纱照，还有薄被下唐慧的侧身弧线，花架上的绿萝，光也是影，影也映着光，似乎都清清楚楚，但又不像真实存在。十年了，他在这个床上睡着，如果不出意外的话，他还要在这张床上睡至少四十年左右。一日日了无新意。他最好的年华就这样了，一眼可以看到底，和他上司的上司一样，熬到正处级这个天花板，稳稳当当退休。高中时，他喜欢一个头发有薄荷味道的女生，短发下的脖颈白白的，两人私下说过不超过三句话，后来那个女生考到上海医科大，再也没有联系。再后来遇到唐慧，结婚生孩子，每天的日子是不太相同的，也是没什么大不同的。可是就这样吗？一辈子和同一个女人睡在同一张床上？不管感觉如何。刚才彭帅在电话里问：“老兄，如果有水灵二八少女诱惑你我，你说咱把持得住，还是把持不住？把持还是不把持？”他一愣，顿了一下，哈哈大笑。

如果可以不把持，他为什么要把持，如果想把持把持不住，他凭什么继续相信自己？他的手在被窝里再一次攥起来，似乎那个滑如无物的紫绸缎还在。那种滑腻的触感长了光滑的脚，从他的大脑到他的指尖，走来走去。时至今天，他还无法做出判断，是自己做下了早就想做的事，还是压根一切就是梁生的醉花阴梦。但是一件事他是由此清楚的，他想被唐慧念叨了一万次的陈佳楠。甚至，此刻，陈佳楠还裹着一件驼色羊毛披肩在这透着光的卧室里晃来晃去。与性格直接的唐慧相比，她是个深沉神秘的女人。如果不用付出大代价，为什么不可以。

“这些倒在男女关系上的人，当初也是些人尖子啊，怎么就这么容易栽了？”提拔和高考有什么区别？如果竞争落败或者无望，或者侥幸通过，难道不该犒赏自己一下子？哪怕那是个专门取人精血的妖精。陈佳楠也具备了所有妖精的特质，他甚至想在她的怀抱里死一次。

后来宋汝成在这种无意义的想入非非里睡着了。他拿着一个苹果刚要啃，一个五花大绑的丑陋男人一把夺取，跟梦中还是小孩子的他说，你也去抢了!!你也是抢劫犯!!要枪毙！半梦半醒间他恍惚记起梦中所在，是自己童年所住的栗树村。村子紧靠路边，八十年代扫黄打非，村子里有几个游手好闲的青年劫车抢苹果，一个枪毙，一个判了无期，还有一个判了十五年。公判大会时他跟在大人后面去看，几个青年反手捆绑着脖子上挂着抢劫犯三个黑乎乎的大字，小孩子们向这些坏人扔石头。他记得当时在路边捡到了一个苹果，藏在裤兜里，梦中恐吓他的是这些人中的一个吗？

他在梦境和回忆之间迷迷糊糊，像湖上的冰待结未结，突然一声叫喊锤子一样砸碎了冰面，是唐慧在厨房里喊：“快给当当穿上衣服，也不看看几点了。”他立马从被子里翻身出来，胡乱套上衣裤，直奔儿子卧室。

七

“这个妹子看起来蛮清纯啊，是不是床上功夫很棒？”

宋汝成知道他说的是十二秒网上视频的女主角，不管是什么桥段，李德清总能非常成功地最短时间内将其引入男女关系中最核心的部分。刘滨这个坏小子走过来，“老李啊，女人是老虎，红颜祸水啊，以后记住了，离女人远点啊。”

“你派个祸水来祸害我一下，跪求祸害啊。”李德清合拢双手作揖。

“得，你还不到被祸害的段位，有美女也得先祸害咱宋主任啊，是不是？”

“你们活干完了吗？”

价值四十万的字画，最后通过各种人脉渠道，八万拿下来。那书画家，还说也就交个朋友，白菜价。就是这白菜价，最后还是唐慧跑娘家“老着脸皮”借了三万，说，就指望他这次能平步青云好歹给让她回娘家有个交代。让他肉疼的字画送出去了，他心里倒踏实了，觉得仿佛怀孕坐胎一般，只等那个结果预期自然分娩。

半年来最不愿意听到的消息就是陈佳楠和她的房地产大佬分手了。唐慧提起来没有再像往常一样风刮蒺藜，而是叹了口气：“佳楠跟了他七八年啊——还是男人心肠狠，她以后怎么办啊？”她撩了一把挡住眼睛的头发，似乎是求助一样满腹惆怅地望着他。“我们和她吃顿饭吧。”

仿佛一个深藏海底的暗潮激荡起来，它在不为所知的地方一波来，一波去，不知道要搞出什么样的动荡来。宋汝成感到了一种莫名其妙的惊悚的战栗，他低头摘着豆角，“你们两个聊就是了，守着我，好说什么？”“倒也是。”

停车位的建设拖到第二年三月份，终于要开工了。他下班后看到推土机开过来的时候，心里舒了一口气。以后再也不用绞尽脑汁抢停车位了。

先是将成丛的冬青拔掉，扒掉铺好的石板路，再将木槿、丁香、松树挖出，观赏槐砍掉枝叶然后将草坪翻掉，整个小区一片轰隆隆的建设景象。不破不立，所有建设都是在掀掉原有一切基础上实施起来的，拆迁带给他的那种势如破竹摧枯拉朽的痛快感觉，又回来了。

第一天，白色石灰线圈出了停车位区域。第二天所有冬青都被挪到了绿地背面的一个早挖好的土坑里；第三天，三株丁香树被挖出，五株松树被刨出来，第四天木槿和草坪小径上的石子都不见了。他揣度着哪一个车位是最合适的，又安全又实用又方便，最好太阳照射时间最短又避开人行道。有时候在办公室里压抑一天，回到小区看到这一天甚于一天的建设速度，有种大刀阔斧人定胜天的快感。他甚至吹起了口哨。回家发现当当踩着沙发，趴在窗玻璃上，一动不动，一定又在看那辆整装待发的推土机。从他能够认图开始，大吊车，推土机，挖掘机等建筑用车，就成了他的最爱。上街要是看到大吊车，都要停下来观摩指挥半天。

这回，当当一下子变成了一个最安静的孩子，也不再扯着他讲故事了。他希望这个建设时间长一点，那他就可以清净得更久一些。又一次的提拔热望升起来，因为由热到冷几番延宕，这次他反而更为热切了。他的热切不像当初那么毛躁，倒是显得比往常更平静了。更喜欢清净了。

第五天下午，即将开饭的时候，他听到了细细碎碎的像是一只老鼠挠东西的声音，没有在意，这声音越来越大，变成了一只饿得哼哼唧唧拱门的猪。是什么电器出故障了，直到听到那一声大似一声的啜泣，才发现是当当在哭。他连忙跑到窗前，看到当当扒着玻璃，泪水直流。他大吃一惊；“儿子，你怎么了?!”

当当指着踩着槐树上锯树枝的男人，大喊：“爸爸，你让他停下来!!”

有两棵槐树已经被锯掉了几乎全部的枝叶，只留下了几个老杈。看上去的确让人很不舒服，但是要挪掉这些树，必须这么做，他试图用知识说服当当，“儿子，叔叔们这么做，是为了让树活着。不砍树叶，一挪就挪死了。”另一半的空场挖土机已经将草坪连根翻起。

“我不要它挪！就要它在那里!!”

“不挪，怎么建停车位?! 爸爸的车放在哪里?!”

“我不管!!! 我就不让动我的树!”

没道理可讲了，宋汝成顿了一下，窗户外的施工似乎加快了速度，更多的槐树枝桠掉落在地上，整个草坪一下子看上去空荡荡的，“我的草坪完了。我的小公园，呜呜。这帮大坏蛋!”当当气愤大哭起来。

“不是还有许多草坪吗？街心公园那个更大!”他拿面巾纸给当

当擦汹涌的泪水，自从当当适应幼儿园生活之后，好久没这么哭过了。宋汝成不禁有些心疼，想要把他揽到怀里安抚一下，这时当当甩开了他，扑到窗玻璃上——那个锯树的人站在梯子上，一下一下来回拉着钢锯，最后的一段树枝咔吧断掉，跌落到草地上。当当攥起拳头捶玻璃窗，哭得更厉害了。

唐慧从厨房里出来，一边解围裙一边问："你把儿子怎么了？"

宋汝成把手一摊："我能把他怎样呢。"当当哭得上气不接下气："我要我的草……坪和小……小公园……"唐慧上前搂住这个可怜的小家伙，"哎哟，乖宝宝，咱不哭了……我以为什么大不了的事呢……"

当当回过头，挂着两道泪水的脸上是一种非常陌生的绝望表情，他冷冰冰地说："把你们喜欢的东西拿走，你们不难过吗？！"

俩人面面相觑，噎在那里，尴尬地看着对方。他们互相看了好久，找不出一句合适的话。楼下这片人造草坪和小树林，林中的石子小径，一直是当当和小伙伴们捉迷藏玩雪仗做游戏的乐园。他们是没想到这个，他们仅仅觉得一个有草坪和树林的小公园而已。

什么待久了都有感情，何况一个孩子。两人心怀歉意地准备好晚餐，哄当当洗手，坐到餐桌前，唐慧拿出他喜欢喝而平时不让他多喝的可乐，宋汝成往他碗里夹水晶虾仁，"这是当当同学最爱吃的，来，来一点。"

当当愁眉苦脸不为所动。天色暗下来，唐慧打亮了餐厅里的水果灯，餐厅沐浴在橘红的柔光里。"吃一点，男子汉大丈夫，要勇敢，是不是？"宋汝成摸当当的头。

"你们的心好硬。小甜爸爸看管的那个犯人枪毙了，他都没吃得下饭！！"当当的腿一下一下磕着椅子腿，耷拉着眼皮，对他们的冷漠表示立场鲜明的鄙视。

淡金色的水果灯似乎震了一下，宋汝成在唐慧的脸上看到了和自己一样的羞愧和震动，唐慧牵强地笑了一下。小甜爸爸是他们的邻居老陈，在看守所上班。这些事他不知道，估计唐慧也不知道，这是属于小甜和当当世界里的大事情。每天睡觉前还奢望在他们的被窝里躺一会，会拖着他们无休无止讲故事走迷宫的七岁的当当，他们好像从来没了解过他。

这是无比沉闷的一顿饭，当当拒绝一切的安慰和劝说。他不肯原谅他们的冷漠，在这之前他们也没感到“你们的心好硬。”这句话变成了碗里的沙子。

唐慧默默地收拾完碗筷，三人洗漱，几乎没话。房间里静得不像话。后来他睡下，脑子里一直回响着当当的话“你们喜欢的东西给你们拿走，你们不难过吗?”“你们的心好硬”，这么多年来，他第一次开始难过，他躺在床上，觉得身体在向一个深远的地方坠落，他抚摸着自己的肌肤，从手臂，到胸膛，心脏在胸膛里果断而清晰地跳，咚咚咚，几乎和钟表一个频率，他悲从中来。这么多年，他每天忙忙碌碌，要到自己喜欢的东西吗?从发育以后，似乎没有人这样抚摸过他的身体，他的手在自己身上滑行，原来少年绷紧的皮肤已经开始松弛，可血肉还是那个人的。他一点一点起了痛惜。

就在前天半夜，他再次接到了陈佳楠的短信，泰姬陵时，身边那个人为什么不是你?

他偷窥了一下唐慧，呼吸均匀地酣睡。他设为静音后，轻轻摁下，我也想是。

第二天天光明亮，唐慧做早饭时，他再次打开了短信。上面空空如也，是自己删除了，还是压根就是一场幻想?

他为什么对自己都这么狠得下心?他的心为什么要这么硬?他在黑暗里大睁着眼睛，在医院里四目相对时陈佳楠那幽怨含情的眼神无数倍的放大了，在四面阴影的房间里来回飘荡。飘荡着的，还有当当那奶声奶气却刚硬至极的声音“把你们喜欢的东西拿走，你们不难过吗?”他抚摸着自己的腹部，原来的坚硬腹肌已经逐渐被松软的肚腩淹没，肚脐开始下陷，或许有一天从腹平面上就难以再看见它。这也是曾经被妈妈怜惜过的散发着婴儿奶香那个身体，也是曾经被唐慧惊叹过八块腹肌的健美身体，如今它摊在席梦思上，就如一堆腐肉。横流的眼泪淌进了他的耳蜗。

这些年，他只做了必须要做的，没做自己想做的，哪怕是一件事。他不想再这样瞎胡混下去了，从明天开始，他要早起锻炼身体，过一种内心想过的生活，这个生活当然要包含着陈佳楠。他不想再欺骗自己了。爱咋咋办吧。

他对自己这样说了之后，似乎一下子轻松起来。他正儿八经地开始了早练，五点半准时起床，沿护城河跑一圈，正好一个小时。唐慧看他行止举动大异于异常，只暗暗惊奇。

他在绕着护城河跑的时候，想起了何兴奎的儿子，他在医院见过的那个神色忧郁的少年，戴着一副黑边眼镜，脸面上一股抑郁悲愤之气。他不由起了自责，他是从高考过来的人，知道高中三年意味着什么。据何兴奎说，他多次看见儿子在河边转悠，对着乌油油的河水阴阳怪气地笑。他突然惭愧起来，不管何兴奎夫妻多么不讲理，这个孩子是无辜的。他买了一些营养品，拿了一千块钱到了何家。何兴奎爱答不理，摆摆手示意他少来为好，“你别以为这么点东西就收买了我。”陈凤英拿胳膊肘捅了他一下，“人家为孩子来……”

“把你们喜欢的东西拿走，你们不难过吗?”似乎因为这句石破天惊的话，他对当当空前绝后地温柔耐心起来，唐慧很惊异他的变化，以为他收了不定性的心，成熟起来了。话语态度也柔和不少。到了班上，他看到几乎半个上身贴到电脑边的李德清，人虽颓唐，可是并不像原来看得那么猥琐，他拍拍他肩膀，递给他一支烟。李德清吃惊得几乎跳起来。这个人也像他的儿子那样为一棵树而掉眼泪，人虽讨厌点，也坏不到哪里去。而调整的消息也似乎越来越朝着他希望的方向发展，再次提拔将侧重于参与旧城改造并有突出表现的同志，更何况还有彭帅的名人字画在暗暗发挥光和热。

一切似乎都在朝着好的意愿和方向走。期间他和陈佳楠单独喝了一次咖啡。两人默默相对，对面的她烟波流转，他要说什么，只觉得嘴唇发干，舌头也憨呼呼的按兵不动，他也不好意思直盯着她看，只是去喝杯中的柠檬水。烛光摇曳，两人晃动的面容都有些羞惭。中间她站起来上卫生间，他顺势拉了一下她细长的手，凉而白，薄而暖，陈佳楠回眸妩媚一笑，说不清的思绪填满了他的肺腑。他长长地吁一口气，天高月小，水落石出，好光景要到来了。没有不敢做，只有不敢想。他回到了十几年前的指点江山的青葱时光，黑皮鞋擦得放白光，走路脚底像是安了一个高质弹簧。他不知道他们会走到哪里，但是他迷糊中的场景一定会再现的，那时他至死也无悔了。他甚至愿意付出代价。

美好的感觉和时光在他接到信访局电话后，戛然而止，仿佛一只正要引颈高歌的雄鸡被扎住了脖子，他握着电话，一句话也说不出来。直到刘滨过来低声说，主任，那边好像挂了，发生了什么事??

发生了什么事？他意识一片空茫，是啊，发生了什么事？

何兴奎的儿子跳河了，打捞上来，已经硬肿了。如今，死亡消息已发布到网上去了，标题是，强拆逼死人，谁人来偿命？何兴奎已经避开当地，直接坐车偷偷到北京上访去了。文中还提到了强拆人员宋某曾给予一千元封口费之类。出大事了。

他木呆呆地站着，似乎看到那个脸色苍白的少年何冰从护城河边来回逡巡，抬起头，幽幽地望着他说："把你们喜欢的东西拿走，你们不难过吗？"然后纵身一跃，一头跳进乌油油的河流，砸起巨大的浪花和轰鸣。

出 口

题记：人总是需要一个出口的，一个出口被封死了，必然要有另一个出口显现。

一

沈晓棠从抽屉里翻出那张发黄的卡片，正面两个古装女子，身形大些的拿个团扇，在朝着柳影虚虚地扑着，或许是扑蝶吧——也没看到蝴蝶在哪里，小一号的女子着杏黄夹袄袖手候在一边，是侍奉小姐的丫头吧。背面上的字因为纸张的黄旧，也显得虚飘飘的：愿友谊天长地久。

十多年了，就这样虚飘飘的一晃晃过来了。

那是梁博送给她的卡片。那时她还在鹊仙镇上读高中。那年 18 岁，下面三个紧挨紧的弟妹身高窜得比衣服还快，做点家务跑跑腿的，可以顶半个大人使唤了。放了寒假，离置办年货还有些时日，她便到表姨的瑞福包子铺帮工，说好听点是长点见识，说得撑不住脸是图个补贴家用——即使不给钱，随手从箱柜里拿出些布料子也省了穿度花销——晓莉，晓虹可以穿她穿旧的衣服，晓建上身的哪件不是新布料？即使是一匹花布也不妨碍，可以给晓健做棉衣。这样想着的时候，晓棠是有些气短的，所以她坐在矮板凳上剥蒜、择芹菜叶子，摘豆角丝，无比地专注，就像对着一道函数题。她把手浸泡在腻着油污的大铝盆里，呼啦呼啦的洗着那些要做包子馅的菜，两手红肿，生疼，她低着头，眼里却含着笑：等她考上大学，找了工作，再供弟妹上学，家里境况就会越来越好了。

梁博是经常来吃包子的顾客，有时是一个人，有时夹在一大帮人中间。晓棠用竹编小浅筐将包子端给他的时候，他抬头看了她一眼，然后就专心对付他眼前的包子了。他吃得很慢，仿佛在研究包子每一个的皱褶。

收拾碗筷的时候，晓棠问表妹："那个穿蓝条子夹克的人是谁？好像在哪里见过。"

表妹翠云扁着头往辫子上绑皮筋，"他是梁镇长的儿子，你们一个学校的呢。这个人怎么说呢……"表妹突然怔住了。想不出一个恰当的词来下定义。

平日里，只要梁博过来，表妹便要么取笑他，要么和他狗一抓猫一抓地打闹上一阵子，梁博也不恼，嗔一句"小丫头片子。"晓棠瞅着表妹的大脸盘，打趣道："你一定是喜欢上他了……"

翠云回过神来，跳到晓棠身后，去挠她："你再胡说!"

晓棠蹲到地上，笑得几乎要岔气举着沾满水的手："我告饶还不行吗？"。

晚上，沈晓棠睡在地铺，表妹在头顶咬牙齿，细细碎碎的，像老鼠在啃一块执拗的铁钉子，咬一阵断一阵，就像一根电线在心里过，从头顶到脚趾都是凉的。月亮在窗子边上暗咬银牙，乌云是镶在脸上的金，天空乌蒙蒙的，却又闪着青光，分外地有了寒意。却有人在吹口琴，呜呜咽咽的，这么晚了，是谁呢？她很想起来扒着窗子看看是谁，胳膊伸出来，要命的冷像是在刚暖过来的被窝里开了一道口子，她立即缩了回去。其时窗子上正糊着一层塑料纸，北风刮在上面，尖锐的号叫也扩散成了钝钝的呼呼声，塑料纸鼓成了一面半透明的白帆。窗子正对着镇政府的家属院。

再开学的时候，她果然见到了梁博。还是那件蓝地白条夹克。校门口，梁博点住自行车两脚叉地："你也在这里呢？"晓棠微微笑着：

"哎。""怪不得看你面熟呢，瑞福包子味道还真不错。我还真吃上瘾了呢。"梁博有些不好意思地笑着，脸上被太阳光照得亮亮的。往回走的时候，晓棠一直拽自己身上那件紫丁香的灯芯绒收腰上衣，它的尺寸有些小了，衬得她腰身格外臃肿。下摆也翘起来了，像公鸡的尾巴一样撅起来，露出里面撒满小花的暗红棉袄。而她头上的蓝发卡也掉了漆。晓棠不觉红了脸。

二

越是有钱，人就越是吝啬。买菜只肯买熟大了或者有疤麻的，饭桌上连咸菜都少得可怜，麻椒粒子都可以数过来。表妹翠云把饭粒子撒在桌子上，表姨本来就挂着的脸就更长了，用筷子敲着碗："光知道折腾，钱是天上掉下来的，米面多少钱一斤?！你们知道吗?"

翠云抻抻懒腰，打个呵欠，懒洋洋地就回屋子去了。吃完饭，她的任务就是躺到床上唉声叹气，难怪光长肉膘不长个。晓棠将碗里米粒扒拉干净，怎么也没勇气再去舀一碗。那么冷的天，她在冰冷的铁案板上揉几乎要淌稀的面，刺骨得冰冷，手指仿佛被猫咬一样，将几十笼包子包好的时候，指头仿佛都不在手上了。更不用说在冷水里洗菜，刷油腻的碗筷，这个他们不记得，只记得自己米面肉多少钱。她愤愤地，但是脸上是不能看出来的，人在屋檐下，哪能不低头呢?谁让她自己生在那样一个家。

没有弟弟的时候，父亲喝醉的频率和她模拟考试的频率几乎对等，没喝酒的时候他是一个蔫嗒嗒的好人，唯一的爱好就是想当年——想当年提亲的媒婆几乎要踩扁了晓棠奶奶的门槛，想当年老战友让他去北京搞个铝型材的大项目……如果不是一大家口子人，他早就……往往说到这里，母亲就在那里往头上抿一下针，哼地冷笑一声。想当年就暂时打个折扣，留到下一次重新抒发一遍。给儿女们说想当年是比较保险的事情，只要不当着老婆，最好也别当着父母。可是喝了酒，他就不再想当年，把喝空了的酒瓶子放低了扔到地上，然后用脚送出老远——他是不舍得摔出去的，摔碎了等于扔了一角钱，再醉这点帐他还是算得清的，然后就开始骂，从媒人一直骂到晓棠姥姥祖上三代，说他上了当吃了亏，这时候大家都是不作声的。晓棠躲出去，在西厢厨房里，娘在使恨作低地喝上顿余下的粥，她不说话，大口大口地吞咽着，脸上的沉默有一种可怕的狰狞。母亲的突然发胖就从那时开始的吧，从此一发不可收拾。有了弟弟之后，父亲喝酒的频率和她单元测试的频率一样了，他先是乐呵呵地开始喝两盅，到了两盅的 N 次方后涕泪交流地结束，最后呼噜噜睡上一觉，有一次他一边在那里骂世道让他做了下三流的菜贩子，一边呼天抢地，晓莉晓虹在外面踢毽子，晓健则旁若无人地在屋里滚玻璃珠，母亲呢，一座山一样坐在门口，挡住了半边的阳光，仿佛在听一段听惯了的无线电一样，钩阿拉伯帽子，还有最后一道花边，雪白的线在她手里缠绕着，缠绕着，是脏乱家里唯一一点干净美好的东西。屋子里弥漫着腐烂的菜叶子和鱼虾的味道，父亲撒满酒渍的衣襟上有盐的斑点，晓棠把父亲扶到床上，他很快呼呼睡着了，醒来，他还是个老老实实本本分分的好人。屋子里潮湿、寂静，却又纷乱地仿佛无数的钟在敲。

唯一快乐的时间，是她和那些雇工们把包子挨个端上桌子后，屋子里弥漫着包子的蒸汽，豆腐、韭菜、豆角味道的蒸汽，一团团袅袅上升，混杂着米酒，老白干辛辣香甜的气息和蒜瓣泡在醋里的酸辣气。那些人围着桌子坐着，坐在滚滚的热气里，喝酒，吃点小菜，最后将包子吃进肚子里，所有的气息味道糅合得结结实实，是一个温暖的所在。当然，梁博来的时候，快乐就更多一些。他会傻乎乎地抢着付账，所以和他来吃包子的人特别多。

梁博一来表妹立即一改懒洋洋的状态，淡淡的眉眼也一下子生动起来。她搬条凳子坐在梁博面前："梁博你知道吗？垃圾箱里的碎尸案子破了。"

一桌人都停顿了一下，有人急不可待地问："是谁？"

翠云脸上的得意显山露水，却拿眼睛瞅着梁博，直到梁博抬起头来，她才讲那个把小城人惊得掉魂的案子，那个被碎尸的男人，是抽纱厂老板，原来有一个情人，两个人说好各自离婚后再结婚，女人和丈夫离了婚，等了好多年，男人还是没有离，总有这样那样的理由，拖了一年又一年。后来女人约男人一块去她家吃饭，灌醉了他，然后杀了他，最后用砍肉刀和斧子将他肢解了。

邻桌的人都转着脖子听，有人恨恨地骂：这女人心也太狠毒了。

有人接腔：最毒莫过妇人心，这话说得不假。

梁博说了一句：也是他活该，骗人感情和杀人也没什么两样。

晓棠望着他，一下子就有了知遇之感。

三

她喜欢他，这念头让她自己吓了一跳。可是喜欢又怎么样呢？表妹不是也喜欢他吗？况且自己哪里有一点值得他喜欢的资本呢。他的家和她的家，一个在天上，一个在地下。她倒宁愿他和她一样，是地地道道的穷出身，那样他们就可以平等了，她对他的喜欢也不至于卑微得不敢让人发现。所以她一定要努力，要考上大学，然后才有可能和梁博走在一起。

寒假时，打扑克只要“六缺一”，梁博便会被叫来。他漫不经心地摸着扑克，天女散花一样在手上展开折叠，而他竟会抽烟——那点着的烟，多半时间在他白皙的手指上袅袅地飘着——晓棠低下头看自己的手，手指长虽长矣，竟然不如梁博的手指白，光滑，它们非常听话地夹着烟，灵巧地端着扑克牌，游鱼一样泛着白色的光。而她自己的手，除了在包子铺里帮工，回到家里还是要拿柴禾烧火、淘米，洗弟妹和父亲衣裤——自从因超生被单位开除后，父亲身上一直有一股烂鱼虾味道——他不得不做起了他原来最看不起的小摊贩，贩鱼虾和菜蔬。而娘几乎每天都拿了钩针钩似乎永远都钩不完的阿拉伯帽，和托盘垫子，5 元或 2 元钱一个。她的一双手很粗，指头缝里的油污这辈子看来都没办法彻底清洗掉了，可是她钩花边的时候，手指异常灵活，看着看着眼就花了。宝贝疙瘩晓健虽然手不沾活，却不是在水里摸鱼抠螃蟹就是在院子里搅得鸡飞狗跳，那次回家，晓棠抓住他长翅膀的衣襟，攥住他的手，十个胖胖的小指头，十轮黑金一样的小月亮——很少有人能和梁博那样手指白皙指甲干净，那样的手和出身一样，与生俱来，让人羡慕不已。她想听梁博说点什么，和他家庭有关的。非常熟悉了，拉拉杂杂的说话总要漏出一点来的，就像一辆油罐车，不论封闭得如何严实，跑长途总会漏一点的。两年前有辆油罐车从村庄边的大路上栽到沟里，结果村里每户每家的缸里，桶里，甚至脸盆里都盛满了油，油酊味在村庄上面漂浮着弥漫不散持续半月之久。可是梁博从来没有说过。从来没有。就像晓棠不愿意提起自己的家一样。

父亲留给她最后的记忆是模糊的，满头满脸都是血，表情被血污很好地隐藏掉了，一只鞋子也不见了。而肇事车早已经跑了。一定又是喝了酒！晓棠恨铁不成钢地想，当母亲号啕大哭起来，穿白大褂的人渐渐散去，晓棠木木地去攥父亲已经没有感觉的手指——他再也不能将酒瓶子放倒地上再踢到旮旯里了。

或许是哭得太多，本来血压就高的母亲没等父亲过百日，便得了脑血栓，所有能借的亲戚全借光了，晓棠哑着嗓子厚着脸皮："我们没有爸了，不能再没有妈了……我发誓一定会尽快还钱的……"命保住了，母亲的手脚却不那么听使唤了，细致的活是指不上了。织了一半的白色阿拉伯帽跌在笸箩里，母亲企图将它完成，用了半天力，钩针套不进白色的线套里，她往往床上一掼，然后俯身哭开了："我的命怎么这么苦啊，让我们娘们怎么活啊……"那白色的线蜷在笸箩里，皱得分不出头绪，父亲在的时候也没怎么顶天立地，怎么一走家里就塌了天呢。那白色的线曾在妈妈的指头上让人心烦地绕啊绕啊的，一朵朵洁白的小花就并排开放在小指头后面，可如今它开败了，绕不下去了。

她去拖母亲臃肿的胳膊："妈，有我呢，学我不上了……"母亲哭声顿了一下，仿佛被噎住了，然后又攥着被角哀哀戚戚地哭起来，一边哭一边打嗝。懂事的孩子帮忙分担家务是值得高兴的，可又是悲哀的，这说明这个家庭已经山穷水尽了。

她去跟班主任说退学。没等他开口，便低了头疾步走出来。她的书已经打理好，放进蛇皮袋子，头顶树枝的落叶还没完全落光，高高地挑在枝头映在瓦蓝的天空，像裂了一个又一个灰口子。黄叶子在地上扑扑地滚着，然后滚远了。天暗下来，教室里次第亮起了灯，一个窗口连着一个窗口，微黄的灯管，发出绿的光，一格一格的薄荷糖。那些清爽甜蜜，很快就不再属于她了。她站在梁博教室窗口，希望他能看见她，然后跑出来问："你怎么在这里……"他一定不知道她家里的变故，可是知道又怎么样呢？他们不过是普通交情。

四

在瑞福包子铺干到两年的时候，她不想再撑下去了。当初没有外出打工一是图离家近，可以在农忙的时候干农活，平时帮病歪歪的母亲照看家，做做弟妹的棉衣，二是能看到梁博。可是每月 300 元的工资压根不够家里周转，到了农忙时节，她隔三岔五请假，让表姨颇有微词——那个时节临时再去找人也是难找——她不怪她，这样的收入即使攒个十年八年也攒不出她再去上学的费用。还有一个原因，梁博去读大学了，这瑞福包子铺也没有什么值得依恋的了。

来到 A 城的时候，沈晓棠几乎是踌躇满志。她年轻，上过高中，有的是力气，做什么不比在瑞福包子铺挣得多。她不怕苦，不怕脏，只要能挣钱，她什么都可以忍受，她可以一边赚钱一边看书——高中课本她也都带出来了——合适的时候，她去考个师范类学校，花钱不会很多的。当然，前提是钱赚到一定的数额，多少她没有数。只要她能干，肯节约，除了供家里花，总会攒下一点的。原来奔着表姨的一个远方亲戚去的，那人在啤酒厂，据说找个月工资五六百元的活是不成问题的，可是他偏偏临时出了发。几天回来也没有数。

电线杆上贴着黄黄白白的招工广告纸，她顺着一家一家找过去，甚至在一家黑洞洞的裁缝铺前，她低了头，谦恭得不能再谦恭，还是都碰了壁。天一点点黑下来，仿佛一只怪兽吃光了全部的白和亮，整个黑世界一下子围拢来——她面临一个严峻的问题——必须要找一个住的地方。可她身上那点微不足道的钱，是不舍得再多投到住宿上去的。就在她四处打量的时候，一个面目和善烫狮子头卷发的中年女人过来了："姑娘，你住宿吗？"

晓棠点点头，又摇摇头。中年女人附耳道："这靠街的旅馆忒贵了，我们地脚不好，但是一样干净，还便宜……"晓棠被她拖着，曲曲折折，深一脚浅一脚地拐进了一个又一个巷子。

是够简陋的，比鹊仙镇都不如。她从包里拿出早烙好的油饼和萝卜条，开始她的晚餐。卷发女人进来，坐到床沿上："姑娘，你是找工作的吧。"

晓棠点头。她凑过来："前些天，我给侄女找了个活，在羽绒服厂做质检……说得好好的，她又变卦了……岗位不知还空不空？"

她回自己的房间打电话，嗯嗯啊啊着，后来语气提上来，侥幸的喜悦把她的嗓门挣得高高的，晓棠一颗提着的心也就放下来了。

以后的事情，晓棠渐渐记不清了，或许是有意淡忘，因为她压根不愿意想起来。

卷发女人领着她，曲曲折折不知走了多久。到了板壁隔起来的一间房子，三五个男人坐在破旧的沙发上，眼睛光光的看着她，屋里烟雾滚滚的，仿佛着了火。她突然觉得不对，一步步往后退。

她惊恐万状地大声喊叫，却被人捂住了嘴巴，巨大的黑影从她上方俯冲过来，当她用尽力气将一个撕扯她的男人脸上抓出血，只听一句"奶奶的，敢抓我！"头顶轰的一声，眼前一黑便什么也不知道了。

最耻辱的经历，贯穿其中，不过一个字：卖——先是被狮子头女人给卖掉，然后她自己再卖给那些看上去人五人六的男人。他们看上去一个比一个体面，有些甚至还文绉绉的，摘了眼镜，脱掉衣服之后，他们藏藏掖掖的眼神一下子变得成饿狼，射出贪婪的光。是的，没什么两样。她想遇到一个能坐在床头和她说两句话的人，哪怕是随便聊聊天气，可是既然到了她这里，似乎没人愿意浪费时间在聊天上，他们都是一样急吼吼直奔主题。

当初走投无路，她是想回家的，再怎么过不下去，回家伏在母亲膝头哭一场，她还是个大孩子。可是母亲，或许比她哭得还要厉害，哭了又有什么用，难过的日子还一天挨着一天。她打电话到村委，半天才叫了晓莉去，她喘嘘嘘接起来：姐，老孙家又来催咱还钱了，我订书的钱不够，猪卖了，娘吃的药没了……没有一桩不是和钱有关联的。钱，缺的时候，比命还要值钱的钱……晓棠牙齿咬进下嘴唇里，三四个血印子出来了。芸香对她说，没什么大不了的，想开了也就那么回事。她透明的黑色网眼衫里穿着玫瑰红的纺绸吊带裙，后背丰肥的肉被挤得溢出来，越发白得炫目。她的声音从涂得很厚口红的嘴唇里吐出来，冷冷得让她打寒战：每个穷人的家庭都需要有人牺牲的。天上怎么会掉金饽饽。挣个三五载，再回家，照样可以嫁个老实人家。

她的头因为撞了几次墙，总有些木呆呆，眼泪流干了，头仿佛不在自己的脖子上。接过芸香姐手里的钱，她僵硬地说："我要回家看看。"

五

梁博走之前对她说："活着，真没劲。"他想学画画，家里不让，父亲说，画破画有什么前途。他知道是他后妈心疼钱。有了后妈就有了后爹，哪怕他爹正在镇政府当镇长。

梁博问：你还上学吗？

晓棠说等我挣够了学费，我会再上的。

梁博从口袋里摸出口琴，像拉锯一样在嘴唇上拉着，后来渐渐成了曲调："秋千索，秋千索……"原来半夜里听到的口琴声，就是他吹的。

两个人坐在公路边的石头上，汽车的轰鸣声几乎要将吹不利索的口琴声淹没，卷起的灰黄尘土，也将他们的面孔上淡淡的悲喜遮住。

那一刻，晓棠觉得前生今世无比亲切之感，他和她离得那么近，就像一个通心透骨的亲人。却又涌上一种隐隐的恐惧感。

她没有回家，而是到了C城，梁博的学校，那些和她同龄的大学生们，天之骄子，他们三五个人毫无心事地走着，说着，笑着。而她来是干什么呢？如果他们知道她的身份，不是连梁博一块看不起了吗？而她又能和梁博说些什么吗？说她怎样和男人周旋吗？她那么强烈地想见到他，此时心里却是一片茫然紧张。

有人告诉她梁博正在学校的宣传栏里画图。她穿过广场和草坪，远远地她看到了梁博——他踩在一个高凳子上，在给一副大插图涂色。太阳给他白净的面孔笼上一层柔和的光环，是一个圣像——晓棠心中的。她远远地望着他，要把他望到眼里去，心里去，骨头里去，像一根钉子一样不拔出来。他永远不会再属于她了，他们的世界被隔开了——她已经跌到最不堪的泥污里，再也够不着他。他在天上，她在泥里，可是让她再看一眼吧，然后就各人是各人了。越是这样想，眼里的泪，越是滚滚的。

他干净修长的手指，他温和的声音，他茫然地吹额前头发的样子，她要一层一层包好了，像一个荷包，放在心底里了。她一边流泪一边去寻回返的车——她没有回家，后来给家里的钱是邮局汇款回去的。

是的，她的钱就是那样一点一点攒起来的，从十元的一张张，攒到百元，几百元的攒成千元，然后到邮局汇回家。她不舍得吃贵的饭菜，不舍得买好一点的香水胭脂，即使衣服，也只穿最廉价的，好在她还有青春，皮肤紧实，光泽，眼睛即使不画，也是流水一样。年轻是最好的胭脂，哪怕你是一只小耗子，也比老了的猫讨人喜欢。她除了年轻再也没有别的了。她要攒钱，供弟妹上学，帮他们找工作，成家，给母亲治病——没有钱，哪一项也是来不得的。

那些过程，不说也罢，一次一个六十多岁的老人，如果在村里，她会喊他声爷爷的。可是在她当时的世界里，只有男女，只有被渴求和去满足，是没有廉耻道义，没有长幼尊卑的。那个皮肤松弛的老人，去捏她的圆润光滑的手臂："你瞧，多好的皮肉啊，多么结实细嫩……”他眼袋和他的腹部一样下垂得厉害，他抖颤的声音让见惯风月的她都起了恶心，身上起了一层鸡皮疙瘩。她隐忍着，为了他口袋里的钱。他掐疼了她，却还在那里哆哆嗦嗦地说：“……不管怎样，你得让我受用……”言下之意，他花了钱。是啊，除了钱，她什么都厌倦了，唯一的支撑就是钱。钱。钱。

芸香姐吐着烟雾，说：人一辈子那么短，怎么混不过去啊。是啊，再大的难处，忍忍也就过去了，十几年的光阴，弹弹手上的烟灰，就过了，不过睫毛眨了的那一瞬间，自己也搞不清是不是做梦。芸香和她不一样，不是被转卖，被胁迫，她老家是安徽，为供应男友上研究生她给人伴舞，后来男友娶了导师的女儿，给她汇来了不菲的一笔款子。她不服气，导师的女儿说，我为他做过三次人流，你呢，不就是出了点钱吗？我补偿你。芸香玩世不恭地弹掉手上的烟灰，斜睨着晓棠：“你不要以为你为家里人做了牺牲，就会有人念你的好。到时候你什么都不是，他们吃了你还嫌你骨头脏呢……”说完她格格地笑，笑声听起来无比恐怖，就像个女鬼。每天中午才起床，下半夜才挨上枕头，连太阳也见不着不是鬼是什么？

十几年中，晓莉晓虹一个上了职高一个上了卫校，有了工作，然后嫁了人，晓健也娶了亲，媳妇模样标致，在镇初中做教师。而母亲身体胖得愈发厉害，因为又添了肾病，成了虚胖了。那次她回家，是夏天，敞着门，点上蚊香，给母亲扇扇子。最能看见岁月的不是爱，不是手上的活，工，而是老人和孩子，一转眼的工夫，一个老得不成样子，一个已经赶着她叫姑姑了。原来的破房子已经翻新，屋顶是圈花石膏吊顶的，地面是仿黄梨木的瓷砖，他们家的房子气派在四里周边也是有名的，要不师范毕业的国家干部怎么能看得上晓健？她有一句没一句的和母亲拉呱，听到隔壁传来吵声，声音那么大那么响，她没法装聋子——“你少说两句行不行?！这房子还有砖厂的钱不全是她的吗？”是晓健艾艾地恳求。

“你以为我稀罕呢？她的钱从哪里来的，打量我还不知道呢?！做了婊子还想立牌坊呢。她孝顺?！你娘病死病活这些年，她到跟前伸过手指头吗？……”晓棠的脸立马变了，她听明白了，这个她亲手砌出来的家嫌她脏了，她成了不受人世欢迎的鬼了。

母亲已经歪斜的嘴角哆嗦了一下，然后颤巍巍站起来："睡吧，不早了。"她装听不见。晓棠在母亲身边忍气躺下，半晌听母亲叹一口气："撑这个家不容易啊……你莫怪……你也该成了家了……"家?！这个家已经容不下她，而她想要的家——早就成了虚的了——哪个去寻欢的男人没有家呢？有些男人当初成家是为了找棵大树偎靠，等他翅膀硬了，理所当然要弥补当年的损失。这个花花世界，想要出人头地一点，单凭自己赤手打天下的男人像恐龙一样少，即使有，等他混成人样，也不过是为自己荒唐找个借口罢了，男人有哪个不是贪心的？哪个家不是虚空的架子?！

她是想有个自己的家的，干净的桌椅，干净的窗帘，桌子上铺着白色的花边桌布——边上并排着一圈一圈洁白的花朵——属于两个人的，她要和他打拼出一个美好干净的世界来，和小时候不愉快的家分开来，和那无数徒有虚名的家分开来。最好还有一点音乐，应该是口琴声吧。想到这里，她哀伤起来，那个吹口琴的人不知道去了哪里，应该结婚了吧，不知道过得怎么样？

她还珍藏着当初他送给她的塑料封面的本子，里面夹着一张贺卡：微黄的，古代仕女的卡片。背面上写着：愿友谊天长地久。她的世界分成两个，一个是属于夜晚的，黑漆漆的，钱和肉的交易，男人们都是禽兽一样，即使台灯亮着，她也是看到了屋顶巨大的黑影，一次一次俯冲过来——就像她最初给毁掉的夜晚——实话说——她鄙视他们，就像鄙视那时忍耐的自己，当然她也是精明刻薄，锱铢必较的，谁也别想骗她一丝一毫；一个是属于黄昏的，里面只有两个人，她和梁博，温馨，伤感，美好得歇斯底里，口琴横在嘴唇上，一时一霎都像是曲调——在她心里唱出来，她是个傻姑娘，对未来存着无限的想象。这样的黄昏就像，鼻烟壶上画着的断桥白娘子，或者像琥珀里的蝴蝶，千年不坏。外面的污灰也休想玷污了它。

而她的白天给吃掉了。

六

那次给母亲过生日，弟弟妹妹弟媳妹夫侄子外甥的全都去了。她给晓莉的孩子夹了一根鸡腿放到她碗里，小妮子两手托起来就往嘴里送，她看着可爱，忙招呼她："来，让大姨喂你吃……"就要抱到她的腿上给小妮子撕鸡皮。晓莉忙放下筷子，一把把孩子拖过去，"看你手多脏，不要沾了大姨衣服……"当时她没多心，可是晓莉却不敢再看她了，她垂下去的眼神里，有愧疚和怨怼，虽然那么少，却让晓棠捕捉到了。他们通通嫌她不干净——怀疑她有脏病也未可知——她用着她给他们的钱，却嫌她脏!! 拿钱的时候却不怕沾了自己的手! 晓棠冷冷地笑着，牙齿里都是凉风。

是的，当初是她自己选的路，其实她也没得选，如果父亲没死，如果她不是老大，或许她比他们还要来得圣洁刚烈，不被逼迫谁不会做烈女，哪怕是做一点样子。可是别人在她眼前做得，自己的妹妹却做不得，要不是为了一家四张口在那里巴巴地等着，她用把自己卖掉?!! 单凭自己一张嘴做什么糊不好?

她不干了，当没有了动力，挨忍也就没有了价值。她用剩余的钱开了一间丝绸店兼营丝绸服装。她这个行当虽然卑下，但在社会上路子却还是有的，在污水里趟过一回，做事也就不肯跌跤了。她雇了一名叫春梅的女孩子，长得还算清秀，就是懒怠动弹。一捆捆丝绸摆在铺面上，晓棠不去理整理整，怕是她连用鸡毛掸子掸掸灰都不肯的。这年头小姑娘越来越不肯出力了。可是晓棠却很少斥责她，她坐在门口，眼神呆呆地望着门前的车来车往，一副彻头彻尾的糊涂茫然样子，多像自己当初出来找工做的时候。一想到这些，她就想起梁博，那个温和又愤世的男孩子。心一下子充满汁液，饱胀温柔起来。她看到了她自己，十年前的。

而别的男人，丝毫进不了她的心，也有那些不知她底细的，先有些温柔的来头，然后深情款款地送她小礼物，一个做证券的半老男人甚至还给她送了一束花，她先是爱惜地插在一个空酒瓶子里——她已经学会并迷恋上喝酒，喝完以后昏昏地睡上一觉，伤啊，痛啊，后悔啊，什么的，全都不成问题了——至今还没有人送过她花呢。春梅看着那束鲜艳得要迸血一样的玫瑰，眼馋得舌头都有些发直。——那样血红的颜色，那样几个虎狼男人，后来她蜷缩在墙角掉了命一样大哭，一个胡子拉碴的男人踢她一脚，“哭你娘个 X”他的布鞋子露着脚趾，踢她一脚踢疼了自己，又发恨作毒地加了几脚，她并不觉得更痛，在心里说，踢死我吧，死了算了。她把头放在膝盖上，看到鲜红的血迹子从大腿根子顺着被撕碎的裤脚流淌到地上，红得那么绝望，那么痛不欲生。她甚至在心里大叫一声“梁博!!”她不愿意想到这些，哼，男人都是猪狗不如的，证券男人无非是先作些阴险的铺垫，等她心热了，然后恶心地去撕她的衣服……她冷笑一声，没一个好东西，然后一把一把把玫瑰花瓣撕碎，扔掉……

当然——除了梁博。她没想到能见到梁博，中间她想听到他的消息，又怕听到。他是唯一一点安慰了，只要不知道他的近况，似乎他就还在鹊仙镇的高中，那段记忆是她和他的，没有人能取而代之，没有人能分享。后来她还知道了梁博上学花了家里不少钱，他是代培生——比学画画似乎也没少多少。当然这也是他镇长的爹和后妈矛盾的导火索。这都是表姨说的。她每次回家都要去瑞福饺子铺，给表姨带上一些围巾，布料，珍珠塔手镯子之类的礼物。表姨就会无比感念地拖着她的手絮叨上一个上午，早年精明能干吝啬冷漠的表姨上了年纪，反而对人亲切起来，特别是晚辈，只要记得她，来看看她，就激动得连挣钱都忘了，人越来越容易重情，反而揣测不出别人来的目的了。

他娶了亲，也不大回家，似乎也没混多么好。甚至还做不了老婆的主。晓棠听了却是无比心酸。仿佛他在那里受老婆的苦，因为他对她并没有那么深刻的骨子里的爱，但是迫于现实，他不得不选择了她，就像他不得不放弃画画的爱好，学了土木工程。他最深沉刻骨的爱已经给了晓棠，因为是最初的，就像晓棠的已经给了他一样，虽然当时什么都没做。可比做了更让人铭记深刻，因为还有许多未知的美好在里面，怎么想怎么动人。

这样一想，晓棠是无比伤感的，觉得他在那里受了苦，很多都是为了她的缘故，因为她离开之后，再也没有联系过他。

那是一个午后，丝绸店里没有顾客，太阳煌煌地照着，正是夏末秋初。她穿着雪青纱纺立领半身裙，往上卷长筒丝袜。太阳很毒辣，一时间她有些恍惚。一个瘦瘦的女人进来，逡巡着一捆捆丝绸，然后把头探出门外，喊一声“梁博，你来看看，这么一件怎么样?!”晓棠吃了一惊，头轰得涨大了。只听外面男人倦怠的声音“你看着好就好了。”晓棠从对着门的镜子看过去，一个男人灰色衬衣的背影。等晓棠给女人量好了靛蓝暗地福寿丝绸，收好钱，然后出门去看，早已不见男人影子。

不会那么巧吧，世界上叫梁博的多了去了。她却是特意看了看那女人，稀淡的眉毛吊得高高的，嘴唇薄薄的，整个人看上去非常地无所谓，就仿佛是爱来来，不来也罢的表情，如果这样的人经营门头，非要砸锅不可的。

七

她不肯告诉梁博是她从那件丝绸褂子认出了他。当她去丽达百货买洗发水，走上电梯，突然看到往下的电梯上一个背影，穿着她店里的靛蓝暗地印福寿丝绸，很快地她升到了顶楼，他却下去了。她心里扑通扑通地，连忙转圈乘往下的电梯。她急匆匆地从人空子里追赶着，到了一楼，熙熙攘攘的人流里，并没见那件靛蓝暗地印福寿丝绸褂子，或许就是个不相干的人，自己疯一样地追，还是不见了。奔跑了一阵，她心慌气短，这阵子更是心灰。也不想再上楼了，就脚底飘飘地往外走。

走到门口的时候，她突然又看到那个靛蓝身影走到自己前面去了，真个鬼魂一样。她不由站住，喊了一声：“梁博!”

那人回过头来，一张中年的沧桑的脸，眉目却没怎么改变。倒是梁博没有认出她，男人变化总是小的，十六岁和十八岁差不多，二十岁又和三十岁差不多，到了四十岁和五十岁又分不出什么大的区别，女人则不同，岁月的风沙都在眼睛里，眼睛一老，皮肉保养得再好，也是显老的。毕竟十多年了，自己再回头看自己的照片还有几分不认识呢，何况是他，在他心里沈晓棠还是那个扎着马尾巴动不动脸红的小女生呢。自己真的老了吗？她不由想去摸自己的脸。

两个人面对着。都有些不相信。晓棠在瑞福包子铺打工的时候，梁博给她来过一封信，信封上写的是内详，所以谁也不知道是梁博。信里说学校里的环境，说严格的军训，说新奇美好的一切。晓棠那封信攥得出了汗，却没有回一个字。

“你都一直在这里吗？”沈晓棠有些疑惑。

梁博摇摇头，“不，我原来在 B 城。单位效益不好，老婆家是这里，这边同学也多一些，折腾了几年便过来了。”

这就是在她心底埋藏了多年的人吗？她甚至没有想到会再见到他，一切美好的东西，大学，亲人无间的爱，唯一的一点好，就是这个男人留给她的。他坐在她面前，笑的时候，眼角有了皱纹，他不再是那个伤感少年，可他还是他。

她甚至想扑到他怀里说说这几年的遭际的，痛快地哭上一场的，可是她宁愿给他留一个尽量干净优美的印象。她不想让他看低了她。

后来梁博问：这些年你是怎么过来的？

在这之前，她多是听他说，他娶了的人是大学时的同学，婚后辞了职，去做木材生意，结果输了个精光。老婆单位效益也不好，他将手枕在脑后，一副落寞失意的样子。男人混得差了，连眉眼都显得灰败。

这当儿梁博拿眼睛窥视着她，她转过头去，看窗子外，“也就是混吧。”

春梅对她说，沈姐，你越来越好看了，瞧你的皮肤，用的什么高档化妆品呢？

晓棠只是笑，这小妮子哪里懂得爱情是女人最好的滋养呢，虽然他们一个星期也就见一面，可她看得出，他对她还是有好感的。命运让他们走散了，又给他们一个机会重逢，或许老天也看她可怜吧，不忍心拿走她最宝贝的东西。这些年，她行尸走肉的，都不知道为什么活着了。

春梅低声下气地说：姐，今天我请个假。

她翻着账本，一抬头看见玻璃门外一个平头小伙子拿着头盔冲春梅眨眼睛——是经常来找春梅的那个修理厂的伙计。

晓棠笑笑，挥挥手，“去吧，明天早点来啊。”

春梅坐上摩托车一溜烟跑远了，她站起来伸伸腰，今天她也要早收工。晚上梁博要来，她要去菜市买点蹄膀，早早用细火瓦罐炖上。

八

晓棠知道会发生什么的，所以她一直慌慌张张的，是的，也只有在梁博面前，她才这么慌，就像个小女孩。

她告诉他，他给她的那张卡片，她一直保存着，是她的宝贝。她真的从抽屉里拿出来，已经变得黄黄的，可背面是他的字。梁博一下子感动起来，将她紧紧抱住。

她的指甲抠进他的背，她一遍一遍喊着他的名字，只觉得一切不像真的。是的，他有了老婆，他没有发达，这有什么关系，她爱他，这比他混大了，她在底层，她要踏实得多。之前他曾经告诉过她，老婆是温良的人，对他很体贴，就是对床笫之事非常不热爱。他不像别的男人，想吃女人豆腐就要把老婆损得一钱不值，他一直是个厚道的人，可是他却吃了多少苦？他老婆，她见过一面的，一看就是个冷淡刻薄的人，这样的女人是需要他去迁就的，他这两年混得不济，一定没少吃老婆的气。男人混得差了，混蛋些的拿老婆出气，像梁博这样的，就只有更矮了半截——他是不会欺负别人的，只有别人来欺负他，越是这样想，她心里越是翻来滚去为两个人的命运难过。

关了的门窗将万家灯火隔在外面，这个时候，世界是他们两个人的，成捆的绸缎就在身边，桑蚕的味道，尘灰的气息，粘腻的汗水，晓棠伏在梁博的胸口，感到这个男人和自己已经血肉相连。后来两个人都有些口干，晓棠下了一壶铁观音，来来回回地倒着，聊起家乡的事。

“好久不回老家了吧?！我前些天做梦还梦到翠云了呢?”晓棠其实是不愿提老家的，可是在梁博跟前，那却是他们唯一共同的时光和记忆。

“我也是好多年没回家了。她住不惯，再说那个家，也没什么值得想的，他们只觉得我欠他们的，我混得这样，没得回去让他们笑话……”提起老婆，他只肯说“她”，或许是怕她伤心吧。

晓棠端起杯子，“这茶叶味道不错呢，全是些嫩芽尖，是春梅从老家捎来的……”

梁博吹吹气喝一口，点头：“味道是不错。”

“翠云那时候对你很有意思呢。”

梁博笑笑：“那时都是小孩子，知道什么。知道她嫁了谁吗?”

晓棠摇头。

“就是镇上卖熟肉的王老三的儿子，听说好像还提拔起来了。”

老家的一切，他全知道。她家里盖了那么好的房子，那么快脱贫致富，他一定也知道，而她的底细，他也一定是心里透亮。难怪他最狂热的时候，也不忘一边拥着她，一边从床上的公文包里拿安全套。当初她还以为他是为她着想呢，压根他是怕她有脏病！芸香告诉她，女人一旦卖过身就永远别想爬起来，没有人会拿你当人了。是她自己犯昏，心存妄想。他们在一个城市，虽然她早已经洗手不干了，可这个城市认识她的男人他就一定遇不到吗？他就一定不认识吗？是她自己太天真了。

她这当儿看着他，他泛着油光的面颊，微微隆起的腹部，他偶尔流露贪馋的眼神，和以往她的那些客人并没有什么不同。他现在不发达，被老婆管得又紧，估计连要小姐的钱也不会有，他知道自己的底细，所以才这么肆无忌惮吧。突然她就生了恨意。这个男人原来不值得自己那样难过。她的心一点一点硬了下来。

半个月后，梁博又来。晓棠竟然还是乐颠颠的，在这段时间里，她又怀疑起自己来，梁博这样一个人坏也坏不到哪里去，如果他知道她曾经那么不堪过，而仍然对她有怜惜之意，说明他心里还是有他的。她炒了点枸杞芽，拌了小薄荷，小砂锅在炉子上咕嘟咕嘟地炖着一只草鸡，屋子里满是鸡汤和生姜的香味。喝了酒的梁博话多起来，最后，他有些怯声怯气地问她："你能不能先借我点钱？"

晓棠一愣，去看梁博，却只看到了他脑后勺的头发根，似乎已经有了几根白的，他的面孔映在窗子玻璃里，模糊不清。她低头抠指甲上斑驳的指甲油，又干又涩："需要多少？"

"两三万吧。"

九

拖了半个多月，晓棠才将钱给了梁博。当然不是两万，她没有那么傻，她的钱，一分一厘里都是血泪，既然看清了他，她犯不着多搭上一些——她还指望这钱养老呢。男人们都是靠不住的，除了钱，这世界上什么稳当的？

她看得清他眼里的失望，坐在桌子边上搓着手，他的手指有些胖，就像她原来的那些客人，肥而白，指头一骨节一骨节都是欲望。他其实和他们有什么两样呢？他有些讪讪地，可是最终也没把钱给她退回来。她甚至希望他有那点骨气的。他发一点脾气或者赌气地把钱给她摔在桌子上。她想起，在瑞福包子铺见到的梁博，虽然后妈霸着钱，可和朋友一块吃饭，他总是抢着付账，那个少年已经被钱逼死了。

梁博收起钱来往外走，"等我有钱，会还你的。"她知道暂时这个男人是不会再来了，他伤透了她的心，她也让他失望透顶了。正好，两不相欠了，而那5000元钱，原来都是男人买她的，现在她一并把他的身体和她寄托在他身上的感情买空了，她的脖子上还留着他的齿印，衣服上还有他的温热，这个她期待过为之心碎过的男人，闭上门，走了。

她站到窗前，外面下了一点小雨，地面湿漉漉的，映照出摩托车后喷出的烟火，红彤彤的，像看不见的嘴巴在车尾吐着火，呼呼地蹿到前面去了。梁博耸着脖子远远地朝着出租车打手势，可似乎都是客满的，他等了半天，拦不住一辆车，索性裹起衣服，往前走了。水珠子在他头顶形成一圈流丽的光影，最后他的整个人都变成了一个光影。晓棠的眼睛含满了泪。

女人过了35岁皮肤就会一天不如一天，虽然每天都上妆，晓棠一笑还是从镜子里看到眼角的褶子。她分外地开始注意身体了，母亲病故后，她哭了一场，把头都哭昏了，眼圈也成了熊猫眼。村子里人都说这个长女是最孝顺的，晓莉晓虹晓健他们都有了家，母亲的这个家没有了也不过是难过一阵子，而她，除了母亲，谁能认可她对这个家的付出。除了母亲谁不嫌弃她脏？她恨自己当初没想到把母亲接出来住，人说没了不过就是一口气的时间。除了她自己没有人再会疼她的冷热了。

每天她都会去买上一袋子菜，一袋子爱吃的杏干果脯或者是香蕉干，她从来没有像现在这样对吃有兴致。有时她在那间板壁隔起来的转不开身的厨房里一待就是一下午。

她从街上回来的时候，春梅正在和平头小伙子拿着手机，头凑在一块叽叽咕咕地笑着。她拿起鸡毛掸子使大力气摔打着丝绸捆子上的灰。发出震耳的"扑扑"声。

春梅惊得几乎一跳，然后小心翼翼地低头走过去：姐，我来。

平头小伙子一看晓棠的满面怒气，撒腿溜了。

晓棠余怒未消："光知道和男人打情骂俏，一屋子灰就看不见!!"

春梅诺诺应声，晓棠低头看春梅肌肤光亮，虽然低眉顺眼，脸上仍然是遮挡不掉的喜悦和傲气，晓棠想她动不动就请假，跑去和那男孩子约会到半夜，就不由得生气。

晚上，晓棠拿出钱，让春梅去买了排骨，鸡翅，糖炒栗子。将几副大排骨炖上后，她吩咐春梅拿张报纸来，两人对着灯吃栗子。

有一句没一句地说闲话。她问春梅：“小彭一个月多少钱？”

“也就五百来块吧。”

“那你们出去谁掏钱？”

春梅把糖炒栗子剥开，咬在嘴里，含含混混地说：“有时是我，有时是他拿。”

晓棠把剥好的一颗栗子放到春梅手里，语重心长地说：“春梅你跟我干了这几年，姐比你年长将近二十岁，是把你当妹妹，当女儿看的，家离得远，你的事情就是姐的事情，你看这几年你也没攒什么钱，小彭在修理厂挣得比你还不如，你们连个落脚地儿都没有，以后怎么生活？！”

春梅听了这些，蔫头嗒脑的。

“小彭这孩子看上去很厚道，可是你知道吗？春梅，男人有几个是真心为你考虑的？不是巴望你的身子就是巴望你的钱……如果你现在一分钱不挣，你看小彭还要不要和你谈下去……”

春梅要申辩，想了想，却没有什么话。后来晓棠问：“你们那个了没有？”春梅脸涨得通红：“姐，你说什么呢。”

晓棠淡淡一笑，糖醋排骨已经炖好了，春梅用报纸包起栗子壳，丢到方便袋里。

“这么多排骨，还有鸡翅。我们两个人怎么吃得下，不用全盛上了吧。”春梅刚要去找汤盘，晓棠制止了她。

后来，春梅吃饱了，晓棠还在那里吃，似乎吃得身子都直不起来了。

9点多钟，晓棠又招呼春梅吃杏干。晓棠微微笑着，平时看上去严厉的眼神温柔起来，脸上也红彤彤的，仿佛打了胭脂：“什么是靠得住的，钱在手里是真的，吃好了比什么都重要。”

她记起小时候在家里吃的和着高粱面蒸的窝窝，又涩又苦，吃起来舌头直发闷，咽的时候要伸长了脖子，吃到肚子里也是疙疙瘩瘩的。有一年秋天，她和妹妹出去搂马路上的杨树叶子，村里铁匠儿子正抱着转头大小的一个雪白的发面卷子，啃了几口后，不想吃了，藏在麦秸垛里，她一边搂树叶子一遍惦记得难受。等她背着一篓子干树叶子跑回村子，第一件事就是扒开麦秸垛，白面卷子已经不见了。她浑身无力地靠在麦秸垛上，朝着那个扒开的洞口闻着，似乎还有蒸熟白面的芳香。还有后来，她在表姨家，夜里肚子咕噜，醒过来，听到隔窗的厨房里，偷偷地呼噜呼噜的扒饭声，狼吞虎咽的咀嚼声，那说不清道不明的香气让她羞辱无比——表妹不在铺上。

越是想到这些她就吃得越是狠，越吃越解气。她终于可以谁都不用考虑吃得这么好了，谁她也不怕了。她为什么不吃呢？

十

后来，修理厂小彭对春梅说："你们老板对我好像很看不惯，我一去她就发脾气。"

春梅说："晓棠姐人不坏，什么都舍得给我吃呢。就是脾气暴躁一点，对了，你打算什么时候结婚啊？"

"结婚？哪里来得钱啊，我们住在哪里啊？"

"那敢情你是只和我玩玩不成？"

两个人大吵了一场，春梅踢了小彭一脚，小彭扇了她一个大耳光。春梅眼泡肿肿的，很快就被晓棠发现了。"姐说你不是还听不进去吗？自己终身的事情自己早些拿主意才是。"春梅点点头。

那一晚，买了十几只鸭脖，还有三只大猪肝，一只猪耳，另外还有一包大麻花，几袋羊肝羹，葡萄干、青梅若干。

春梅吃惊地看着，晓棠坐在那里足足吃了两个多小时，她一刻不停地吃，发狠诅咒一般地吃，满满一大桌子饭和零食，神奇地消失了。仿佛不是走进了她的胃里，而是去了另外一个看不见的神奇的地方。

然后她很快就睡着了。

春梅到底没有遵循她的诺言，小彭几个电话打过来，她赌气不接，后来，小彭困兽一样在外面拍门，晓棠那阴森森的眼睛瞅着春梅，到底春梅还是出去了。她说：姐，我出去跟他说句话。说了句话，就再也没回来，因为春梅已经跟他那个了，衡量得失，还是得罪晓棠比较划算，她没有回来，不是不记晓棠的好，是实在没有脸面再来面对晓棠的教诲了。

没有春梅，晓棠除了在店铺门头里，哪里也不去了，本来也没有她太感兴趣的地方。除了熟食店，水果蔬菜、甜品零食铺子。这不妨碍，春梅走了，她一个人可以吃得更多，这个不识抬举的小蹄子。

晚上，外面车声隆隆，喧闹声一阵紧似一阵，那和她没关系。她要做汤，做菜，然后喝一点酒，就是老家里镇子上吃包子喝的那种米酒，又叫黄酒的。最后再将那些酸酸甜甜的零食消灭掉，晕晕乎乎的，一天，又，过去了。

那天她买香瓜的时候，遇到了芸香。芸香面孔黑黑的，车子后面坐着一个七八岁的小男孩，其时正低着头费力地吸果冻。芸香竟然没有认出她来，也难怪，回到店铺里，她朝镜子一看，她吃惊得几乎眼珠子要掉下来了——她看到了她的母亲——当年母亲就是突然得变得那么胖的。胖得几乎挡住了半边的阳光。

槐杨街两则

有负众望的婚事

刘红英长得人高马大，塌鼻子，头顶上秃发，一个眼单眼皮一个眼双眼皮，双眼皮的眼有些疤拉着，第一次见她的人都以为她拉双眼皮给拉成了疤眼。小时候她上学时经常被那些调皮的男孩子把书包里放上癞蛤蟆，或者铅笔盒里放上毛毛虫而吓得大哭，她一哭，露出发黄的门牙，那些促狭的小子笑得更厉害了。红英的婚事一直是槐杨街上的话题，女人们凑到一起都说红英这个孩子又老实又听话，到年龄了，该给她提个对象了。大家几乎是异口同声，可是红英快三十岁了那个说媒的人还没找到目标。

红英长年穿着深色的半旧衣服，头发半遮着脸，通常低了头沿墙根走着，见了人低低咕哝一声算是招呼。

红英，有对象了吗？

没有。

该找了。

恩。

红英这样老实，那些问的人倒是不忍心了。后来红英的娘开始四处给红英算命，陈嫂听说她老家那边有个瞎子算命灵光的很，就是不知道现在人家还算不算。红英娘便拉上红英坐了车到了那偏僻的村子，寻到那个十指藏灰哆哆嗦嗦的老先生，诚惶诚恐地递上红英的生辰八字。槐杨街上和红英年龄相仿的有许多，红英娘不大搭理那些有女儿的人家，倒是和那些儿子与红英年龄相仿的街坊走得很近，聊天的时候从天气，从早上吃的南瓜饭，说啊说的最后总要落到红英身上，红英脾气好，红英会做针线活，为爹娘和弟弟织得毛衣比编织书上的还好看，说着就撩起衣襟让人看里面的毛衫。看的人顺势就将话题引到毛衫上了，对红英倒是绝不再提了。后来街上的那些不怎么样的男孩子都找到了不怎么样的女朋友，然后谈婚论嫁。那些人家娶新媳妇的时候，槐杨街上的人几乎都聚到了门口，大红的喜字，鞭炮爆炸的碎屑满地都是，红英娘在人群缝隙里钻来钻去，对身边的人说：这个新娘的腿是大象腿，穿婚纱都挡不住。听的人去注意了新娘那藏在婚纱下的腿，没引起多少共鸣，便转头继续看热闹了。新娘脸上的疙瘩，手里抱的花是假的，胳膊上有一块胎里带来的癣，新娘是倒扣牙，新娘是粗皮，不过抹了粉……只要有婚礼的地方，她眼里掺不得一粒沙子。有一次她在看着新郎新娘拜天地的时候，扭头对女儿说新娘的背是驼的，说完了却发现女儿已经不见人影了。

在槐杨街人复杂的惦记里，终于有个男孩子在红英家出出进进了。女人们却并不那么乐观，那是个长得不错的小伙子，也许是红英家的远亲也说不定。后来红英娘出来分喜糖，说两人要订婚了，女人们还是半信半疑，直到红英娘红光焕发地四处借火烧模子，邀人做大红鸳鸯戏水被子，大家才货真价实地大吃一惊。这不像一桩买卖，小伙子收拾得蛮精神，也不像个脑子有问题的人，这件事情对槐杨街人的经验和智商提出了考验。这时小城的好处显出来了——很快大家就打听明白了，小伙子姓王，家在山区，货真价实的大学生，在建委上班——这时大家突然想起来红英的舅舅就在那里当着一个头头的。在红英结婚之前，这件事情基本就被槐杨街的人弄明白了——你不能不佩服槐杨街人——只要他们不明白的，一定要想方设法弄明白，只要他们想弄明白便没有弄不明白的事，除非那个让他们弄不明白的人不正常。王姓小伙子，这时大家都知道他叫王志坤，原来谈过一个女朋友的，人很漂亮，但是不知怎么一回事，人家把他给甩了，受了打击，恰好这时红英的舅舅给他介绍红英，他可是他的顶头上司——失恋后他知道一个男人如果不成功是挂不住女人的，如果成功了又有什么办不到的事情呢。槐杨街的人没有直说，但都这样揣测他选择红英的动机——这个动机看上去是如此的前后呼应一答解千疑，他让槐杨街不可思议的选择也顺理成章起来。槐杨街的不怎么样的男孩子都不会选红英，那这个显而易见比槐杨街上的男孩子好许多倍的男孩子竟然要娶红英，除了因为红英是临城人——临城比红英好上一百倍的女孩子多了去了——一定有另外的合理的动机。槐杨街上的人虽然上不得大台面，可是毕竟是见过世面的人，不是三言两语就可以糊弄过去的。

半年之后，两个人结婚了。红英从槐杨街发嫁的时候，许多人来看，小伙子黑鬓角打了摩丝向上竖着，看上去英气逼人，红英穿着粉色婚纱，像往常那样低着头，羞窘地笑着，大家发现上了妆的红英竟然很受看，那只单眼皮画上了浓重的眼影，双眼皮则用粉饼掩饰了一番，不仔细看竟看不出什么不同，她头顶上装饰了许多假发，簪上红玫瑰和一只镀银的金冠，厚嘴唇打上了鲜艳的口红，她起劲地嘟着嘴，不让黄牙齿露出来——怎么看也是一个喜庆的新娘子了。如果不是新郎在那里显眼地对照着，大家几乎要感觉不到红英的不好看了。许多人看了新娘之后去看新郎，这是个有定力的小伙子，丝毫也看不出脸上有什么槐杨街人猜测的勉强或者将就的神色，他揽着红英的胳膊，抿嘴朝镜头微笑着，铮亮的额头和明亮的眼神交相呼应，里面却是沉稳与冷静之色——是个帅气的男人。

在这之前红英是个可怜的女孩子，大家不给她说媒不是不爱搭理她，是实在不好给她凑合。她这样长相的女孩子你给人家男方一提媒吧，人家相一回，说不定接着就撂下脸，背过身去就要骂娘。红英婚事拖着，槐杨街的女人们大多有些自责的，不太敢迎着红英一单一双的眼睛去看她，有些心虚在里面。谁愿意长得丑呢？唉。没有人愿意红英这样一个老实女孩在家里做老姑娘，可是这会子红英找了这么一个男人，却是让槐杨街的人猝不及防。

结了婚的红英照样住在槐杨街，因为两人还没买上房子。两人吃罢了饭，两人并肩走出家门，红英脸上娇羞的红潮还没褪去，身上可体的红套装耀得人睁不开眼。槐杨街上的人再一次发现，爱情的力量是伟大的，因为红英的变化简直天翻地覆。王志坤不在家的时候，她搬条小凳子出来，和街坊聊天。她说：志坤说了最近股票要跌。刘蓉去看她身上穿的鹅黄色雪纺裙，原来她是很少穿裙子的，一条黑旧牛仔裤上面套宽大的灰蓝色 T 恤，又总是低着头，常年看上去灰扑扑的。她低头带些羞惭地一笑：我不要穿这么贴身的裙子，志坤非要我穿，他说大城市里的女人都兴这么穿的。大家这才注意到，红英的身材还是玲珑浮凸的，原来遮在宽大灰旧衣服里的身体一下子大放光芒。一开始红英是有些不好意思的，曲线毕露地走在街坊面前，她不由自主地伛偻着身子，非常抱歉的样子。后来她的身子就直起来了，毕竟有志坤这么帅气的男人站在她身边，志坤说她穿着好看，当然就很好看了。她穿着高跟鞋，上身是紧身的低胸衣，下身是短裙子，槐杨街的男人想看又不太好意思，只要红英出现男人的眼神都变得贼溜溜的。她的脸大家已经习惯了，她又烫了一个蓬松的短发，把整张脸遮起了一半，但是她的身体却像她的婚姻一样给人无限惊喜。大家闲聊的时候，不知道谁说了一句：好大的奶。被鱼头店的陈大嫂听见了，她摘下套袖，站在那里，大声叱喝：“王大，你是当叔的人了，小心我告诉小冯，看她不扒了你的皮！”王大无限委屈，又不好分辨什么，只得连连告饶。从背影看上去，红英给人感觉更是无比魅惑，有一次她一个人走夜路，后面有人吹口哨，她没有理，那个小流氓竟然一直跟着她，她吓得要命，可是还是在那个小流氓到身后的时候，乍着胆子回头大喊一声：“你要找死啊！”她绘声绘色地学给槐杨街的人听，最后总结说：“我声音那么大，把他给吓跑了。”当时正是在刘蓉的店里，许多人在那里打扑克，刘蓉低头微微一笑。在她走后，男人们诡秘相视一笑，心有灵犀地说：不吓死就捡了一条小命了。

红英穿了一件黑点点短裙，下面是黑色丝袜，一条金链子坠到春光浮凸处，凯子呆呆地看着她，有人掩嘴笑，等她走后，大家取笑凯子，你是不是看上红英了，原来怎么不早说？人家可是名花有主了。凯子脸一红，凯子像一匹马那样从鼻子里喷了一口气，吐口唾沫，咕哝一句：打扮得像做那个的……槐杨街上的人总归是观念陈旧，在穿衣打扮上更是保守持重。这些年，有许多小小子小姑娘打扮得让老年人炸眼珠子，黄头发，蓝眼影的，一个个不像是个“过日子的架”。大家也一天天适应了，电视上有人穿的，槐杨街就有人敢穿，经常来找凯子的一个臭小子胳膊上文着青龙，鼻子上穿了鼻环，槐杨街也见怪不怪了。红英似乎不是这么一回事，用红英娘的话说“只要志坤不回家，红英就干脆吃点咸菜了事的，如果不是他割点肉，红英就不见荤腥”。槐杨街就是这样，你在肚子里搁不住的事，就只能在槐杨街上搁着。大家看到红英省吃俭用，却狠了命地往身上打扮，总有些不是滋味。有些人甚至暗骂王志坤那个山里出来的兔崽子，一定是他诱导红英这么做的，因为红英开口志坤说闭口志坤说。红英无比挺拔地走在槐杨街上，努力地挺胸抬头，在志坤这个发现者的推动下，和男人们贼溜溜的眼光提示下，她对自己的闪光点更是了然于胸，她努力让自己身材的优点放大地显示出来，那是志坤反复赞美过的，而让脸虚化一些再虚化一些，所以她烫了一个让脸庞若隐若现的发型。她对身材相貌的要求也一日日水涨船高，她穿着志坤给她买的塑身衣，整个人勒得直挺胸抬头，她说志坤说她的腿穿丝袜好看，几乎一年四季穿丝袜，有一次冻得哆哆嗦嗦地在槐杨街上买韭菜饼，看的人都觉得无比揪心。更让人义愤填膺的是红英有一次甜蜜地说起志坤的正派来：他们两人在街上遇到了他的领导，志坤远远抛开她和那人握手，“志坤就是那么害羞的一个人。”志坤的脾气，志坤的缺点，没有一样是不好的，可是槐杨街上的人却听出不对来了。这王八羔子分明是嫌弃红英嘛。这更证实了人们对他们婚姻的揣测，压根不是像红英说的是那样幸福的缘分，她等了那么多年，就是等他出现——都是老天安排好了的。这不过是又一桩功利的婚姻，它能长久到哪里去呢？王志坤这个王八羔子不过是借助槐杨街找了一个栖身处，借助红英找到了向上爬的梯子，这两年他脸色红润，气宇轩昂，但是槐杨街的人都不待搭理他。他搞不懂为什么，他原来以为槐杨街人都是些城里人，比他山里老家的人素质要高许多，后来他和红英说，等我们有了孩子，一定要让他到大城市里去，不能弄得一身小市民气。当然这也是红英在夸他的远大志向的时候不经意说漏了的，槐杨街上的人几乎连啐他一脸的心也有了。

没有人直说出来，但是大家知道两个人长久不了，更有力的证据是两个人结婚五年了竟然不要孩子，如果王志坤升腾发达了，能有红英的好事吗？如果不是红英那么执迷不悟，那些热心人都会逮着红英给她出点子让她留个心眼，别待人太实诚了。一年过去了，两年过去了，他们没有离婚的迹象。又过了几年，他们竟然还过得好好的。

“让风刮的”

阿启人长得白白的，和他的老爹钟老头不像是父子，钟老头常年挑泔水，身上总有一股馊臭味，脸色黑黄，偶尔拘谨一笑，牙齿竟然白得吓人。阿启呢，似乎从小就不像个干粗活的人，在学校的时候踩着凳子办黑板报，用彩色粉笔画的卫星火箭向日葵什么的，怪像那么回事。陈嫂做鞋垫，总要招手让阿启来画个样子，刘蓉给谁家的小孩勾绒线衫也要他帮忙描个小鸭子小兔子什么的。在这条街上，阿启几乎要算一个文化人了，他享受的待遇是一般百姓无法企及的，举一个小例子：鱼头店的一个伙计拆老家宅子的时候扒出一个长满绿毛的瓦罐，拂去罐底的泥土，上面镌着几个老体字。那人便拿了那瓦罐来问阿启，是什么年代的东西，到底是不是古董，能值几个钱。阿启用他那细白但骨节突出的长手把瓦罐在手里递过来倒过去的，蛮像回事地说几句话，不由人不信。当然那时阿启已经到宣传部做事了，他去的过程很简单，不像现在的公务员要经过理论考试，面试答辩什么的，一个领导在路过槐杨街的时候，看到了上面一片姹紫嫣红的黑板报，说这个板报办得不错，谁弄的？然后阿启就一下子像来福荣那样成了一个机关人了。

钟老头学问不多，可是每日在酒肆饭馆里流连，也知道当干部的好处，当有人夸起阿启聪明灵巧有前途，他便从脑后掏出两根发黄的白烟卷高兴地扔给那人，笑得露出那白骨一样鲜明的牙齿。阿启笑起来含蓄得多，带一点腼腆，看上去非常谦虚谨慎，很讨领导的喜欢。槐杨街的人在一起说起小城的新闻播音员来，阿启淡淡地说，那天他们还在一起吃过饭，当然还有单位的头头脑脑，这个女人别看柔柔弱弱的，酒量倒是大得很，阿启差点让她给灌醉了。大伙吃惊得瞪大了眼，更深信阿启是见过世面，前途无量的人。阿启讨人喜欢的举动还有许多，别人闲来无事的时候吹牛聊天，阿启就静静地坐在办公桌前，拿笔在废旧报纸上写写画画，当然他写的都是一些即兴的字，几乎看到什么听到什么写什么，或者是“天气预报晴间多云”，或者是“柬埔寨金边王宫”之类。大家看那些盖在铅字上的道劲挺拔的钢笔字，龙飞凤舞的，或赞一声或笑一下就走开了，时间长了，也就没人在意了。这总不是一个坏习惯，某一天午后，部长端着一杯茶踱步来到阿启所在的办公室，看到了阿启写在旧报纸上的字，歪头欣赏了一会，赞了一句，字不错，这习惯好。从那之后，在废旧报纸上练字的就不止阿启一个人了，有人买了宣纸偷偷练一段后，挑出一副稍微像样的，用图钉摁在墙上或者压在玻璃板底下。大伙都有些感谢阿启，要不是他，谁又能知道领导对书法情有独钟呢。但是又酸溜溜的，为什么部长第一个发现并表扬了的人是阿启呢？他的关系还没有正式从印刷厂转过来。难道他早就揣摩透了领导的喜好？或者他来宣传部就压根是和部长有某种说不清道不明的瓜葛？大家不由退后一步，重新审视起阿启来，他脸白白的，手细细的，虽然在槐杨街长大，往上数三代大家都叫得上小名，但事情真就这么简单吗？他眼角细长很少瞪大了眼睛看人，常常像被太阳光耀着了那样眯着，他看着你，你其实很难知道他的眼神落到那里，或者他看着别处，你又很难判断他到底有没有在看你。平常大伙儿都喜欢支使他，比如帮忙复印文件，到楼下买冷饮，这下心里都有些发虚，拿不准他是哪一类人。看上去忠厚老实的人往往是城府最深最阴险的人，大家凭借在机关多年的经验，迅速调整了对待他的态度。他是不是感觉到了，没有人知道，但是从他细眼睛里泛出的点点水光，大家都知道他是很受用的。

在临城，许多单位里一个人受人尊重的程度，有时候不单单是这个人本身的原因，而是许多不可言传的因素。而因这些因素吃到甜头的人也没觉得有什么不对。就像长得漂亮的女孩子并不觉得她利用先天的资源比后天的勤奋能干有什么可耻。相反大家还对这样的因素有些求之不得。这不能说明小城人的懒惰和不思进取，而是对某些神秘不可得的东西充满了某种敬畏和向往。阿启看上去没什么背景的家庭这时候倒有些侯门深似海的感觉。这样的情况在我们小城很多，比如人民医院一个电梯工，他的表舅在国家财政部工作，据说到逢年过节的时候，许多有头有脸的人都要来他这里打探他表舅的消息，连院长都要敬他三分。表舅这关系，不是谁努力就可以攀上的。看这许多人其貌不扬的，了解得透彻了，里面机关重重，牵牵耳朵腮动弹，竟有许多能通天的呢。基于人们种种经验和认识，阿启是过上一段他从来不敢想的众星捧月的好日子。

新分配来的王青是个头脑灵活嘴巴甜甜的小伙子，他在那里写稿子时，一抬头发现阿启站在他背后看，写完后他恭恭敬敬地拿给阿启，请阿启多指教。阿启脸有些红，但很快镇定下来，他毕竟也有多年的办黑板报的经验，在宣传部转眼已是四个年头了，没吃过猪肉还没见过猪跑吗？他就拿起那厚厚的稿纸，坐下来认真阅读起来，还改了不下六个地方。王青再拿稿子看时，不住点头称是，笑嘻嘻地说：不愧是前辈，水平就是高。阿启耳朵有些烧，但是脸没红起来，他不由挺了挺胸脯。后来王青写稿子似乎不让阿启看看就觉得没经过审验似的，属于不合格产品，再后来主任看过的，阿启也顺手拿过来，小心翼翼地删改几个措辞和标点。他这么做似乎没什么不妥当，因为从来没人提过异议，后来他改的力度就大了，有时拿笔的手一用力，一行字就被他斩首一样抹去去了存在的价值。开会的时候，他竖起耳朵听自己改动的地方到底有没有被采纳。如果有天他听到采纳了，那天就像一个节日了，不管老婆多么唠叨，他都能心平气和地将微笑四平八稳地安放在他的白净脸孔上。阿启是个很聪明的人，从这种并不理所当然的修改删减中，他也悟出了某些东西，很快就取长补短地赶了上去。时间一长，他感到这修改的过程无比迷人，人家趴在那里辛苦半天写好了文章，拿到你手里，你说不行的地方他就虚心接受点头哈腰，那感觉要多舒服有多舒服。有一次阿启老婆为他不管儿子的学习而狠狠和他吵了一架，吵着吵着，翻起旧账来，连结婚时阿启爹妈给伴娘少包了十块钱之类的事情都提起来，老婆说她当初瞎了眼，阿启则把刚买不久的一块手表给摔了。早上老婆只给自己和儿子盛了两碗饭，阿启更是愤懑难当，气鼓鼓地去了单位。刚坐下，他就看到了桌子上摆放的一篇通讯稿，左看右看许多文理不通之处，更觉胸闷，他不管三七二十一拖到眼前，大刀阔斧地删去了他以为的赘笔，又在一些词上打了大大的×，拖笔用劲一勾，指向那个他改好的地方，仿佛交通要道上那大大的箭头，指引那个犯错的主人改错，然后既往不咎。他改完后，把笔往前一推，凳子往后一拉，站起来，整个胸膛里风轻云淡，竟然疏朗无比了，他长长吁了一口气，喝了一杯水看办公室前的松树，枝枝叶叶都青翠得喜人。他周身通通泰舒畅，比吃了顺气丸还要自在。中午回家的时候，竟然笑眯眯的，通常他们大吵之后，总要冷战一周后才开始见和解的气象的，而这次阿启的表现仿佛压根没吵架似的，把老婆给大大地吓坏了，慌忙钻进厨房闷头做了一大锅他爱吃的老厨白菜。他为自己找到了一个新的抒发郁闷的渠道。一个人，特别像阿启这样的人，是很清楚自己的分量的，在这样一个说高不高说低不低的部门，人人都瞪着眼攥着拳往前奔，争啊斗啊的，似乎也由不得个人，郁闷点说好听了是退一步海阔天空，说难听了是窝囊，可是像他这样一个郁闷就好比家常便饭，不由得你不想吃它。许多人把这郁闷带到家里，那是得不偿失的，并且阿启在和老婆的较量中从没占过上风。从小就以聪明手巧在槐杨街上著称的阿启总是难不倒的，他可以一边运用他的聪明灵巧一边发泄不快，他寻找一切可以删改他人文章的机会，当然不可否认，他从这些修改中得到了大大的学习，而它解郁疏通的效果，比喝番泻叶还要见效快。

许多人以为当领导就是为了那点看得见的利益，看得见的东西往往是轻而易举得到的，最难得的那看不见却是实实在在存在着的物事，比如你想怎样别人就要怎样，并且你还没想怎样，别人就在巴望伺候着你会怎样。就像有一次他们谈起临城酒来，一个快要退二线的老同志说，龙琬重酿好，香而不艳，低而不淡，口味丰满，回味绵而不软。有人说百年秦池香甜甘冽，味道清澈，不容易轻飘和头晕，给人感觉比龙琬重酿更上。这两个酒一个酱香型一个浓香型，公道说应该是各有千秋，谁上谁下有时仅仅是个人口味的差异，说隆琬重酿回味更多，调动起来的味蕾感觉更为丰富绵长的人占了多数，这也是比较大众化的认识。后来阿启加入进来了，阿启酒量不大，但是喜欢混着喝，喝了白的可以接着喝啤的，喝了干红依然可以来杯北京二锅头。在这种比较杂的品味里他似乎练就了更出色的味觉，他慢悠悠地说，还是百年秦池更爽快一些，和其他的酒也不容易犯冲。味道的好，有两种，一种是慢慢地将回味勾出来，让你缠绵欲罢不能，另一种先来短平快，然后淡淡的回味泛上来，那种迟来的味觉越来越醇厚，瓷实，最后将你包裹得严严实实，这样一来味道就出现了层次感，一步一个台阶似的，让你一步一步登上了天梯。阿启说完后，附和的人明显多了，原来那些在老同志引导下点头称是的也纷纷改变立场归了阿启麾下。有些东西是看不见的，比如号召力，但正是这些东西能够彰显一个人在单位里，在人群中的威望和地位，它看不见摸不着，但是事无巨细你都能感到它像一个幽灵一样，只要从你感觉到它的那一瞬间就无所不在。阿启的肚皮没能像槐杨街人期待得那样鼓起来，但是他的腰明显地直了，走路的时候也经常看着天。

当然在这个过程中阿启没有放下他练字的笔。直到那一天的来临——他写完字的报纸就那样叠放在墙角，积攒着一并卖给收废纸的。那天阿启出去办一个什么事情去了，同办公室的人整理那堆旧报纸的时候，突然尖叫起来，引得许多人都来看。上面密密麻麻地虱子排阵一样排满了阿启写的“同意”两个字，当然还有他自己的名字：钟阿启。大家有些大惊失色，想不到阿启竟然有这样的雄心壮志，几个人哭笑不得地对望了几下，这件事情也就放下了。真是人心似海啊，人都说“小白脸没安好心眼”，阿启这个小白脸看来不是一盏省油的灯。

后来一件事就要了阿启的命。阿启在办公室主任签了字等待宣传部长签字的批文上，端端正正地写下了“同意”，下面落款钟阿启。偏偏王青这小子又没看到（也有人说他是故意的），就拿到部长那里去了，部长看完了批文，拧开笔帽刚要落笔，看到了阿启的墨宝堂而皇之地在他应该签字的地方不识相地待着，当时脸就黑了。他把文件一拍，大喝一声：既然都签了还来找我干什么?！如果待在那里的不是阿启的名字而是阿启本人估计他能飞起一脚也不可知，王青魂飞魄散地拿了回去。一个月后，阿启就又原址返回到印刷厂上班了。许多人长长吁了一口气。后来有人说阿启能够借调到宣传部去，不过是因为他的大姑在人民医院产科做清洁工，给某个领导的老婆贡献了大量胎盘才得以打通关节。这样的话多了不由人不信，但是谁都好像是第二个或者第三个听说的人，每个人在引用这段话的时候都说“听人家说”，至于第一个说出这个话的那个“人家”始终没能站出来，大家也不再感兴趣那“人家”是谁，关键是这个真相已经在众口铄金里卤水蘸豆腐一样被蘸得结结实实，阿启的政治生涯基本上也此划了一个不圆满的圈。

回了印刷厂的阿启删改文章及签名的机会大大少了，但是没关系，这世界上总有许多错误需要纠正，许多废话需要删减。有一次儿子的作文放在放平的缝纫机上（槐杨街的许多人家的缝纫机兼着写字台的功能），被阿启发现了，一把抓过来，随手摸过一支笔，快刀斩乱麻一样，将整篇作文肢解得面目全非。儿子在路灯下玩到很晚，抱着脏兮兮的球回家后，洗刷两把，把作业本胡乱塞进书包里，便上床睡觉了。第二天语文老师点着儿子的名字让他站起来，拿着自己的作业本在教室里走两圈，让全班同学参观瞻仰，最后她总结到：既然你家长改得这么好，还交到学校里做什么?！儿子回家后把作文摔到阿启面前：看你干得好事！绝食两顿七天没有和他说话。后来印刷厂效益不太好，阿启歇班时便在城南风景区石门坊摆了一个小摊，专门设计签名。有那种用花红柳绿的颜色描成的花鸟样的签名，有泼墨狂草一样的签名，还有天女散花一样秀美文静的签名。有坐在那里等着他画签名的人问他挂着的那些签名档上，那众多的钟阿启是谁。他用一团花的大拇指指指自己，笑眼弯弯无比得意。再有空的时候他就把那个小画摊放到槐杨街上，顾客少之又少。槐杨街是一条老街，铺子杂陈，墙壁上涂满了办证联系方式，电线杆上则糊满了专治牛皮癣、白癜风之类的花纸广告。阿启看到这些由文字数字构成的信息，飞快地从上衣口袋里掏出笔来，在下面写上同意，而那些文字繁琐词不达意的他索性就在上面勾勾画画。槐杨街南新开张了一个面食加工店，卖馒头、花卷、油饼、发面饼，挂出了一个小小的招牌。阿启看"饼"字都写成了"并"，索性借了一个凳子爬上去，把"并"勾去，在一旁重新端端正正地写了乌黑的一个"饼"字。正月十五闹花灯的时候，一个单位在花车上写了"××携全体员工给父老乡亲拜年"，阿启硬是撵上了那辆车在噼里啪啦的爆竹声中，把"携"大笔涂去改成了"偕"。后来熟悉阿启这一行为艺术的人，都很识趣，一见他出现在街上，赶紧把书啊报啊有汉字能涂改的东西给藏起来。但是这难不倒阿启的，他总会有用武之地。药店门口站着几个女孩子，发放宣传材料。冷眼瞄了阿启一下，没有理他，阿启有些生气地去夺了一张，原来是宣传丰胸的保健药品广告。阿启瞄了一眼，立刻拿出笔，把"丰胸化疾"打上大大的×，下面改上"逢凶化吉"。许多人看了广告后就随手一扔，阿启就蹲在地上改了一张又一张，直到老婆拿着手电筒四处照着喊他的名字他才悻悻地回家吃饭。钟老头临死时哆哆嗦嗦地从枕头底下摸出一张发黄的烟壳子纸，上面写着谁欠的钱，又欠谁的钱，还有家里有限的资产要归阿启管等等，相当于一封遗书了，阿启托着爷老子慢慢变凉的手淌了几滴泪，拿笔在上面郑重其事地写上"同意。钟阿启"。当然这件事说得多见得少，是真是假谁也说不上来。

后来阿启有了孙子，转眼孙子又上一年级了。每次试卷发下来，要家长监督改正错误，并签名。阿启在孙子改错的每个地方都一板一眼地签上自己的名字，在分数下签上"同意，钟阿启"。兴之所至，他还会在卷子的上首空白处大大方方地写上一些类似批示总结类的文字，比如孙子近段时间进步颇大，谢老师培养勉励之类。开家长会的时候，儿子媳妇没空，阿启去了，结果那个眉清目秀的班主任当着全班的家长狠狠地表扬了阿启一顿，她最后说，现在班里这么多学生，打死老师也管不过来，学生的教育需要家长的积极参与和配合进行。然后她让阿启站起来，并对那些家长说，让我们都像钟小昆的爷爷学习，如果每个家长都这么认真，我们班的学生就全是优等生。阿启带着孙子往回走的时候，小家伙问，爷爷你的眼睛怎么了。阿启拿袖子擦了一下：没事，让风刮的。